上海故事会文化传媒有限公司 SHANGHAI STORIES

百慕大
航班

悬念推理系列
Suspense Inference Series

上海故事会文化传媒有限公司
上海文艺出版社

图书在版编目（CIP）数据

百慕大航班 /《故事会》编辑部编. -- 上海：上海文艺出版社，2017（2019.4重印）

（故事会·悬念推理系列）

ISBN 978-7-5321-6397-7

Ⅰ.①百… Ⅱ.①故… Ⅲ.①故事－作品集－中国－当代 Ⅳ.①I247.81

中国版本图书馆CIP数据核字(2017)第138859号

书　　名：	百慕大航班
主　　编：	夏一鸣
副 主 编：	吕　佳　朱　虹
责任编辑：	陶云韫
发稿编辑：	吕　佳　朱　虹　姚自豪　丁娴瑶　陶云韫
	王　琦　曹晴雯　刘雁君　赵媛佳　黄怡亲
装帧设计：	周艳梅
责任督印：	张　凯
出　　版：	上海文艺出版社
出　　品：	上海故事会文化传媒有限公司
	(200020　上海市绍兴路74号　www.storychina.cn)
发　　行：	上海文艺出版社发行中心
	(上海市绍兴路50号)
印　　刷：	上海中华印刷有限公司
开　　本：	787×1092　1/32　印张8
版　　次：	2017年7月第1版　2019年4月第2次印刷
书　　号：	ISBN 978-7-5321-6397-7/I·5115
定　　价：	25.00元

版权所有·不准翻印

上海故事会文化传媒有限公司 出品 (00629) www.storychina.cn

上海故事会文化传媒有限公司所有图书可办理邮购，免收邮费(挂号除外)
汇款地址：上海市南绍兴路74号(200020)；收款人：上海故事会文化传媒有限公司出版发行部
联系电话：021-64338113
如发现本书有质量问题，请与印刷厂质量科联系 T.021-65376981

编者的话

一、中华民族自古以来便有讲故事的传统。五千年的文明绵延不断,五千年的故事口耳相传,故事成为中华民族弥足珍贵的精神财富。

二、创刊于1963年的《故事会》杂志是一本以发表当代故事为主的通俗性文学读物。50多年来,这本杂志得风气之先,发表了一大批脍炙人口的优秀作品,许多作品一经发表便不胫而走、踏石留印,故而又有中国当代故事"简写本"之称。

三、50多年来,这本杂志眼睛向下、情趣向上,传达的是中华民族最核心、最基本的价值观。

四、为让读者在最短的时间内阅读最大面积的精品力作,《故事会》编辑部特组织出版《故事会·悬念推理系列》丛书。

五、丛书分为如下八本故事集:《百慕大航班》、《刀尖上跳舞》、《非常推理》、《交换杀人》、《蔷薇花案件》、《死亡游戏》、《一只绣花鞋》、《致命三分钟》。

六、古人云:登东山而小鲁,登泰山而小天下。对于喜欢故事的读者来说,本丛书的创意编辑将带来超凡脱俗的阅读体验。

《故事会》编辑部

目录
Contents

危情·疑案

血色鞋印 …………………………… 02
三命奇冤 …………………………… 07
百慕大航班 ………………………… 15
天堂里的鬼影 ……………………… 19
黄裙子 ……………………………… 28
执著的恋情 ………………………… 32
致命的诱惑 ………………………… 38

神探·谜案

郑青天断案 ………………………… 65
杨氏失踪之谜 ……………………… 78
失落的红绣鞋 ……………………… 86
柳庄命案 …………………………… 92
活包公 ……………………………… 98
海滨旅店杀人事件 …………………108
死者的声音 …………………………115

目录
Contents

密谋·奇案
东渡奇案 …………………………… 134
古怪的瞎婆 ………………………… 139
失踪的婴儿 ………………………… 143
绿宝石疑案 ………………………… 152
小屋之谜 …………………………… 159
塑像谜案 …………………………… 169
匿名信风波 ………………………… 177

铁证·悬案
三审刀案 …………………………… 196
"神鹰"巧遇"鬼见愁" ……………… 199
无形的凶手 ………………………… 212
遗忘的雨伞 ………………………… 223
谁将在门口出现 …………………… 229
机敏的三兄弟 ……………………… 231
蛛丝马迹 …………………………… 234
千万别心软 ………………………… 238
失踪的人 …………………………… 243

危情·疑案
weiqing yian

有些欲望看似迷人，实则暗伏杀机。

血色鞋印

　　早年，海宁盐官城外有一张姓大户人家，因主人张诚明在外地为官时不幸染病身亡而家道中落。张诚明的妻子没过多久也因悲伤过度而逝。张家就只剩下一个儿子叫做张晋，每日里只靠当教书先生勉强度日。

　　一日，张晋一人读书至深夜，忽然听到有人在外面轻轻敲打着他的窗户，一个压得很低的声音在窗外说道："张公子，请开门，有一事相告！"

　　张晋疑惑间起身开门，一个老者闪身进了小屋。老者站定，低声说道："张公子还认得老朽罗忠吗？你小时候我还抱过你呢！"

　　张晋定睛一看，竟然是罗家的老管家罗忠，他刚要开口，罗忠却暗示他不要说话，走过去关严了窗户，神秘地说："我家夫人吩咐让你三日后夜里到罗家后花园门外等候，以三次击掌为号，到时自有人给你开门。夫人要见你，还要给你一些东西，她要帮你早日许下聘礼，迎娶小姐过门，以免夜长梦多……"

原来，昔日在张家鼎盛之时，曾与城北绸缎庄老板罗仁卿家定下了一门亲事。今年罗家小姐罗惜惜已到了嫁人的年龄，只因张家衰落，张晋无力下聘礼，故此婚事一直拖着。罗仁卿曾放出风声，说张家再不来下聘，他们就要退亲了。

张晋真不相信会有这样的好事情，可罗忠却不和他多解释，说完就从背上解下一个包袱，里面是一套上好的衣服，他让张晋穿上试试，说道："这可是小姐一针一线为公子缝制的。"张晋听了这话，一股暖流从心底升起。

罗忠又道："只是你鞋子太旧了，有些不配。这样吧，我给公子量一个尺码，让鞋匠做好了，再给你送过来。"

张晋深鞠一躬，道："罗管家，有劳你了。"

罗忠笑了笑，道："公子暂时不要声张，只怕言多必失。"说完，他起身出门，消失在茫茫夜色中。

三日转瞬即过，这天晚上，夜色漆黑，天还下着雨。张晋穿戴完毕，罗忠的新靴子却迟迟不见送来，张晋无奈，只得挑出一双旧布鞋穿上，撑起一把雨伞，孤身前往城北罗家。

来到后花园门口，张晋依约击掌三声。门"吱呀"一声开了，一个家童闪身出来，道："是张公子吧，夫人小姐已等候多时，快随我来。"

家童领着张晋在花园里七弯八拐，好不容易才来到一座偏僻的小楼跟前。家童又击掌三下，一个丫鬟出来把张晋接进去了。张晋已有好些年不来罗家，这里都变得陌生了。来到一个房间，张晋见到一个富贵女人端坐在堂上，忙上前行礼。夫人上前扶起，道："多年不见，模样儿都变了。"

叙过家常，夫人拿出一包东西，打开一看，里面是一大堆银两和十几件首饰。夫人道："贤婿，这是我们娘儿俩多年积下来的私房钱，你都拿去，速速前来下聘。"张晋面对如此美意，只有连声称是。

夫人交代完毕，转身道："儿啊，你也出来见见自己的夫君吧！"里面应了一声，罗小姐从里面出来，来到张晋身前道了个万福。她只叫得一声张公子，便害羞得再也说不下去了。张晋与罗小姐只是在小时候见过面，长大成人后这还是第一次相见,他只觉得罗小姐婀娜多姿,让人有说不出的爱怜。夫人似想让他们单独呆一会儿,先悄悄退了出去。

说了一会儿话,罗小姐起身羞答答地说:"张郎,你的鞋子旧了。前日罗管家给你做了一双新靴子,放在我这里,你就穿了回去吧。"

张晋换上新靴子,顾不得旧布鞋,喜滋滋地背上夫人相赠的包裹和小姐依依惜别。他下楼后不见了夫人和丫鬟,又不敢声张,就直奔园门。不想园门已被紧锁,张晋只得爬上一棵树,翻墙而走。围墙外,一个打更人冷冷地盯着张晋看了好一会儿。张晋一路小跑回到家里,倒头便睡。

第二日,张晋尚在睡梦中,忽然被一阵震耳的敲门声惊醒。打开门,一群公差一拥而入,到处乱搜。这时一个人走到张晋面前,道:"就是他!小人昨夜打更,看见他慌慌张张地在罗家的花园墙外匆匆走过。"

此时已经有人从张晋的卧室里搜出了一大包银两和十几件首饰。为首的捕快呵斥道:"张晋,现在人赃并获,你还有何话要说?抓起来,带走!"言毕,一副沉重的铁链已经套在了张晋的脖子上,张晋一路大呼冤枉。

县令刘元普本已离任,正在等候新县令上任,不想又接到大案。大堂之上,观者如云。刘县令开始公开审问张晋,他把惊堂木一拍,大声喝道:"大胆张晋,你昨夜在罗员外家盗窃、杀人、放火,你可知罪?"

张晋一听,犹如晴空霹雳。他跪在地上,说出罗忠传言,夫人相赠,并与小姐相会的事情来。

刘县令传来罗忠,罗忠此时打着绷带,脸上有多处烧伤的痕迹,他上前一口否认有传信约见一事,并肯定地说:"昨夜有人乘雨夜天黑潜入罗员外书房中偷盗,不想被罗员外发现。来人竟然残忍地打晕了罗员外,他害怕事情败露,就在房中放了一把火,罗员外不幸被烧死在大火之中。事后,家人发现了一柄雨伞,确认是张晋之物,再联想到退亲的事情,张晋最可能是凶手。"

张晋越听越心惊,越想越离奇,他突然想到夫人和小姐对他一往情深,应该会为他说一句公道话,于是他要求夫人、小姐上堂作证。刘县令答应了。

不一会儿，夫人、小姐的轿子来到县衙，从里面缓缓走出两个身戴重孝的女子。她们来到堂上跪下，夫人道："请青天大老爷为我们申冤！"

张晋回头与她们打了个照面，不禁打起了寒战。原来，眼前的夫人、小姐已非昨天夜里的夫人、小姐……

铁证如山，张晋在严刑之下，只得"招供画押"。刘县令把张晋打入大牢，只待秋后问斩。刘县令年事已高，任期已满，他见自己离任之前还破了一桩大案，心情甚是愉快。

过了几天，新县令许琏到任。刘县令和许琏交接公务时，无意中谈到张晋的案件，许琏听了，发觉有不少疑点：张晋一介书生，怎么会做出这等杀人纵火的事情来？况且他即使想做，又怎会选择在雨夜纵火？事后又怎么会把雨伞留在罗家？

许琏决定夜审张晋。张晋见新大人上任重新过问此案，不禁涕泪交加，把事件又原原本本地说了一遍，许琏听后叫文书一一记录在案。为了辨别真伪，许琏决定亲自去罗家走一遭。

许琏带着几个人来到罗家，只听见里面一片哀号。罗员外的棺木停在正屋中，夫人和小姐在一旁哭泣着。许琏在罗忠的陪伴下察看了一番，最后来到罗员外的书房。走进书房，只见一片废墟，一股浓重的焦味扑鼻而来。罗忠道："刘县令吩咐要保留现场，所以一直没有打扫。那天老爷坐在窗前看书……"说着，他眼里滚出了几颗眼泪。

许琏听了，吩咐他们赶快打扫书房，然后就回衙门了。

几天调查下来，许琏得知罗员外近来生意不好，欠了许多外债。他还在钱庄查到，罗员外前不久把30万两白银拨到了邻县的一个叫吴运承的陌生户头上。

过了几天，管家罗忠忽然求见许琏，许琏让他进来，罗忠道："我在打扫书房的时候，发现外面窗台上有一个暗红色的血色鞋印，而且在楼下的花丛中找到了一双旧布鞋，我怀疑这双布鞋是张晋当晚不慎留在园中的，请大人明查。"说完，罗忠呈上沾着血迹的旧布鞋。

许琏听了，连忙再次带人来到罗员外的书房，见里面已经打扫过了。许琏跟着罗忠来到窗台前，上面赫然留着一个血色鞋印。许琏又转身面对书房的侧墙看了许久，然后上前用手来回敲击着墙壁。忽然，许琏停手，说道："在这里了，来呀，给我拆开！"

几个随从上前用刀具撬开墙壁，很快，露出一个大洞来。原来这里面竟然是一间密室。许琏大声喝道："罗员外，出来吧。不然，我可真要在这里放上一把火，把你烧死在里面了。"

良久，里面慢慢走出一个人来，脸色苍白，全身颤动不已。罗员外狠狠地问："你怎么知道我躲在里面？"

许琏道："本来你安排得天衣无缝，张晋看来是在劫难逃了。尽管我知道本案有疑点，但始终找不到一个缺口，就只能对张晋一审再审，其目的就是想逼你们做出点什么事情来，自露马脚。今天总算让我等到了，罗管家说发现了一个血色鞋印，我上次来过书房察看，并未在窗台发现什么痕迹，难道是张晋在大牢中出来故意踩上去的吗？"

许琏说完扭头看着罗管家，罗管家哀声道："老爷，都是我害了你。"

许琏又道："上次来我就发现书房的墙壁明显比其他的墙壁都要厚，就觉得内有隐情，后来我查过你的底细，最近生意不好做，你欠了不少债，前不久却把30万两的白银转移到邻县一个叫做吴运承的人名下，而这个人根本就不存在。看来，你是想等此事平息之后举家外迁，于是我就确认你还活着！为了躲掉巨债，你诈死不算，还要借婚事做诱饵陷害张晋，我只是不明白，张晋遇到的夫人和小姐到底是谁？"

罗员外干笑两声，道："对付这个小子，只要到青楼叫个老妈妈和一个小女子就可以了。"

许琏摇了摇头，叹道："害人终害己，现在你恐怕真的要家破人亡了！"

（童程东）

（题图：黄全昌）

三命奇冤

　　保定清苑县张家庄,有个张三郎。这天,他到岳父家接了新娶媳妇李巧儿回家。张三郎让妻子骑着驴子,自己跟在后面步行。当他们途中经过西溪村时,张三郎怕带着新媳妇被相熟的人见了取笑,便叫妻子骑着驴子先走。谁知,张三郎赶到家里,发现妻子并没有回家,不由大惊失色,一家人也慌乱起来。大家打起灯笼火把,四处寻找,谁知闹了大半夜,仍不见李巧儿的影子。

　　第二天一清早,张三郎就去县衙报案了。

　　清苑县县令姓施,进士出身。他接到状子后,即刻升堂讯问,并且根据张三郎的陈述,立即派遣四班差役,去扼守西溪村到张家庄的四条通道。

　　由张捕快率领的一路差役,急匆匆来到张家庄的大路口,就见从任邱道上匆匆奔来一人。只见那人车夫装束却不赶车;明明是个男子倒提了个花布包裹。张捕快他们不由疑心顿起，连忙上前喝住那人。

那人见围上来一群公差，顿时神色慌张。张捕快便吆喝一声："搜！"差役便七手八脚解开了那花布包裹一看，里面放的是玉钗、珠簪和几件女人衣裙。张捕快见了赃物，冷笑一声，喝问："好一个大胆车夫，竟敢诱拐良家女子！李巧儿今在何处？快快从实招来！"

车夫见事已败露，只得吐露了真情："李巧儿她……她死了……"

"死了？是你杀死的？"

"不，不——"

于是车夫向差役们说出了事情的经过。

昨天，任邱富户刘得海在县城游逛了一天后，便雇了这个车夫的车回任邱。当他们走到张家庄和任邱的岔路口时，远远见前面一个青年女子骑了一头驴独自走着。刘得海见那女子背影苗条，体态婀娜，顿生邪念，连声催促车夫追了上去，把那女子的驴子冲到任邱道上，逼着她一起朝前而行。

这年轻女子就是张三郎的妻子李巧儿。这时天色渐渐黑了，李巧儿心里发慌，无可奈何，只得向刘得海问路。刘得海则假惺惺地说："小娘子你走错路了。张家庄应向西走，这是任邱大路。眼下天黑难行，我看还是找一个庄子借宿一夜，天亮后我再派人送你回家，你看如何？"

李巧儿没有其他方法可想，只得点头应从。

又走了一段路，来到了孔家庄，刘得海心想他的佃户孔小二的家就在这庄上，便决定去他那儿借宿。孔小二见刘得海来借宿，便叫新婚回家探亲的女儿孔桂英暂回夫家，把女儿的房间让给来客住宿。孔小二把一切安排好后，就去睡了。

车夫因一路疲惫，头一倒下，就睡着了，一直睡到第二天天亮。这时猛地有人来推他，他睁眼一看，只见孔小二脸色死白，浑身哆嗦，手指着李巧儿的睡房，惊恐地叫着："快、快起来，那、那边出事啦……"

车夫跃身而起，奔到门前，从门缝中往里一望，不觉脱口惊呼："啊——"

原来李巧儿已被杀死在炕上,另一个被杀死的男人竟是刘得海。再一看,屋檐下李巧儿的驴子也无影无踪了。

车夫正要叫人,孔小二一把拉住了他,悄声说:"别嚷,别嚷!闹到官府,你我性命难保。我看你还是带了那女子的衣物,速速离去。这里由我收拾。"

车夫一想,觉得孔小二说得有理,便破门而入,拿了李巧儿随身携带的包裹,匆匆离开了孔小二的家。

张捕快听了车夫的一番诉说,一时也难辨真假,吩咐手下差役将车夫锁住,推推拉拉,直奔县衙而去。

施县令正在县衙等得焦躁,当他得知刘得海、李巧儿在孔小二家双双被杀的凶信后,一边开堂审讯车夫,一边火速派遣差役赶往孔家庄捕拿孔小二。

奉命捉拿孔小二的差役赶到孔家,只见门上落了一把大铁锁,屋内悄无人声。差役翻墙闯进内屋一看,炕上既无尸体,也无血迹,甚至连一丝半点凶杀的痕迹也没发现。

差役们商议后,派一人火速回县衙报讯,留一人守候在孔家,其余分几路搜寻。

且说张捕快带着几名差役,直朝孔小二的女儿孔桂英夫家走去。他们正七嘴八舌说着走着,猛然间,迎面有个人跌跌撞撞地走来,人没走到面前,一股酒气已扑鼻而来。

一个差役喝道:"喂,酒鬼闪开,别误了老子们的公事!"

"谁在讲老子老子的,我孔小二才是你们的老子呢!"

张捕快上前追问一声:"你叫什么?"

醉汉一拍胸脯,嚷着:"老子行不改姓,坐不改名,孔小二就是老子!"

"你有一个女儿叫孔桂英?"

"是的,你问她作甚?"

醉汉话音刚落,"当啷——"一根铁链已套到了他的脖子上。

孔小二从女婿家喝得酩酊大醉出来,现在被这"当啷"一声惊散了三分醉意；等到被拉进县衙，推上公堂，十分醉意已吓得一干二净。他抬头往堂上一看，顿时吓得魂飞魄散。

一声堂威，施县令一拍惊堂木，喝问："孔小二，快把谋财害命的罪行从实招来！"

"启禀老爷，小人并未谋财害命，求老爷明察。"

施县令问："既未谋财害命，那刘得海、李巧儿怎么在你家中丧命？"

"老爷容禀。昨夜小人的主人刘得海带了一个车夫和一个小娘子来我家借宿。今天早上，因见他们久不起床，我去刘得海房内探看，不见了他的人影，再到那小娘子房门口朝里探看，谁知他俩已被人杀害了。"

"既是人命重案，就该报官，为何唆使车夫潜逃，私自掩埋尸体？"

"小人惧怕冤案难洗，惹火烧身。小人该死！"

施县令见孔小二对答如流，不觉暗暗作怒。他转念一想，猝不及防地又问："你既不是凶手，为何离家潜逃？讲！"

孔小二不慌不忙地回答："昨夜，我叫女儿回夫家去住，谁知今天早晨，我女婿却来接妻。我当即离家四处寻找，直到现在，女儿仍未找到。"

施县令一听，疑惑又加疑惑，烦恼再添烦恼：死刘得海和李巧儿，又失踪了孔桂英，这案子是奇上加奇，曲中有曲了。眼前这个孔小二又如此巧辩，看来不用重刑他是不会招供的。

只听见施县令一声喝叫，两旁衙役立刻动手掌刑。一阵"杏花雨"过，只见孔小二的屁股上血水淋漓。孔小二杀猪般地直喊："愿招！"重刑之下，孔小二招认了刘得海、李巧儿是自己亲手谋杀，接着被关入死囚大牢。

施县令退堂后，立即请书吏到书房撰拟公文上报。

那书吏名叫莫兴，为人机敏，极有谋略，素有"小诸葛"之称。莫书吏一踏进书房，便向施县令深深一揖，说："老爷素来教诲我等秉公执法，为民请命，所以，今夜卑职不得不直言了。"

施县令一听，大为惊诧，一边让座，一边讲："莫先生有话只管明说。"

"今晚的案子，老爷定错了！"

施县令猛吃一惊:"错在哪里?"

莫书吏不慌不忙地说了起来:"孔小二乃刘得海的佃户,无缘无故怎会陡起杀心?刘得海身上并未多带银两,而李巧儿随身携带的衣物,他又全给了车夫,这怎能说是谋财害命?孔小二的女儿当晚回夫家,又突然失踪,此处极为蹊跷,很有可能是此案中的重要关节。老爷舍此不问,系大错也。刘得海借宿时,李巧儿骑的一头黑色驴子拴在屋檐下,天明发现二人被害时,驴子也不知去向。据卑职推测,盗驴之人,乃是杀人凶手。现在驴子尚未寻到,却把孔小二定为杀人凶手,这更是大错特错了。"

莫书吏这一番话,说得施县令如梦初醒,冷汗直冒。他带着愧意说:"本县盛怒之下,定案失当了。孔桂英和黑驴,眼下尚无线索,还须慢慢访拿。"

"老爷,眼下还有一事,不能延误,刘得海和李巧儿的尸体还未勘验,若再被凶手移尸灭迹,这案子就更棘手了。"

"对对,明天须早早前去勘验。"

次日一早,施县令、莫书吏带着差役、仵作,押着孔小二,来到了掩埋尸体的九龙山。

这九龙山就在孔家庄的旁边,山脚下就是孔小二的家,山上有座九龙庙。山下青松翠柏,郁郁苍苍,像一条绿色的带子,沿山环绕。

孔小二来到山脚下一看,呆住了:昨天清晨,浓雾茫茫,自己心急慌忙地来到这里,也来不及分辨东南西北,只记得将尸体埋在一棵百年老松树下。现在一看,山脚下到处是百年老松,究竟埋在何处,已难以辨认了。

施县令听孔小二这么一说,就吩咐差役沿着山脚分头寻找。一会儿,一个差役在一棵老松树下发现一处泥土松软。施县令下令挖掘。不一会儿,果然挖到一具尸体。一个急性子差役跳下坑去,拎起尸体的两脚,狠命一拖,只听众人一声惊呼:"啊——"原来拖出来的竟是一个光头和尚。

这下,大家被惊呆了。施县令走到孔小二面前,问:"你可认得这和尚?"

孔小二走近尸体,低头辨认了一阵,说:"他是山上九龙庙里的方丈,名叫悟生。"

"是你杀了他?"

"不不不……我、我哪里会杀他!"

"此坑是你所挖,和尚怎会不是你所杀?"

"这……"孔小二再也无言答辩了。

一旁的莫书吏看了看坑中的尸体,又望了望山脚下的不计其数的百年老松,沉思了片刻,和施县令耳语了几句,便喝令差役们分两路沿着山脚继续细细搜寻。

大约过了一个时辰光景,终于在南山脚下,挖出了一男一女两具尸体。众人一看,果然是刘得海和李巧儿。

案中又多出了一具和尚尸体,案情越加复杂了。

仵作勘验了三具尸体,都是刀伤,均为他人谋杀。

这时,莫书吏走到施县令身旁,轻声说:"欲知山中事,须问打柴人。卑职心想上山访查,或许能得到一点蛛丝马迹。"

施县令点头称是:"如此辛苦先生了。本县先回县衙,如有讯息,望先生早早报知。"说完,又派了两名差役暗中照看莫书吏,然后叫衙役们用芦席把三具尸体包裹好,抬回县城去了。

莫书吏独自一人,踱步上山。

此刻,山上九龙庙的大雄宝殿一侧角落,躺着两个叫花子。他们一边边捉虱子,一边闲扯着。一个说:"瘸哥,昨晚睡得可好?"

瘸腿叫花子说:"好个屁!老子刚闭上眼,就被那个小和尚喊醒,说是他们师徒俩即刻要出外云游,叫我们帮他照看寺庙。被他一打扰,我一夜没睡好。痢弟,你睡得可好?"

"别提了,半夜被一阵驴声惊醒,想必两个臭秃子出外云游还买了头驴子,真他娘的好大福气!"

瘸腿叫花子接着说:"昨夜睡不着觉,躺着无事,倒想出了一首顺口溜。"

"瘸哥好文才,居然作起诗来了。快念给兄弟听听。"

"什么好文才,不过是叫花子掼西瓜——穷开心罢了。你听着:昨晚闻驴鸣，今晨无钟声。老小两和尚，同是尴尬人……"

瘸腿叫花子刚念完，突然从大雄宝殿另一侧走出一人，嘴里连声说着："好诗，好诗。"此人正是上山私访的莫书吏。

两个叫花子见一个书生模样的人称赞这首顺口溜是"好诗"，便撑起身来，挤眉弄眼，笑容可掬地说："相公，我们是信口胡诌的，这真是一首好诗？"

"此诗意新语工，妙趣横生，听后令人手之舞之，足之蹈之，这自然是好诗！不过——"

叫花子睁大了眼："不过什么？"

"不过'老小两和尚，同是尴尬人'一句，不明内情者则难解其意。"

两人被莫书吏赞得忘乎所以，那个癫痫叫花子索性站起身来，唾沫四溅地向莫书吏解说起来："这有什么难解的！喏，告诉你，这九龙庙里住的是一老一小师徒两人，师父叫悟生，徒弟叫慧净。师徒俩都和山脚下孔小二的女儿孔桂英有勾搭，这不是老小两和尚，同是尴尬人吗？"

莫书吏听到这里，顿时心内明白了几分，便连连点头，一语双关地说："如此一说，晚生明白了！"他又胡乱奉承了叫花子几句，就信步走出大雄宝殿，在寺院内内外外察看了一番，果然是悄无人迹。莫书吏不敢耽搁，匆匆离寺，会同了暗中尾随的两个差役，脚下生风地直奔县城。

莫书吏回到县衙，马上把两个叫花子叙述的情况向施县令作了禀报。两人计议一番，施县令立刻发签传来当地地保，问明了小和尚慧净的原籍，即刻挑选了三个精壮捕快，出发追捕。

捕快们日夜兼程，三天后赶到了慧净的原籍河南归德。说来也巧，一进县城，正好看见一处驴市，三人在驴群中一一察看，竟真的给他们发现了一头和车夫供述相符的黑驴。张三找到了卖主，又从卖主嘴里得知此驴是三天前一个叫解洪海的转卖给他的。于是，又由卖主陪同，寻到了解洪海的家。

众人踏进解家，解洪海神色慌张地走了出来。张三见解洪海举止失措，一把扯去了他头上的方巾，一看，竟是一个光秃秃的和尚头。张三等人四下搜查，又从卧室内找到了一个年轻女子。严词盘问后，那女子承认自己是孔小二的女儿孔桂英。

　　捕快们押了慧净和孔桂英，速速赶回了清苑县。施县令当即升堂，传出了张三郎、车夫和孔小二，押出孔桂英、慧净。堂上，施县令罗列证据，连声追问，慧净见事已败露，只得供认了实情。

　　原来，慧净和孔桂英素有奸情。刘得海和李巧儿来孔家借宿的那天夜里，慧净得知孔桂英新婚回娘家探亲，便借着月色潜来相会。他摸到孔桂英房外，从后窗往里一看，见炕上躺着一男一女。慧净以为那女子是孔桂英，不觉恼怒万分，顿起杀心。他在灶房间里摸到了菜刀，越窗而入，杀死了正在酣睡的刘得海和李巧儿。慧净杀死两人跳出窗后，又看见了拴在屋檐下的那头黑驴，便顺手牵羊，把驴牵回寺内。哪知慧净刚踏进卧房，却见一女子睡在床上，掌灯一看，竟是孔桂英！慧净大惊失色，喊起一问，才知孔桂英因刘得海来借宿，父亲要她暂回夫家，她一是怕天黑路远，二是眷恋和尚，便上山摸进了寺内。慧净听完后，方知刚才错杀了人。慧净把杀人一事告诉了孔桂英，两人觉得呆在此地凶多吉少，不如远走高飞，于是便收拾行装，准备逃回慧净的家乡。谁知隔墙有耳，老和尚悟生正在房外偷听，当他得知慧净要拐走孔桂英时，便推门进去，以告官威胁。慧净不肯就范，又扬刀杀死了悟生。他把尸体埋在山脚下，又到大雄宝殿借托"出外云游"哄骗了两个叫花子。诸事安排停当后，这才换了装束，带了多年积蓄，让孔桂英骑上驴子，乘着茫茫浓雾，下山回到了河南老家。

　　一场奇案，到此水落石出，真相大白了。

　　施县令听完供词，大笔一挥，对一干人犯分别作了判处。

　　判决完毕，施县令和身旁的莫书吏相视一笑，不觉都轻松地嘘了一口气。

（改编：吕　钟）
（题图：顾建国）

百慕大航班

还有五分钟,由百慕大飞往纽约的1044次航班就要起飞了。

空中小姐詹妮正要登机,她的男友迪克匆匆跑来,塞给她一本杂志,说:"詹妮,有人在跟踪我,杂志你收好,照我说的去做!"原来,迪克是名记者,他刚刚查出不久前一艘轮船爆炸是有人在船上放了炸药,策划这起爆炸事件的恐怖分子的名单就夹在这本杂志里,可他已经被对方盯上了,只有交给詹妮带走。"记住,无论如何,一定要将它安全送回纽约报社!"迪克吻了詹妮一下,又摸出一枚钻石戒指,"本打算到了纽约再拿出来,看来现在就得交给你了,放心吧,过几天我会正式向你求婚的。"说完就急匆匆地走了。

看着迪克远去,詹妮这才回过神来,她将杂志塞进背包,赶紧上了飞机。乘务长递过来一份登记表,说刚刚又上来三名乘客,分别是6号位哈斯汀、9号位卡尔森和18号位克林顿。詹妮的心一下子揪起来:如果刚才有"尾巴"

跟着迪克，那"尾巴"一定看见迪克把杂志给了她，随后跟着上了飞机。究竟是三人中的哪一个呢？

这时，飞机起飞了。乘务长提醒詹妮该去准备饮料和晚餐，詹妮答应一声，便来到厨房，但她的脑子则在飞快地转着：一定要将背包先藏起来，可是藏在哪儿呢？厨房位于驾驶室与机舱之间，乘客一般是不会来的，而且自己在准备晚餐时还可以一直注意着它，对，就藏在这儿！詹妮打开角落处的冷冻箱，将背包塞了进去，起身后却发现袖口沾上了一块油渍，准是碰到了箱中盛放的色拉，她便用餐巾纸擦，不想越擦越糟。她不再理会，回机舱开始分发饮料。就在这时，乘务长走过来，说："詹妮，机长让你带乘客去参观驾驶室。"詹妮一下子呆住了，她竟忘了航行中有让乘客参观驾驶室的惯例，这么一来，每个人都有可能进出厨房了！不等她细想，前排的几名乘客已经起身随乘务长朝厨房走去，詹妮的心登时绷紧了，恨不得马上发完饮料，赶紧回厨房去。不一会儿，托盘空了，詹妮正要跑去，乘务长又叫住了她："詹妮，行李申报单哪儿去了？"詹妮只好到舱尾的公文包里翻找，她知道，找不到申报单，乘务长是不会放她走的。这时，第一批乘客已经回来，第二批也跟着去了，眼看就要轮到有跟踪迪克嫌疑的那三个人了！詹妮心急火燎地把公文包里的东西全倒出来，仍不见单子，这时，那三个人已经起身进了厨房……詹妮手忙脚乱地翻了好一阵，最后终于在一件上衣的里层小兜里找到了那些单子，她把单子往乘务长手上一塞，转身就朝厨房跑去，这时最后一批乘客也已经回来了！

詹妮一头冲进厨房，眼前的景象使她心惊肉跳：那只背包被人从冷冻箱里拿了出来，扔在地上，背包口开着不说，那本杂志已经没有了！詹妮一阵晕眩，一定是这三人中的某人干的！

詹妮定了定神，回到机舱，装作逐一向乘客讲解飞行路线图，重新打量起这三名可疑人来：6号座的哈斯汀是一位老者，头发灰白，戴一副眼镜，正专心看着报纸，像是经理或总裁之类的人物。9号座的卡尔森四十开外，很健壮。他显得不很自在，害羞地说他是第一次来百慕大看儿子，还掏出一张他儿子的照片给詹妮看。他的行李是一只老式黑包，放在座位下面。也许杂志就在包里，但凭直觉，詹妮觉得里面应该是旅游纪念品之类的东西。18号座的克林顿长相帅气，衣着考究，二十四五岁年纪，他说他父亲心脏病突发，现在赶着回去。他头顶的行李架上有一只拉链包，拉链也没拉上，如果杂志真在里面，他敢就这样放着？詹妮摇了摇头，怎么看都不像。时间已过去大半，仍没能从三人身上查出蛛丝马迹，詹妮沮丧极了。突然，她看到自己衣袖上的那块油污，眼睛登时一亮：我那么小心，还是碰到了色拉，偷包人那么匆忙，衣袖上也一定会沾有油污！哈斯汀没穿外衣，他把折叠好的外衣放在报纸下，这样做是否为了遮盖外衣上沾着的什么？卡尔森先把詹妮递来的飞行路线图放下，再去口袋摸儿子的照片，为什么不直接用另一只手呢？还有，克林顿的右手一直靠在扶手上，这是举止优雅还是在遮掩什么……对，一定有问题！等詹妮端着咖啡再出来时，哈斯汀已把报纸收起来，外衣也穿在了身上，没有找到油渍！下一个是卡尔森，这回他是伸双手来接咖啡的，袖口上也没有油渍；现在只剩下一个怀疑对象——克林顿！詹妮把咖啡端到克林顿身旁时，一开始他摇头说不想喝东西，架不住詹妮再三邀请，这才接过杯子，不过用的只是左手，右手仍靠在扶手上没动。詹妮笑了笑，跟他闲聊起来，说着说着，突然她停住话头，指着窗外说："瞧那团云！"趁克林顿侧身望去的瞬间，詹妮将杯子一倾，几滴滚烫的咖啡滴在他手臂上，他骂了一句粗话，右手抬起来，旋即又放回去，这一下已足够了，詹妮清楚地看到了那块油渍！一切都已明了，接下来就是怎样把杂志再夺回来。

这时，乘务长又在喊她："詹妮，你在机场买什么东西没有？我得填写海关申报单了。"海关！对，只有在海关克林顿才会打开包，如果能在那里拖住他……詹妮本来已在申报单上写下"钻戒一枚"，这时，一个念头突然出现了，她来到衣帽间，取下标号"18"的那件风衣……这时候，蜂鸣器响了，飞机就要着陆，詹妮开始替乘客取衣帽，那件风衣也递给了克林顿。

海关检查站里，詹妮交了一张空白的申报单。轮到克林顿时，他对检查人员说:"我就一个包。"然后他一样样取出来:几件内衣、一套剃须用品和一本杂志。

詹妮的目光死死盯住那本杂志,她果断地走了上去,大声说:"你为什么不申报你藏在风衣夹衬里的那枚钻戒?"

"什么钻戒?"克林顿不知所措。

检查人员紧张起来,示意他举手接受检查。詹妮在一旁对检查人员说:"我借给他这本杂志的时候,看见他正在欣赏一枚钻戒,然后用刀片在风衣夹衬上划开一道口子,八成是想躲过……"

克林顿掀起风衣,脸色陡变,夹衬上果然有一道口子!检查人员围上来,从里面摸出一枚光闪闪的钻戒。克林顿的手举在空中,眼里满是迷惑、愤怒和沮丧。詹妮一把抓过杂志,说:"再见了,先生!"说完转身离去。背后传来检查人员对克林顿的吆喝:"别去打扰那位小姐了,跟我们到办公室来!"

詹妮刚走出站口,一名男子拿着手机奔了过来:"杂志在吗?"她无力地点点头,从包里取出杂志。男子说:"谢天谢地!迪克从百慕大打来电话,他已经在那边等了很久,他说肯定有人盯上了你,你没事吧?"

詹妮问:"电话挂断了吗?"

那名男子把手机递给了詹妮,她听到电话里传来了长长的吐气声:"亲爱的,把戒指戴上,我不想给你时间考虑是否接受我的求婚。"

詹妮流下了眼泪:"迪克,对不起,我失去了那枚戒指,它和杂志我只能选择一样。"

电话那头迪克笑了:"傻瓜,不要紧,等我回来,再去买一枚新的!"

(改编:马　丽)
(题图:佐　夫)

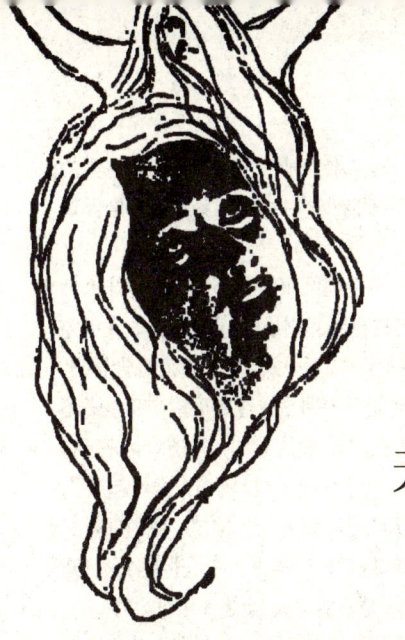

天堂里的鬼影

　　说起伦克探长,真是个了不起的人物,许多疑难复杂、稀奇古怪的案件,到了他手里,总会迎刃而解。可眼下他受理的这个罕见的"鬼魂"案,却把他难住了。

　　此案的受害者叫露丝,是医药公司董事长威力斯的夫人,偕同丈夫住在远离市区的一座小别墅里。露丝年轻貌美,父亲又是一个有权有势的亿万富翁,因而威力斯对妻子是爱而又敬,百依百顺。日子就在恩爱和甜蜜中缓缓地流去。露丝深居简出,她不想在社交场合抛头露面,只求能这样平安而舒适地度完她的一生。谁知命运却偏偏和她作对,尽管她没有得罪过任何人,厄运还是降临到她的头上。

　　那是一个礼拜六的下午,威力斯因为要参加公司一个重要会议,就给妻子打来了电话,告诉她可能要晚些回来,叫她先睡。

　　由于平时威力斯夫妇都是同时就寝的,因此今天虽说丈夫来了电话,可露丝还是不放心,坐等着他回家。壁上的挂钟已敲过十一点了,可是仍不见丈夫回来，露丝不由得担心起来了。这也难怪她，在这作案多如牛毛的花花世界里，谁能担保不会发生意外的事情？这时在她的脑海里不断浮现出一桩一桩绑架凶杀惨案。

露丝越想越觉得毛骨悚然，她不由自主地两眼瞪住挂钟，可是挂钟却毫不理会她的心情，反而比平时似乎走得更快了。快十二点了，露丝几乎完全绝望了，她觉得她的威力斯再也回不来了，心里一急，就不由得祷告起来：上帝啊！你可怜可怜我的丈夫吧！只要他能平安回来，这万贯家产我也毫不足惜。说来也神，露丝的真诚还真感动了上帝，就在这时，过道里传来了脚步声。她口中叫着"谢天谢地"，心里的一块石头落了地，精神也振作起来了。这时挂钟敲响了十二点，门"砰"的一声开了。露丝大为惊诧：威力斯今天怎么用这么大的力气将门撞开了？她不解地朝门口望去，这一望不打紧，露丝顿时吓得瘫倒在沙发上。原来进来的不是她的丈夫，而是一个可怕的鬼魂。那怪物满头长长的白发倒披下来，几乎遮住了整个面孔，只有在头发的缝隙间才隐隐现出一双发着绿光的眼睛，它伸出一双长着长长指甲的毛茸茸的手，一边"咯咯"地狞笑着，一边晃晃悠悠地朝露丝扑来，"啊！"露丝一声惨叫，便什么也不知道了。

等露丝苏醒过来，发现自己的丈夫正焦急地叫着自己。她用疲倦的眼神瞧了瞧丈夫，只见威力斯面色苍白，两眼发青，不用说也一夜没有合眼。威力斯见妻子醒来，急切地问："昨晚到底发生了什么事？你竟昏死在沙发上。"

露丝定了定神，断断续续地将昨晚的经过叙述了一遍。

威力斯这才放下心来，耸耸肩笑道："哪来的什么鬼魂，你大概做了个恶梦吧！"他见妻子余悸未消，便发誓说今后就是天塌下来晚上也不出去了。

威力斯说话果然算数，第二天很早就回到了家里，寸步不离地陪伴着妻子。露丝的心情仍然很紧张，她不敢上床睡觉，因为只要她一闭上眼睛，那可怕的鬼魂就好像出现在眼前。看着妻子害怕的模样，威力斯真是又心疼又焦急。他费尽了口舌，甚至拍着胸脯为她壮胆，可是依然不起作用。威力斯实在没有法子了，只得拿出一瓶安眠药来，倒出一粒让妻子吞下去，这样露丝才渐渐安静下来，进入了梦乡。

时钟又敲响了十二下，"砰"的一声，撞门的声音将迷迷糊糊的露丝又惊醒过来。呀！那可怕的鬼魂又进来了！也是那样地倒披着白发，也是那样地伸出一双长着长长指甲的毛茸茸的手，也是那样"咯咯"地狞笑着向她扑来。她没来得及叫唤丈夫，又吓昏过去了。

此后一连几晚都是这样。

露丝实在受不了了，她请求丈夫另外搬个住处，素来疼爱妻子的威力斯自然一口答应，就这样他们搬进了另一个别墅。但万万想不到的是这鬼魂也会搬家，追随着露丝又来到了这个新家，可怜的露丝就这么陷入了无穷无尽的恐怖之中。万般无奈的露丝只得来到了警察局，求助于大名鼎鼎的伦克探长。

听了露丝的叙述，探长没有作声，他脑子里好像有一团乱麻，理也理不清。要说歹徒是想装扮成鬼魂来恐吓美貌的露丝以达到行奸的目的吧，那么他头一晚上为什么没有下手呢？以后威力斯天天守在妻子身边就更说不过去了；要说歹徒是想达到敲诈的目的吧，那么这么长的时间为什么连封恐吓信也没寄来呢？

探长沉思了好一会儿，一个念头从脑中闪过，突然问道："请问太太，你得罪过什么人吗？"

"没有，探长。我连踩死一只蚂蚁都不愿意，怎么会去得罪人呢！"

"那么对家里的佣人呢？"

"也没有。我因为家务事不多，所以只雇佣了两个仆人。那个看门的老头耳聋眼花挺老实；原来那个烧饭的老妈子也不错，有一门好手艺，只可惜手脚不干净，偷了我丈夫的一块金表，因而被解雇了。新换来的是个年轻姑娘，虽说手艺差点，但性格还是很温顺的。"

唉！仅存的一点希望也破灭了。到了这个地步，伦克探长只得先不考虑作案的动机，决定先将罪犯抓住再说。

因为有了探长保驾,露丝今晚显得轻松得多了,在吞下安眠药后她就催着丈夫早点入睡。威力斯感到奇怪,露丝便把去警察局的事告诉了他。威力斯一听,生气地埋怨妻子不懂事,责怪她不该将此事张扬出去,他说世界上本来就没有鬼魂,那么探长又能捉住个什么呢?这不等于叫别人来证实自己患有精神病嘛!他边埋怨边向门口走去,他想请探长撤回去,但是露丝将他拦住了。因为伦克探长关照过她:今晚深夜凡是到别墅行动的人,不管是谁,一律先抓回警察局再说,她劝丈夫别去出这个丑。威力斯只得作罢。

伦克探长真在替露丝当保镖了,他和助手就埋伏在楼下花园的树丛里。他不时地瞟瞟腕上的夜光表,快了,十二点就要到了。伦克朝助手招了招手,就在他手臂放下的一刹那,一声令人心悸的撕心裂肺的惨叫划破了夜晚的宁静。一听这叫声,伦克和助手一跃而起朝楼上扑去,探长冲进露丝的房间,只见露丝歪倒在威力斯的怀里,她虽然已经昏迷,可是两只像死鱼般的眼睛仍旧木然地恐怖地盯着房门,嘴角边流着白沫。看到这种情景,就连心硬的探长也倒抽了一口冷气。他用拇指掐住了露丝的上嘴唇,但是露丝一点反应也没有;问威力斯,也问不出个名堂来。探长只得动手检查房间,门口,窗台上,洗手间,甚至连床底下都看了一遍,连一点异常的痕迹也没发现,只得悻悻地离开了房间。

第二天,第三天,伦克探长都扑空了。

第四天,被激怒了的探长使出了他的绝招,在十一点半的时候,他就顺着廊柱爬了上去,像只壁虎似的紧紧地贴在上面,他的两只眼睛正好对着露丝卧室的窗口,这时即使有一只蚊子从里面飞出来,也休想逃过他夜猫子似的眼睛的监视。十二点刚到,伦克就像只饿虎似的往房门扑去,与此同时露丝的惨叫声也响了。但是遗憾的是,这回伦克又失败了。

这时,助手小声说道:"探长,我看这个案子可以了结了。"

"你说什么?"暴怒的探长简直是在吼叫。

助手说:"事情还不是明摆着,露丝是患了精神上的病症,叫我们来又有什么用呢?"

探长本来还想训斥他几句,可眼前的事实又证明助手的判断确有道理,于是只得叹了口气,吩咐将所有监视别墅的暗探一股脑儿全撤了回去。

伦克探长虽说从露丝别墅撤出了,可十来天他的脸上没露过一丝笑容,心里总是在嘀咕着露丝家的鬼魂案。他虽然无法推翻助手的判断,但这毕竟是他的一次失败。

这天,探长和助手开车朝皇后大酒家驶去,突然助手一下踩住车闸:"探长,前面有人。"

伦克抬头一看,前面果然有一个披头散发的女人在边唱边笑地走着。伦克和助手下了车走近一看,不由得发了呆,原来这个疯女人就是露丝。探长的眉头顿时打了结。

助手说:"探长,别再东想西想了,这更证明我们没有错,露丝是实实在在地疯了嘛!"

"疯了,疯了。"探长反复地念叨着这句话。突然,他一扔烟蒂,丢下助手,自顾自猛地跳上小车,一个人把车开走了,弄得助手莫名其妙,叫苦不迭。

直到下午五点钟,伦克探长才回到了警察局,从他脸上的表情看来,他这次遛车很有收获。

伦克风风火火地奔上楼,一跨进办公室的门,就对助手嚷了起来:"走,跟我上露丝家去!"

"什么? 还去露丝家?"满腹牢骚的助手瞪圆了眼睛,惊奇得连上午的抱怨也忘记了。

探长神秘莫测地说:"对,是去露丝家。你别看我这几天生怕别人提到露丝家的事,可这会儿还怪想他们呢! 老实说吧,去不去由你,耽误了看好戏可别怨我。"

当探长和助手来到露丝的别墅时,已到了吃晚饭的时候了。他们径直向餐室走去。快到餐室时,探长突然加重了脚步,他们推开门进去一看,只见威力斯正愁眉苦脸地站在妻子的身边。露丝则成了一个名副其实的疯子,她痴呆地躺在餐桌旁的一张靠背椅上，正由那个女仆在一口口地喂着。

一看到探长，威力斯就如同看到了亲人一般，满肚子的苦水一股脑儿倒了出来："探长，你看看我这个家啊！露丝她整天疯跑，饭也不吃，都瘦成了个什么样哪！再这么下去，我可如何是好呢？"

"别着急，董事长先生，事情已经到了这种地步，也只好听天由命了。"伦克郑重其事地拍了拍威力斯的肩膀，"我正是为这件事情来的，贵夫人的精神病我看是越来越严重了，如果还不送到精神病院去，那后果更加不堪设想了。至于你岳父那里就由我去对付好了，相信我这个探长的话他还是听得进去的。"

伦克这么一说，威力斯的心里更加不好受了，他情不自禁地抱住妻子哭了起来，这种眷恋之情就连助手也感到一阵心酸。还是探长有办法，他将一杯白兰地递到威力斯手里，然后同情地安慰他："董事长先生，你是个聪明人，总不至于糊涂到靠眼泪救活人吧！好了，让我们干杯吧！一醉解千愁哪！"

探长的话真有道理，几杯酒一落肚，威力斯果然忘记了忧伤，逐渐地活跃起来了。趁着威力斯高兴，伦克天南海北地扯了起来，直到两瓶白兰地见了底时，他才起身告辞。好客的董事长一直将他们送到了别墅外，直等他们小车开远见不到影子。

夜，静悄悄的，似乎世上的一切都沉入了睡眠之中。这时，在露丝家的树丛里，有两双眼睛在发着亮光，他们就是伦克和他的助手。原来探长只将车开出了约摸两里路的光景就停下了，他和助手耳语了一阵后，两人就又徒步返了回来，偷偷地又潜入了露丝家的别墅。一切还是没有改变，当十二点来到时，照例又响起了露丝的惨叫。但这回探长却不着急，他只是拉长了耳朵在注意地听着什么，十分钟后，楼上忽然传来了一声轻微的开门的声音，伦克如释重负似的长长地吐了一口气。只见一个黑影溜出了房门，探头探脑地张望了一阵后就不见了，接着房门又轻轻地响了一声。这时的探长反而好像更加没事了，他竟躺下去开始数起天上的星星来了，一颗、两颗，直到数到第五百颗星星时，他才一跃而起，对助手打了个手势，两个人像野猫似的悄悄向楼上摸去。

他俩来到一个房间门前，狠劲撞开了门，两支雪白的光柱一齐往床上射去，唬得床上的两个人一掀被子就爬了起来，慌乱中竟忘记了自己还是光着身子。伦克对着助手纵声大笑道："怎么样，我没有骗你吧！这不是让你看到好戏了吗？"这时，年轻的助手羞得赶紧闭上了眼睛。

原来，这个鬼魂不是别人，就是露丝的丈夫威力斯。

露丝家的鬼魂案破获后，全市轰动了，人们纷纷要求了解案情。实在没有法子，警察局只得破例举行一次案情介绍会。当两个警察将鬼魂押出来时，全场哗然。

伦克挥了挥手，示意大家安静下来："女士们，先生们，这没有什么可奇怪的，狗总改不了吃屎嘛！现在我就来谈谈我是怎样破案的吧！"探长走到威力斯的面前，带着嘲弄的口气对他说道："董事长先生，你太聪明了，连我也上了你的当，白白地替你当了几夜保镖。但是你也太自信了，竟让被吓傻了的露丝到街上去疯跑。你以为这样一来，你妻子的精神病就会满城皆知，当然你的目的也就达到了。谁知这反而使你露出了马脚，聪明反被聪明误，我就从这里看出了破绽：你，一个高贵的董事长，名声是最要紧的，怎么会让自己的妻子到街上去丢人出丑呢；更何况你平时口口声声说最爱露丝，又怎么舍得让她去遭人戏弄呢？我看出这里面奥妙无穷，大有文章可做，许多过去不引人注意的细节全在我脑子里串了起来。我太疏忽了，现在想起来还真恨不得捶自己两下子，因为我的助手在第一晚搜索后曾对我说过，女仆的房门忘记上锁，是虚掩着的。当时我没在意，现在分析起来是够奇怪的了，因为在我们这个天地里还没有听说过有哪个吃了豹子胆的人敢不锁门睡觉，尤其是年轻的姑娘。那么是谁叫她这样干的呢？她是在等待谁呢？而后来的几晚女仆的门又锁上了，这又是谁给她下了关门的指令呢？我有点开窍了。还有，当我俯下身去想将露丝弄醒时，从她口里我闻到了一股异常的药味，于是在遛车时我特意买了几粒安眠药来比较，这下真相大白了。

虽然我说不出这是一种什么样的药,但我敢断定它绝不是安眠药。本来凭着这些疑点就可以采取行动了,但为了保险起见,我还导演了一幕试探性的喜剧,在吃晚饭的时候我专程来"拜访"了。我知道餐室里这时正喜气洋洋,但为了不打草惊蛇,我故意加重了脚步,于是乎举杯痛饮马上变成了抱头痛哭,尽管你装得那么像,但凭着我的灵敏的鼻子,你和女仆口里的酒气却是无论如何也掩盖不了的。我假说我退出了此案,并趁着你高兴连连向你灌酒,酒后显丑态,你果然得意忘形了,庆贺自己大功告成,竟偷偷向女仆眉目传情了。但是你也疏忽了,我的一双警惕的眼睛正在悄悄地监视着你呢!好了,董事长先生,我该说的都说了,现在应该轮到你来谈了。"伦克说完,掏出了一瓶白色的药丸。

在人证物证俱获的情况下,威力斯不得不交代了自己的罪行。原来他在年轻时就是一个寻花问柳的浪荡公子,但他并不是一个笨蛋,他知道在这个金钱万能的社会里,要想满足自己的欲望,仅靠自己家里的那芝麻大的遗产是万万不行的,必须找一个有钱有势的靠山。几经钻营,凭着他的"才干"和鬼聪明终于慢慢地得到了露丝父亲的器重,不但将他扶上了医药公司董事长的宝座,而且还将宝贝女儿嫁给了他。这下子威力斯神气了,钞票大把大把地进来,洋房、轿车、别墅都有了。按理说如此"天堂"般的生活,他该满足了,但恰恰相反,他的寻花问柳的本性却使他感到日子更难熬了。他确实对美貌的露丝爱过一阵,但日子一久就腻烦了,他需要去采摘另外的鲜花了,这样露丝就成了块挡道的石头了。但是这块石头却不容易搬掉,因为她的上面还有一座大山,那就是露丝的父亲。要是和他闹翻了,威力斯是吃不消的,人家毕竟财大势大,伸出一个手指头也会使威力斯栽个跟头。能不能找出个两全之策,既能除掉露丝而又不得罪她的父亲呢?威力斯苦苦地思索着。功夫不负有心人,威力斯终于想出了个绝妙的计谋来了!他首先命令所属的工厂替他研制出了一种具有特殊功效的药丸,人吞下它后,就能将不久前所受到的极大刺激在脑子里定时地重新出现;然后用栽赃的办法赶走了那个烧饭的老妈子,另外从外地买来个漂亮的舞女安插在家里,以解露丝"得病"后的寂寞之苦。一切安排就绪之后,正戏就开场了。威力斯首先从公司打电话给露丝,诡称开会要晚回来;然后偷偷地溜到家里,钻进那个舞女的房间,将自己装扮成一个可怕的鬼魂,在十二点钟的时候将露丝吓昏;以后每晚骗露丝吃下这种"安眠药",当露丝昏过去后他就溜到舞女的房间里去寻欢作乐,估计药效快过时又潜回到露丝的身边。这样用不了很久,露丝就会被折磨成精神病,那么进精神病院就是理所当然的事情了。女儿既然进了这种地方,那么做父亲的对女婿以后的所作所为也就不方便干涉。遗憾的是威力斯的好戏还没有唱完,就被伦克探长打断了。

案情介绍完毕后,罪犯被押走了。伦克探长深深地吐了一口气,马不停蹄地又去接受新的任务去了。

(编译:胡思平)
(题图:朱 刚)

黄裙子

　　尼克是个好逸恶劳的青年,因为偷盗,被判了四年刑,从此他便过起了监狱生活。狱警们常常是一大早就把他们带到采石场,干的是重活,累得像牛马,还饿着肚子,晚上住的是一个矮小的牢房。尼克无法忍受,今天早晨六点,他终于从劳动的地方逃了出来……

　　现在,尼克正躺在一棵茂密的橡树下休息,他满头是汗,囚服裹在腰里,黏乎乎的。他躺了好几分钟,心情才渐渐平静下来。他坐起了身,背靠着树干,用袖子擦去了流到眼睛里的汗水,然后再次眯起眼睛,想判断太阳的位置,但是,透过密密的枝叶,只能看到一片片的蓝天……

　　尼克叹了口气,他知道目前的处境极为凶险:监狱方面一定已在各处设立了哨卡,而且警卫们很快就会搜索到这里来,一旦抓住了他,他的刑期又会延长五年。就在尼克起身准备转移的时候,不远处的荆棘一动,从那里走出了一个人。尼克魂飞魄散,但细细一看,却见那是一个女孩,不超过十七岁,她穿着蓝色牛仔裤和短衬衫,站在二十英尺之外,眼中没有恐惧和不安,很镇定地看着尼克。

尼克抬起头打量着女孩,他尽量控制着自己不要吓着对方,要不,她尖叫着逃出树林,别人还以为他对姑娘做了什么非礼的事呢。正当尼克在考虑如何开口时,那女孩先说话了:"你一定就是那个逃犯,爸爸打电话回来,说有个犯人逃走了,让妈妈和我留在家里,不要到外面来。"

尼克眨眨眼睛,舔舔嘴唇:"你好像没有听你爸爸的话嘛,小姐,你和一个逃犯在一起,不怕吗?"

女孩挺认真地说:"没什么可怕的,你的样子并不吓人,如果你洗个澡,换件衣服,就和普通人一样了。"

"谢谢。"尼克嘴上这么说着,心里却在估计着自己能用多快的速度跑到女孩的身边,然后抓住她,用她做人质,这样,即使监狱的警卫们追上来,也不敢轻举妄动,说不定还会乖乖地听命于他。

尼克正想行动,那女孩却提出了一个令他十分感兴趣的问题:"你为什么不找个地方先躲一下?"

"没有可以藏身的地方呀!"

女孩折下一枝野花,开始一瓣一瓣地扯下花叶,她哼着歌,并不看尼克,一副满不在乎的样子:"我知道一个地方,一个全世界只有我一个人知道的藏身之处,十分安全,如果你愿意,你可以在那里躲一辈子。"

两人都不说话了。尼克打量着这女孩,不知道怎么做比较好,是拿她当人质呢,还是让她帮助自己?尼克相信那女孩愿意帮助自己,否则她不会提到那个藏身之处。尼克决定让那女孩帮忙,女孩便领着他走上了一条通往沼泽深处的小路。走着走着,来到一条河边,女孩弯下腰,脱掉鞋子,下了河,走了一会儿,又上岸走到一块草地上,在上面擦干脚,坐下来穿鞋。尼克在她身边的草地上坐下,倒出鞋里的水,问:"你为什么不听你爸爸的话,硬是不留在家里呢?"

"因为他是个最固执的人。"

"他在什么事上固执呢？"

女孩满腹委屈地说："什么事上都固执！比如，镇上的服装店里有一条黄裙子，非常漂亮，售价五十元，我爸爸说太贵了，不愿给我买。"

女孩边说边走，又踏上了一条小路，这路曲曲折折，但越走越宽，不久便来到一块空地上。女孩停住脚步，用手一指："喏，就是这儿。"

尼克看看眼前这片空地，皱起眉头问："这儿？我就躲在这块空地上？"

女孩得意地一笑，迈着轻快的脚步走到空地中间，跪下，扒开几块厚厚的青苔和一些松散的泥土，露出了一道活门。尼克走过去，好奇地看着那个活门：它是用木头做的，看上去很厚实，门旁边有厚重的铁门栓，门栓如果插到旁边的一个水泥凹处，这门就无法打开了。尼克探头过去，看到了下面的黑洞。

"这里过去或许是藏赃物的地窖，也有可能是有钱人的避难所。"女孩告诉尼克，同时骄傲地补充说，"我很小的时候就发现了，我从来没有告诉过任何人。"

女孩沿着一个长满青苔的木梯走了下去，她走到黑暗之中，见尼克还在洞口张望，就不耐烦地说："嘿，下来啊！"

尼克听到女孩这种盛气凌人的吆喝十分恼火，四年来，他一直被人这么呼来唤去，他已经受够了。他轻轻地骂了一声，伸出一只脚，先踏在梯子上端的木板上，试试牢不牢，见梯子仍然很稳，就放心地走了下去。他到洞底时，火光一闪，原来女孩划火柴点着了存放在这里的蜡烛……借着蜡烛光，尼克仔细地查看了地窖。它很小，很干燥，比上面的沼泽凉快；他用手摸摸墙壁，惊讶地发现，那墙非常坚固。女孩告诉尼克：这里是最安全的地方，只要在这里住上三四天，等监狱警卫认为他已经逃走了，停止搜索后，他就可以溜到铁路边，搭车离开。她可以每天送来一加仑水，带些三明治，以及其他一些需要的东西。

尼克斜倚在墙上，借着烛光，怀疑地看着女孩：现在的人不会随便帮助别人的，女孩这样帮他有什么理由呢？就在女孩缓步向木梯走去时，尼克挡住了她的去路:"我没有理由相信你,你为什么要这样帮我?"

"天哪!"女孩气愤地叫起来,"我发现你在沼泽里累得半死,我好心带你到这个安全的藏身之处,你却这样怀疑我!"

尼克阴冷的目光逼视着女孩,话说得平静,却是杀气腾腾:"你现在可以跑回镇上告发我……"这话是在试探:女孩听了这话后只要露出一丝惊慌,说话只要有一点破绽,尼克就会扑上前去,扼住她的咽喉!

女孩不慌不忙地说:"你刚才在林子里躺着时,我就可以去告发了,还会这么费事地带你来这儿吗?"说着,女孩坐在地上委屈地哭了起来。

尼克有点不知所措,他考虑着眼前的处境:外面,狱警们在追捕他,而这地窖,是个不错的休息之处,她每天还会送来食物和水……想到这些,尼克让开了木梯,摆了摆手,说:"你上去吧,我就照你的意思去做,别哭了。"

女孩抽泣了几声,站起来,问道:"你的话当真?你不准备伤害我了?"

"是的,我不伤害你。"

女孩一步一步爬上木梯,到了地面,紧接着她便抬起了那沉重的木门,准备盖上……就在这时,女孩突然停住了手,对着地窖里的尼克说:"顺便告诉你,你记不记得我说过的黄裙子,我爸爸不肯给我买的那条,五十元钱的那条?"

尼克抬着头,眯起眼睛说:"记得,怎么啦?"

女孩露出了一个微笑,这是尼克见过的最邪恶的微笑。那女孩笑过之后,得意洋洋地说:"啊,我差点忘了告诉你,警方的悬赏是这样的:逮到逃犯赏五十元,提供线索而逮到逃犯,只给二十五元……那条黄裙子要价五十元,我想它都快想疯了……"

尼克目瞪口呆地站在那里,"砰"的一声,门被盖上了,接着,他又听到了门栓插上的声音,他知道,自己又成了囚犯……

(改编:乔 立)
(题图:箭 中)

执著的恋情

发现隐情

龙子今年二十六岁,在一个小城的电视台工作。

这天中午,她和同事在电视台附近的咖啡屋小憩。忽然,同事朝龙子努努嘴:"那不是木偶师彦泽吗?前两天他还来我们台里做过节目呢。"

龙子顺势看过去,只见彦泽跟一个穿和服的女人,坐在店里的一个角落,有说有笑的。龙子看似漫不经心地点点头,可心中却已波澜起伏。原来,木偶师彦泽正是龙子未公开的男友,直觉告诉她,那和服女人跟彦泽的关系不一般!

不多会儿,和服女人起身独自离开了。龙子见彦泽没发现自己,便找了个借口跟同事告辞。她快步走出咖啡屋,打车跟上了和服女人的车子。一路上,龙子回想起彦泽最近的冷淡和反常,又伤心又不安。

不久,和服女人便在一个住宅区的一座小院前下了车,龙子也下车悄悄地尾随过去。她走近一看，院子的姓氏牌上写着"菊野"二字，房子有些气派，旁边还有水泥墙的车库，开着两扇门，其中一间大概是邻居家的。

和服女人进院前，龙子看见她无名指上的宝石戒指——原来这女人是个有夫之妇啊。

回到家，龙子给彦泽打电话，但一连几天都没联系上。那天，龙子到单位，看到早报社会版上的头条消息，才发觉出事了！报纸标题非常醒目，"有夫之妇遇害"，讲的是电铁公司的董事菊野回到家里，在客厅里发现妻子佳江腹部中刀，倒在血泊之中。佳江在送往医院的途中失血过多死亡。龙子赶忙一对住址和姓氏，没错，那和服女人死了，而且可能是他杀！龙子越想越害怕，赶紧给彦泽打电话，还是联系不上！她顿时感到一阵慌乱恐惧。

此时，电视台办公室里也传得沸沸扬扬。那天一起喝咖啡的同事还神秘兮兮地跟龙子说道："据说这次凶杀案的嫌疑人，竟然是那天我们在咖啡屋里看到的木偶师彦泽！有人透露，他和死者的关系暧昧。而且警方还发现，死者家的烟灰缸里，留着烧剩下的木偶展览会宣传单。

自己的男友在这么关键的时候竟然失踪了！龙子竭力稳定自己的情绪，仔细想想这些年来对彦泽的了解，觉得彦泽是清白无辜的。于是，龙子决定帮助彦泽做点什么！

疑点重重

龙子开始分析：先是物证，木偶展览会宣传单。如果是彦泽杀了佳江，他为什么不把宣传单带走，却留在杀人现场呢？这显然是个嫁祸的手段。会是谁嫁祸彦泽呢？

龙子独自来到菊野的邻居家，递上电视台名片，假装采访，希望能找到一些线索。

邻居是个爽快人，龙子得到不少信息。原来，佳江是电铁公司董事菊野的后妻，以前在一个叫"北山"的私立医院里当过护士。据说菊野是为了多病的女儿才娶佳江的。不过才两年，孩子还是死了。

龙子便又试探地问："孩子死的时候，当爸爸的菊野肯定很伤心吧。"

邻居接下话茬，说："是啊。孩子遗传的是她妈妈的心脏病。记得那天我正好给他们家送些糕点，才知道那孩子病发作了，菊野在外工作还没回来，佳江和女佣都忙不过来了。到了半夜12点多，我正迷迷糊糊，就听到有车停下，我起床到窗口望望，看见北山医院的车来了，一个老医生正在下车呢，第二天早晨就听说孩子死了，真可怜。"

说者无心，听者有意——龙子记得，北山医院虽然名声赫赫，可却离菊野家很远，邻居刚才又说过，那孩子平常都在附近的医院就诊，她便觉得不对劲，追问道："那天晚上，孩子是几点死的？"

"听说大概是11点吧。"

龙子开始仔细推算，从北山医院到这里，开车大概40分钟，医生到时已经过了12点……为什么孩子死后才跟北山医院联系？关键是为何特地从远处请医生呢？

龙子似乎找到了一线希望。她顺藤摸瓜，忽然想到自己大学时有个要好的同学就在北山医院工作，连忙翻开记事本，借个房间打电话过去。

这一通电话，让龙子牵出了更复杂的关系：佳江不仅仅是在北山医院工作过，她还是北山医院前院长北山医生的养女！

挂了电话，龙子陷入了沉思：佳江和院长关系如此特殊，就很难从医院方面入手调查了。不过，龙子又立刻抓到了一根救命稻草，刚才邻居提到过，当时菊野家还有个女佣，或许她知道些什么。

合理猜测

菊野家的女佣已被辞退了，所以对佳江没有好感，龙子一找到她，她就吐出了很多隐情，许多真相也似乎慢慢地浮出水面。

当年菊野家的孩子常发病，大多都是佳江给她静脉注射的。出事那天夜里，佳江给孩子打了针，又给丈夫菊野打电话报平安。可等菊野回来后，女佣却听见菊野在房里大声叫唤着女儿的名字，不久，又传来了佳江打电话慌乱地呼叫北山院长……接下来的事情，就跟菊野邻居看见的情形接上了！

从女佣那儿回家的路上，龙子把事情的经过理了个顺：那晚菊野不在家，是佳江给孩子打的针。等菊野回来后，发现孩子已经死亡，孩子向来不喜欢佳江，菊野很自然会怀疑是佳江故意为之。大概菊野认为家丑不可外扬，当时竟帮着佳江把事情隐瞒下来，转而求助佳江的养父——北山医生开出了正常死亡的证明。但从此，菊野必定对自己的妻子佳江怀恨在心。最近他很可能又发现了佳江和彦泽之间的暧昧关系，这更成了导火索。这样一来，菊野伺机杀害自己的妻子菊野，然后嫁祸给彦泽，完全是顺理成章的事情！

龙子自认找到了案子关键的突破口，她必须去面对佳江的丈夫菊野了。

新的疑点

龙子几经斟酌，准备好了对策，才以采访的名义约见了菊野。

两人约在一家俱乐部见面。寒暄几句后，龙子决定主动出击，详述了自己对菊野家孩子死因的猜测。听完后，菊野惊慌地问道："你和佳江是什么关系？"

现在，龙子更加坚定自己的猜测，决定依计亮出身份："我和佳江没有直接的关系，可我是彦泽的女朋友。我猜测，您没有揭发佳江，却心生嫉恨。在发现佳江和彦泽来往时，您下定了决心要除掉佳江。那天夜里，您对不在现场证明作了安排之后，悄悄回家，杀了佳江，紧接着将准备好的木偶展览会宣传单放在烟灰缸里烧了，做完这些假象，您又叫了急救车，对吧？"

此刻，菊野沉默了。龙子决定乘胜追击："您只要承认就行，我并不想告发您。毕竟，彦泽背叛了我，我不会原谅他。即使他受了冤枉，我也无所谓，这就是我最大的报复。我只不过是要确认下实情而已。"

这当然是诱使菊野坦白的圈套，因为在此之前，龙子已经把一个性能良好的录音机打开了。

谁知，菊野突然露出冷冷的嘲笑："我无可奉告！因为我没有杀人。那晚孩子开始发病，佳江没联系上附近的医生，所以她决定自己注射，可却不小心弄错了剂量，那孩子后来便呼吸困难了。但她确实出于无意……不过从那天起，佳江绝对不可能离开我了。"

这是为何？龙子有些吃惊，菊野却继续说道："因为她担心我会将孩子的死因向警察告发。那样一来，她不仅有杀人的嫌疑，而且还要牵涉北山院长，所以她对我不敢造次。那么，我为何要杀掉一个不会离开我的妻子呢？何况我还非常爱她呀！我就是这个态度，如果你还不满足，就去向警察告发吧。不过那样的话，我想彦泽会一辈子都恨你……"

龙子愕然："为什么？"

菊野冷笑道："彦泽迷恋佳江，如果你揭穿了佳江的秘密，他不会原谅你的！"说完，菊野轻蔑地看了龙子一眼，付了账，悠然离开。

菊野的话深深地震撼了龙子，然而，一个问题马上在她脑中闪过：如果凶手不是菊野的话，又该是谁呢？难道彦泽他真的……

真正凶手

没有新线索，龙子只好无精打采地往家里走。刚到家，电话便响了。她拿起听筒，电话那头传来的竟是彦泽的声音！龙子急忙追问彦泽现在在哪儿。彦泽却并不打算跟她谈这个，而是干脆地解释，打这个电话，是为了表达歉意，还正式向龙子承认了他和佳江的恋情。

接下来，彦泽跟龙子描述了事发当天的情形："我去她家，表面上是送展览会宣传单，实际是为了说服她离婚，跟我结婚，可她却一直沉默。那天我喝了点酒，被拒绝了，便火冒三丈，骂她贪图菊野的财产和地位……她神情反常，忽然走进厨房，用水果刀要割自己的脖子，我大吃一惊，忙冲上去抓住她的手。我们扭成一团时，没想到，一不留神，刀尖刺进了她的腹部。

"其实当时伤口并不深，可当时外面车库忽然传来开门声，其实是邻居家车库的动静，佳江却以为是菊野回来了，要我赶快从后门走，说自己可以找个借口搪塞过去……第二天早上，我看报纸才知道她死了。很明显，菊野回家发现佳江昏倒在血泊中，她一定是因为失血过多死的……后来，我心里乱得很，不知去哪里好，才在外头晃荡了几天，即便说我是畏罪潜逃，我也无法争辩，只是这几天，我心里只有一个疑问……"

龙子忙问道："什么疑问？"

彦泽定定神，困惑道："佳江为何如此爱着我，却又一味地拒绝与我结婚？她跟菊野没有孩子，离婚也不麻烦，为什么那么害怕菊野知道我们的关系呢？"

此时，龙子已经得到了答案——佳江肯定认为自己和彦泽的关系一旦被菊野知道了，曾经的往事便会被丈夫公布于众。这样，不但会牵连到自己的养父北山，甚至连彦泽都会怀疑自己曾经杀害了菊野的孩子。恐惧使她不能对彦泽挑明。彦泽走后，受伤的佳江最后选择了自杀，却又担心彦泽会背上杀人的罪名，便挣扎着用尽最后的力气，在烟灰缸里将木偶展览会宣传单烧了。

龙子之前还因为自己在彦泽的事情上总是付出而备感失落，此刻，她真正理解了"爱是不需要解释的！"这句话，难道不是这样的吗？佳江为了对彦泽的爱，舍弃了生命……

（改编：张　雨）
（题图：佐　夫）

致命的诱惑

湄南河遇险

万里长天，蔚蓝澄澈。一架波音 747 客机在泰国曼谷机场徐徐降落。

一个男子快步走出机场。他穿一套淡黄色的西装，系黑白斜纹的"金利来"领带，手提一个黑色皮箱。他就是香港缉毒总署的警长关峻山。他叫了一辆出租车，直奔泰国缉毒总署。

接待关峻山的是泰国警官耶逢。他个子不高，皮肤黝黑，笔挺的警服，使他显得精神抖擞。

关峻山一见到耶逢就开门见山地直诉此行的目的：近日在香港破获的几宗贩毒案都牵涉到泰国的"鼬鼠"贩毒集团，希望与泰国警方合作，把"鼬鼠"及在香港的爪牙一网打尽。

耶逢双手一摊，摇了摇头："我们也正为缉拿'鼬鼠'伤脑筋。不过，我们还是希望能与你通力合作。我们撒到各地的侦缉人员过两天就会回来碰头。你过两天再来，到时，我们根据掌握的线索再议定具体方案。"关峻山便点头应允。

关峻山离开缉毒总署就直接驱车驶到郊外，他想在紧张工作之余，放松一下紧张的神经。但他没料到，他一踏上泰国，已有一双阴森的眼睛盯着他，并且一直尾随着他。

落日的余晖把绯红的霞光撒到迎风摇曳的椰林上，撒进波光粼粼的湄南河。河边彩伞簇立，男女在河里嬉戏。关峻山觉得十分闷热，挑了一个僻静的地方，下河游泳去了。他游到河中心，把身子往后一仰，双手交叉叠在胸前，任凭绿波托浮着他。

忽然，"哒哒"的马达声由远而近。关峻山翻过身来，抬头一看，"不好！"一艘红色的摩托艇劈浪向他冲来。他的心猛然一惊，要游开躲避，速度怎比得上？摩托艇越来越近，他越发惊惶，危急之际，他忽然悟到了什么，把头猛地往水里一扎，把身子蜷曲，双手往深处狠劲一划，潜到水里。随之，脊梁上传来了马达的吼声，红色摩托艇咆哮着从他身上的水面飞铲了过去。

当关峻山浮上水面，红色摩托艇又掉转头，向他铲射而来。关峻山只得又深潜到水里去。如此反复多次，关峻山感到精疲力竭，还呛了几口水。就在这千钧一发之际，那边蔓藤低垂的河汊里惊飞起几只白色鹳鸟，一艘白色摩托艇从中蹿了出来，宛如一把寒光闪闪的利剑向红色摩托艇劈来。两支对射的利箭，眼看就要撞到一起了。红色摩托艇的驾驶员惊惶万分，猛往右一拐，白色摩托艇似惊飚掠电，呼啸着从它身边穿梭而过。"好险！"红色摩托艇的驾驶员吓得脸如土色，待他拧转艇头，再次准备铲向关峻山时，那艘白色摩托艇又昂起艇头，劈波斩浪，带着吼声，裹着劲风，勇敢地向它对撞过来。红色摩托艇只得丧气地拧转艇头，一会儿，就消失在芦苇丛中……

白色摩托艇慢慢荡到关峻山面前。驾驶员左手把白色头盔揭开，右手把额前秀发一撩，一个鹅蛋形的脸盘呈现在关峻山面前，两道黑漆般的眉毛透迤到鬓边，双眼皮的秀目闪耀着异样光彩，淡褐色皮肤更映衬得皓齿如玉石凝脂一般雪白。"呵，芭拉——"关峻山忘情地叫了起来。"峻山！"芭拉俯下身子，把关峻山拖上摩托艇，多情地张开双臂，紧紧拥抱着他那湿漉漉的身躯。

原来，这位名叫芭拉的泰国女郎是关峻山的恋人。前几年他俩同在英国剑桥大学留学。一次在"亚洲同学联谊会"上认识以后，感情的温度直线上升。几个月前，他们毕业了，芭拉回到泰国；关峻山返到香港，在挚友力劝下，投身警界。因工作保密需要，他写信给芭拉，谎称在渣打银行任职。他原想好好休息一天，明天再去找芭拉，没想到在此时此地见到他日夜思念的恋人。

关峻山感激地说："不是你救护，我一定死在湄南河了。"

芭拉用毛巾替他揩拭着头发与脸颊上的水："你们中国人不是常说'吉人自有天相'吗？"

关峻山奇怪地问："你怎么知道我在这里游泳呢？"

"这……"一朵诡秘的火花在芭拉瞳仁中燃闪了几下就熄灭了。她岔转了话题，"你到了曼谷，怎么不事先通知我？"

"我想给你来个突然袭击呢！"

芭拉告诉关峻山，她父亲赞同了他俩的婚事，但想先见见关峻山。关峻山没想到她父亲已同意了这门婚事，便高兴地答应明天早上就前去探访。

第二天清早，关峻山来到芭拉的家。穿过由热带蔓藤缠绕而成的拱门，就到了院前的花园。花园里遍栽白色的鲜花，晨风吹来，摇曳多姿，掀起阵阵白色的波涛。

关峻山摘了一朵白花，漏斗形的花冠沾珠带露，晶莹可爱。他把花朵夹在食指和拇指间轻旋着："这叫什么花？"

芭拉笑了笑："你不认识？这是曼陀萝花。"

"啊！"关峻山像被什么蜇了一下，手一颤抖，花朵从他的手指间滑落地上，"你们怎么会喜欢这种花？"

芭拉弯下腰,把花朵捡了起来:"你看,它多么雪白!多么素雅!它是纯美、圣洁的象征。"

关峻山却不以为然:"曼陀萝花是带毒的。中国古代侠士用来麻醉人的'五更还魂香'就是用它制的。"

芭拉仰首朝天大笑起来:"带毒有什么可怕?你不去惹它、害它、毁它,它会来伤害你吗?"说完狡黠地一笑,便带关峻山进屋去了。

关峻山刚坐在藤椅上,一位鹤发童颜的长髯老者就从二楼走了下来。他就是芭拉的父亲,也是"曼谷朗星远洋运输公司"的董事长。公司规模不大不小,拥有七艘万吨货轮。

关峻山先奉上随身带来的礼物:两瓶贵州茅台酒和一套景德镇瓷器,再递上一张印有中英两国文字的名片。名片上当然是关峻山的公开身份:"香港渣打银行管理处高级襄理"。

老人对关峻山印象甚好,无所不谈,在交谈中,关峻山得知了芭拉在父亲的帮助下办起了颇有特色的榴莲可乐工厂,而且他俩在曼谷都是知名度很高的慈善家。

老人留关峻山吃了一顿泰国家宴后,就嘱咐芭拉陪关峻山去游览曼谷的名胜古迹。

初斗玉佛寺

泰国是世界有名的"黄袍佛国",曼谷市就有寺庙四百多座。最具名声的,就是拉玛一世定都兴建大皇宫的一部分——玉佛寺。

芭拉花了一百泰国铢买了两张入场券,绕过殿堂,转过回廊,来到了正殿。关峻山举目张望,在高达十一米的镀金祭坛上,有一尊高约六十厘米的玉佛,碧绿欲滴,晶莹剔透。玉佛头顶悬挂着九层的彩色华伞,佛像两旁吊着代表太阳和月亮的剔透水晶球。大殿内蜡烛高燃,香烟缭绕。善男信女,有的在蒲团上顶礼膜拜,祷告祝福;有的敬献花串,捐赠香油钱……芭拉十分熟悉地捐赠了一万泰国铢。

一个中年香客贴近关峻山,小声问道:"你要白货吗?"

关峻山心中一动:"你有多少货?"

芭拉一下就插了进来,斥责那中年人:"你在此干贩毒勾当,不怕玷污佛门圣地?当心来生不得好死!"中年香客见势不妙,匆匆溜走。芭拉转向关峻山:"你到泰国来就是为了买毒品?"

"不!不!在香港,有个医生朋友叫我买少量回去,他说有镇静止痛的疗效。"

"这是犯法的!"

关峻山见芭拉态度严肃,只好诺诺点头。

两人手挽手刚出了玉佛寺,一辆蓝色的"雪铁龙"在他们面前停住了。车门打开,钻出几个彪形大汉和一个皮肤白皙的青年。这青年名唤差提,他手里捧着一束白色的康乃馨。一见到关峻山,他就带有醋意地诘问:"你是日本人,还是中国人?"

"中国人。"

"你别从中插手,芭拉是属于我的。"差提说完把花束送给了芭拉。

芭拉却把花扔在地上:"差提,我不是跟你讲过几十遍了,我不爱你!"

差提仍然满脸赔笑:"讲条件,我哪点比不上你?论钱财,我父亲比你家富十倍。"

"呸!我视金钱如粪土,你那些臭钱,最好拿去垫棺材!"

差提恼羞成怒,右手一挥:"看你还嘴硬,抢!"几个大汉蜂拥而上,有两个人挟持着芭拉就往"雪铁龙"上拖。

芭拉挣扎着叫道:"峻山!"

关峻山跃步上前,伸出手掌向两个大汉手臂砍去。两个大汉"哎哟"痛叫一声,手一松,芭拉像鲇鱼一样,从他俩手弯中滑了出来,闪到关峻山背后。

差提一将衣袖,握拳想与关峻山较量,却被一个彪悍的大汉拦住了:"少爷,何必要你动手,待我来教训他!"他把衣服一剥,胸前露出一个"鼬鼠"

的文身图案。

关峻山心中一动：难道他们就是我要找的"鼬鼠"集团？关峻山稍一迟疑，黑大汉把脚一蹬，以"饿虎擒羊"之势扑向关峻山。关峻山一侧身子，避过拳风，抡起右掌，"啪！"打在黑大汉的嘴巴上，把他的门牙也打落了一只。关峻山趁他慌乱之际，冲步上前，双臂收缩，再向前猛力一推，把黑大汉推撞在"雪铁龙"上。

差提掏出了弹簧刀，"啪"地弹出寒光闪闪的利刃，向关峻山猛扑猛刺。关峻山手无寸铁，一边退避，一边寻求对策。忽然，他向差提下身击去，差提猝不及防，痛得跳了起来，又倒在地上，"嗷嗷"痛叫。

关峻山捡起刀子，又似老鹰叼小鸡般拎起了差提。左手似蟒蛇缠身箍住盖提的脖子，右手的弹簧刀对着差提的鼻尖，喝令道："以后还敢欺负芭拉吗？说！"

面对明晃晃的刀刃，差提只好连声讨饶，关峻山这才把差提用力一搡，推出一丈开外。这时，有个打手惊惶相告："不好了，有警察往这边来了。"差提似丧家之犬钻进了"雪铁龙"，他伸出头悻悻骂道："你这中国佬，当心狗命！""雪铁龙"一溜烟地飞驰离去了。

望着远逝的"雪铁龙"，关峻山问道："他是什么人？"

芭拉答道："这差提是我中学的同学，流里流气，令人讨厌。昨天傍晚在湄南河驾着红色摩托艇要害死你的，就是他。"

"呵——"关峻山倒抽了一口冷气，"他是干什么的？"

"他父亲是暹罗米行的董事长。差提替他父亲料理米行生意，但听说他常出入芭堤雅市。"

关峻山陷入了沉思：差提会不会就是此行要追缉的'鼬鼠'头目呢？他决意追查下去，但自己的真正身份尚未告诉芭拉，只能借用其他理由："芭拉，听说芭堤雅市的'蒂芬妮人妖歌舞团'的演出很精彩，我想去看看。"

芭拉的脸上浮起了阴郁的乌云："芭堤雅市是差提的地盘，我怕你会遇到麻烦。"

"怕什么？那里有法律的约束与警察的管辖，况且我已和他们交过手。"

芭拉沉思了一下："这也好，我的榴莲可乐厂近日要进原料，我后天也要去芭堤雅买一批榴莲。你先到海边的绿岛酒店替我订下房间。"

关峻山送芭拉回家后，就打电话到泰国缉毒总署，把情况告诉耶逢，然后独自到芭堤雅去了。

芭堤雅迷雾

关峻山一到芭堤雅市，没有被旖旎的风光迷住。为了找到差提，他跑遍了芭堤雅市，但是，还是找不到差提一伙的踪影。想到差提是个浪荡公子，会不会到人妖歌舞团去猎艳寻欢呢？于是关峻山花了二百五十泰国铢，买了入场券。

大剧院前霓虹悦目，彩灯媚人。关峻山进场后在后边坐下，眼睛在人群中搜猎着。

可是直到帷幕关闭，剧院的门全都打开了，关峻山在拥挤的人群中还是找不到差提的踪迹。关峻山气馁地来到海滨乐园，刚坐下，肩膀就被人按住，转头一看："差提！"

差提以恳求的口气道："你是中国人，何必插在我和芭拉中间呢？"

"难道爱情有国界之分吗？"

"但你对芭拉并不了解，芭拉是干贩毒的。"

"什么？"关峻山像被电触了一下，"你有什么证据？"

"证据？暂时没有，但我也是听人传闻。"

"没有真凭实据就不要信口雌黄，乱诬他人。"

差提正要讲什么，忽然他的目光望到远处，像发现了什么，就着急溜走了。

关峻山好生奇怪，一个穿警服的人已来到他跟前，呵，耶逢！耶逢指着那边："那个差提，是我们监控的对象。"

"那我该干些什么呢？"关峻山问。

"你是个外国人，目标太大。况且，差提和你打过多次交道，你想暗中跟踪他已不可能了。"

关峻山觉得耶逢讲得确有道理。耶逢向关峻山要了他在芭堤雅的住宿地址，就离开了。

第二天，芭拉来到芭堤雅，办妥了采购榴莲的生意，赶到绿岛酒店时，已是晚上十点钟了。她淋浴了一番后，从浴室出来，上身穿着泰国少女最喜欢穿的丝质"塔梅"服，领口低，酥胸微露，紧束的银腰带使她曲线玲珑、青春横溢；下套白色直筒裙，趿着拖鞋。她坐在白藤椅上，轻梳着湿漉漉的瀑布般的长发。

关峻山紧挨着芭拉，她则轻抚细摸着关峻山的右手掌，说道："峻山，有几个国家的客商订购了我的榴莲可乐，交货地点在香港，货款按港元兑率付给我。你能不能把你来泰国前一天的外汇兑率告诉我？"

关峻山为了表明"银行职员"的身份，上个月曾把各种外汇的兑汇率背得滚瓜烂熟，所以胸有成竹地点点头："行！行！"

芭拉取出本子和笔，问道："美元对港元买入价兑率？"

"7.911。"

"英镑兑港元呢？"

"13.35。"

"瑞士法郎对港元呢？"

"4.789。"关峻山应答如流。

芭拉"啪"地合了本子，霍地站了起来，勃然变色："关峻山，你是个冒牌货！"

"你胡说！"

"哼！你那兑率只是上月底银行的挂牌指数。这个月黄金价格暴跌，兑率早已变化多时。"芭拉的明眸射出了道道冷光，"我看你是个香港警察！"

"你别乱猜，讲话要有凭证。"关峻山心中大惊，但嘴里仍硬撑着。

芭拉激动得满脸通红："那天在玉佛寺前，你力敌群凶，马步稳健，套路不凡。这哪里是银行的文职人员？分明是训练有素的警探。"芭拉又端起他的右手掌，指点说，"你右掌的食指和虎口都有厚厚的肉茧，无疑，这是你经常练习手枪射击而磨练出来的。这点，你能否认吗？"一切伪装都被芭拉毫不留情地撕开了。

关峻山一时无词以答，沉思了好一会儿，才说："上司严令规定，对外人不能随意公开自己的身份。"

"我是外人吗？"芭拉噘起小嘴。

"我不得不提防，况且——"

"况且什么呀？"

关峻山低下头，两眼不敢正视芭拉，说："况且差提说你是干贩毒的。"

芭拉轻蔑地吐了口唾沫："这差提，死皮赖脸追我，我不买他的账，竟反咬一口。你们中国不是有句谚语吗？狐狸吃不到葡萄就骂葡萄是酸的。"

"是！"关峻山频频颔首。

芭拉推开了落地长窗，走出凉台，关峻山也跟了出来。宝蓝色苍穹上的朗朗明月，把银白色的清辉撒到暹罗湾无垠的海水中。海风，携挟着海涛絮语，挟带着叮咚琴声拂面而来。

关峻山上前把芭拉揽在怀里，把嘴唇往芭拉软滑细嫩的嘴唇上凑去。

迷离恍惚中的芭拉忽然睁开了眼，用力把关峻山推开，连连摆手："不！不！"

关峻山被欲火炙烤得喉咙发干，双眼冒火："芭拉，难道你不相信我吗？"

芭拉说："我不做男人的玩偶，只能堂堂正正地嫁作人妇。谁知道你在香港有没有妻室？"

"没有！没有！"关峻山把手猛摆，正要发誓，这时，响起了急促的敲门声。

关峻山开了门，警官耶逢气喘吁吁地奔了进来："不好了，差提已调集人马，来这里抢你的女友。"

关峻山和芭拉急忙收拾行李。站在凉台的耶逢叫了声："糟啦！"

原来四辆小汽车已驶到了绿岛酒店门口，钻出十多个大汉，有的拿手枪，有的拿匕首。差提与黑大汉留两个人守汽车,其余的人都拥进了绿岛酒店。

"怎么办?"关峻山犯难了。

耶逢那机灵的眼睛眨了几眨,说:"时已夜深,电梯关闭了,他们只能从楼梯向上攀,爬十九层楼要花不少时间。"耶逢叫醒了值班的侍者,出示了警官证件,侍者用电梯把他们送到了底楼。

关峻山三人利用暗影的掩护,摸上去,击昏了守车的两位歹徒。当他俩坐上"尼桑"轿车时,却被差提他们发觉了。他们折回,乘着三辆小汽车尾追而去,一边向"尼桑"车射击。

枪声"砰、砰"地响,车轮"呜、呜"地转。关峻山想起了什么:"打车轮!"耶逢把手枪伸出车厢外,对后边的轿车车轮来个快速点射。

飞旋的前轮被子弹打穿了,泄气了,高速行驶的轿车失去了平衡,似酒鬼般摇晃蛇行,忽然,"嘭!"车头撞到了路边的电线杆。后边两辆轿车猝不及防,"砰砰嘭嘭"地撞到前边轿车的屁股上……

"尼桑"像箭一样向前射去。

柳暗复花明

两天后,耶逢来到关峻山下榻的曼谷金鳄酒店,告知他:那晚撞车,差提没有受伤,他已订了明天上午九时整从曼谷飞往香港的机票,但此行的目的还不清楚。

第二天,曼谷机场的"曼谷—香港"波音客机舱内,最后一排坐着一位长发披肩、满脸络腮胡的男子。他手捧《泰国风情》杂志,眼睛却往外窥望。他就是化了装的香港警长关峻山。

一会儿,一位中年妇女携着个小女孩进来了,差提热心地帮她把皮箱放进行李舱内。关峻山警惕的眼睛一亮:差提与妇女的皮箱一模一样。

飞机在香港启德机场降落后,关峻山发现差提果然与中年妇女换了皮箱,就马上找到了海关人员……

中年妇女在关口被卡住了。打开皮箱，妇人"呀"地叫了一声。里面有透明塑料袋包装的优质大米"暹尖"，还有十多用塑料包封的白色粉末。妇人一个劲地摆手，说这些东西不是她的。那边，差提也在另一个关口被卡住了，被带回中年妇女面前。这时，关峻山已撕去假胡须，掀去头套，恢复了原来面目："差提先生，不见几天了，请你认回拿错的东西。"

"你没有这个权力。"

关峻山掏出缉毒总署的身份证："我正在行使这个权力。"

关员示意差提打开皮箱，里面全是女人小孩的衣服。中年妇人马上说道："这才是我的。"

关员和关峻山嘀咕了几句，就放中年妇女先走。关峻山指着那十几包白色粉末："现在该物归原主了，你说，这是什么？"

差提却反问："我是做什么生意的，你可否知道？"

关峻山抄起一包白粉，抛了抛，讪嘲道："当然知道，你是贩这些的。现在铁证如山，你还有什么好说？"

"你马上放我走，别耽误我的公务！"差提夺过关峻山手中的白粉，扔回皮箱，"啪"地合了盖子，就想拎走皮箱。

关峻山一脚把皮箱踏住了："走？我问你，这些货你准备送到香港的什么地方？"

"送去油麻地的福和米行！"

关峻山仰头哈哈大笑，讽刺道："米行也做起'海洛因'生意来了？"

差提仰头哈哈大笑："什么海洛因，我连见都未见过，你别诬陷好人！"差提掏出一张带香水的名片，关峻山一看："泰国暹罗米行董事长襄理"。差提摩挲着领带："我要和福和米行做笔大生意。这次，我带来的就是粘米粉、糯米粉和'暹尖'米的看货样板。"

"啊！"关峻山好像行路踩空，失去重心一样，便叫关员从各包白粉中取样进行化学检验。

不久，化验结果出来了：全是粘米粉和糯米粉，并没有海洛因。按机场惯例——放行!

差提抄起了皮箱,奚落道:"警官先生,你慢慢笑吧!拜拜!"他故意行了一个注目礼,大步走出了关口。

还没等关峻山回转神来,便被叫到缉毒总署的警务处,刘错处长那圆胖胖的脸板得老紧,声色俱厉地呵责他:"在机场被人当作傻子当众愚弄了一番,在我总署有史以来还是第一次。"

关峻山垂手而立,满面愧色,任由上司严词训斥。

就在关峻山快快不乐、十分迷惘之时,芭拉到香港参加"亚洲慈善家协会理事会"来了。

芭拉见了关峻山的弟弟关峻海和父亲关泉,对这清一色的阳性挤住在狭小破旧的房子里,在同情之余又感到欣悦:关峻山的确没有妻室。她听关峻山讲了在启德机场受戏弄的事后,眸子转动了几下,说:"峻山,我看你中了差提声东击西之计了。"

"不会吧!"

"差提故意用调包计,把你和关员的注意力集中在他身上,跟随他后边的同伙趁你们松懈之机,把毒品夹带进去了。"

关峻山想了一下,悻悻地骂道:"这个差提,太狡猾了!"

芭拉安慰说:"泰国毒贩的手段又狡猾又毒辣。稍有疏忽,就会上他们的当。"

芭拉在离开香港前夕,就与关峻山作了结婚登记,并确定三个月后的星期天作为举行婚礼的日子。

十天以后,芭拉从泰国打长途电话给关峻山:差提最近在金三角买了一批海洛因,又向芭拉父亲订了一艘万吨货轮,分析他会把海洛因夹进大米包运进香港。

第二天上午,关峻山把这"情报"向刘错处长作了汇报。

刘错处长搔着胖脑袋,十分为难:十万包大米中藏那些海洛因,犹如大海捞针,你怎么查?后来,还是关峻山提了一个建议:关峻山曾到过日本成田旅游，在机场，亲眼见日本关员用牧羊犬从一些行李中搜出隐藏得十分巧妙的毒品。细问才知在成田机场东南一公里处，有个"东京海关毒品搜查犬训练中心"，他们训练出来的搜查犬服役不久，已查出了五十多起贩毒案。

刘错处长大喜，一个火急电报，两天后，四条毒品搜查犬就从日本成田机场运到了香港。

几天以后，一艘装满大米的泰国万吨轮，在香港西北角的葵涌码头靠泊了，它就是警方等待围捕的"暹罗七号"。

关峻山一上甲板，就碰到了差提和胸前文有"鼬鼠"的黑大汉。

差提知道他又要来检查毒品，就大声抗议道："我一向只做大米生意，你们执意检查，误了船期，课罚巨款，你们要负此责任。"

"一切后果我们会负。你要当即卸货吗？可以，一切按旧程序去办。"关峻山胸有成竹。

两辆大吊车开来了，大米一包包被放进缆绳编织的大网兜里，吊车"呼"地把大米提出舱外，放到码头边的大卡车上。四只搜查犬分散在四个角，闪烁着锐利的眼睛，伸出的粉红长舌不时淌出涎水。

当空的烈日移到了西边，又坠下海平面。小山般的大米堆被削平了，又凹下去。大半天的搜查一无所获，差提的抗议声一声高于一声。搜查犬逐渐变得慵倦了，警员们也松懈了。

关峻山心急如焚。忽然，"汪！汪！汪！"搜查犬吠声此起彼落。它们扑向其中几袋大米，用四肢猛刨着盛大米的麻袋。

"呵，见馅了！"关峻山命警员把大米包扛到甲板上面，拆开封口，拿起袋尾一倒，白花花的大米马上泻了出来，紧接着，一包包用塑料袋封好的白色粉末滚落出来，一检验果然是"海洛因"！很快，就在八个大米包里搜出深藏的海洛因共四十多斤。

关峻山轻蔑地"嗤"了一声："差提先生，你的手段可谓高明，须知天网恢恢，疏而不漏！"

"唉!"差提长叹一声,痛苦地捂着脑袋,脚一软,瘫坐在甲板之上。

庐山真面目

芭拉拿出了三百万元在香港尖沙咀买了一幢小别墅作为他们的爱巢。

婚礼那天,宾客满堂,热闹非常。

芭拉今天非常惹人注目,一袭拖地雪白婚纱,头纱上加上一圈白色的曼陀萝花,使她恍若从天上飘然下界的白衣天仙,又似刚从水中娉婷而出的出水芙蓉。

一个身体微胖、警服笔挺的官员出现在门口,他就是警务处长刘锴。刘锴以他惯用的官调宣布:"警长关峻山,近日缉毒功勋卓著,经上司批准,提升关峻山为督察,每月加薪一千二百元。"在宾客如潮的掌声中,关峻山上前接过委任状和一面绣着"缉毒楷模"四个金色大字的锦旗……

几天之后,关峻山随芭拉到泰国度蜜月去了。他俩徜徉于暹罗湾畔,看朝霞织锦,望落日熔金。北榄鳄鱼湖的人鳄搏斗,令人心惊胆战;素辇府的"赛象会",使他俩捧腹大笑。他俩于黛山流连,碧水泛舟,谈风月,叙幽情,蜜月的小船,穿行在快乐的海洋上。

一天,老管家风尘仆仆从瑞士归来,芭拉欣喜万分,酒兴大发,她一人就饮了大半瓶法国干邑白兰地,直到醉态百出才肯罢休。

在关峻山扶她回卧室之时,芭拉黑漆漆的眸子内闪耀出兴奋的火星:"峻山,这几个月我们又发了大财!"

"发什么财?"

"赚了三百万美元。"

关峻山用手轻撩她的秀发:"你今晚喝醉了。"

"我没醉。"芭拉晃着醉步,开了保险柜,取出一张粉红色的纸条,"我怎会醉,这是老管家今天从瑞士带回来的。"

关峻山定神细看,这是瑞士日内瓦银行的存折,户名用英文写"关芭"

两个字,便奇怪地问:"谁是关芭?"

芭拉噗笑道:"这是我俩姓名的合写,这些钱是我们的共同财富。"

"怎会赚到这么多钱?"

"明天我带你去开开眼界。"

"到哪里开眼界?"

"曼谷湾的水底。"讲到这里,芭拉连连打了几个酒嗝,脸上红潮阵阵。她用手按揉着突突猛跳的太阳穴,酣然入睡了。

关峻山冥思苦想了一夜也想不出个所以然来。第二天清早,他再追问芭拉,但芭拉却反口不认账了:"没那回事,可能是我酒后胡言吧!"

关峻山却铁定地说:"不会是胡言,你还拿出瑞士银行的存折给我看哩!"

"那些钱是替我父亲存的。"

"不会!我亲眼见过,存户是以我俩名字的合写——'关芭'办理的。"

"这……你别把我当犯人审啦!"芭拉避而不答,生气地走开了。

这一来,关峻山心中的疑团更大了。后来,他从司机披汗处得知:芭拉每月十五日都到曼谷湾去。但内情,披汗却不肯吐露。

十五号那天傍晚,芭拉乘披汗的车出去了,关峻山租了一辆丰田车远远盯梢着,看着芭拉他们拐进曼谷湾畔的小树林里。

关峻山利用灌木丛和草堆作掩护,蛇行鼠窜,追上前去。

芭拉向披汗打了一个手势,披汗打开了汽车后盖,取出一套蛙人服,递给芭拉。芭拉动作利索地穿戴起来。当她套好脚蹼,戴好护目镜,想跳下水时,关峻山似狡兔般冲出,把她拦腰抱住,吓得她哇哇大叫。

芭拉推开护目镜,见是关峻山,不禁怒目圆睁:"你来这里干什么?"

关峻山冷冷反问:"我正要问你呢!"

"有些内情你不必知道。"

关峻山有点愤懑:"我与你是夫妻,应当胸怀坦荡,同舟共济,有什么值得隐瞒呢？"

芭拉仍犹豫地说："我怕你知道内情，对我……"

关峻山信誓旦旦地说："命运已把我俩血肉之躯连在一起，难道你还不相信我对你矢志不渝的情意吗？"

芭拉用手掠着被海风吹散的头发，语调沉缓地说："你先发誓，无论怎样，你都要与我同一条心，患难与共！"

"行！行！"关峻山真的上指苍天，下指大地发起誓来。

芭拉这才叫披汗再取出一套蛙人服，给关峻山穿戴起来。

关峻山随芭拉跳下水去，向水底潜去，下潜了半个多小时，就看到巨轮黑刷刷的船底，他们在夹缝中穿了过去……一会儿，他就见到前边有几个蛙人在一艘船底忙着。这船底有些特殊，用铁板多焊了一个流线型的小舱，蛙人们正把一包包封好的白色粉末装进小舱里。他们一见芭拉到来巡查，都举手致意。

"啊，海洛因！"关峻山顿时觉得五雷轰顶，芭拉原来是靠贩毒赚大钱的。一上岸，关峻山就扯下护目镜，连脚蹼也来不及脱下，就冲到芭拉面前，咆哮骂道："你，原来是头披着人皮的狼！"说着，向芭拉猛扇了一个耳光，把她打得仰倒在灌木丛中。

披汗扶起了芭拉，握拳想向关峻山扑去，但被芭拉喝住了。芭拉揩着嘴角的血丝："你打吧！骂吧！我以前也曾骂过危害社会的毒贩，但随着潮流的前进，我在贩毒的漩涡中沉沦了，同化了。我变得讲求实惠，人生的信条就是爱情加金钱。我能得到你，在爱情上我十分满足。现在，我正为金钱而奋斗。"

关峻山鄙夷地望着她："这些钱都带着罪恶。"

芭拉点点头："那些钱的确是不干不净。但大千世界，为了钱，有人尔虞我诈，巧取豪夺，有人杀人越货，鲜血淋漓。我还有点善心，每星期都去玉佛寺烧香还愿，捐香油钱，为的是积些阴德，赎回罪行。我每个月还把不少钱捐给儿童福利会，减轻内心的负罪感。"

关峻山上前搂住芭拉肩膀，右手替她抹去嘴角血丝，劝道："芭拉，从今天起，你洗手不干吧！这样，我们还是好夫妻。"

芭拉摆了摆手："我不干，你不干，世上的毒品走私也不会绝迹，还会有其他人干的。"

关峻山浓眉竖起，如同悬起两把愤怒的利剑："难道你真是冥顽不化？"

芭拉回答时口气强硬："难道你'永不变心'的誓言是一番空话？我受你骗了，公开了这其中的秘密！"

关峻山听后把拳挥了挥："我才是受了你的骗，我以为你是个纯情少女才和你结婚，想不到你是个害人魔鬼！"

司机披汗上前劝阻："两夫妻在这郊外吵架不是办法，不如先回家去再说吧！"

关峻山回到芭拉家里，气鼓鼓地收拾行李，芭拉在房门口想阻拦他，却被他一掌推翻在地，关峻山快步走下楼梯，愤然离去。

芭拉父亲知情后，就催促芭拉去把关峻山追回来。在曼谷机场，芭拉追上了正在候机的关峻山，她拽着关峻山的衣服说："峻山，你把夫妻的情爱看得那么淡薄？"

"你太令我失望了，我心中的贤妻并不是一个毒贩！"

"峻山，你为人有正义感，这点令我十分钦佩，但我在法律上已经是你的妻子。倘若香港警方悉知这情况，还会让你在警界干下去吗？"

"这……"关峻山悚然一抖，申辩道，"一人犯事一人当，我自身是清白的。"

"但你早就不清白了，我们在香港的小洋房，就是用贩毒挣的钱买的。"

"啊！"关峻山像被电鞭抽了一下，眼前爆出了无数金星。

突然，一辆警车在他俩面前刹住，跳出一个全副武装的泰国警官，他正是耶逢。

耶逢叫他俩上警车细谈，向芭拉说："你父亲打电话给我，叫我来解开疙瘩。"

关峻山大惑不解："怎么，你认识我岳父？"

耶逢笑了笑:"老搭档了。"

芭拉这才插上话来:"峻山,上回湄南河救你,全凭耶逢预先得知消息,告诉了我。"

"啊,你们早已串通一气了?"关峻山甚为惊愕。

芭拉脸色严肃地说:"现在,一切都没有必要隐瞒了。我向你介绍一下,耶逢是我们集团的第二把手。"

关峻山的心弦重重地颤了一下:"耶逢,你身为缉毒警官,却干贩毒的勾当?"

耶逢露出浅浅的笑靥:"这有什么值得大惊小怪。"

"这真想不到!"关峻山感慨地摇了摇头。

"世界上想不到的事情多着呢!你妻子才是真正的强中手。'鼬鼠'的大头领就是她!"耶逢伸出了大拇指。

关峻山愣住了:这经常在自己怀中战栗的温顺小绵羊,竟然是在贩毒界纵横捭阖的一代枭雄。这位声名显赫的慈善界翘楚,竟是港泰双方合力缉捕的黑道头子。

他有点茫然地问:"那么,差提并不是'鼬鼠'头目?"

耶逢轻蔑地说:"这浪荡小子,韬略不足,骄矜有余,怎能担此重任?况且,他是属于另一个地盘的人。"

芭拉这才向关峻山吐露了事情的真相:差提的"芭堤雅帮"一直与"鼬鼠"集团争夺贩毒地盘,但差提却不知对方的头目是芭拉。芭拉提供线索,让香港警方查收船上大米包里的海洛因,却使船底的毒品顺利过了关。芭拉借香港警方之手剪除了与她争霸的贩毒努力。

耶逢拍着关峻山的肩膀道:"我初时下水也是十分惶恐的,但干几次就习惯了。凭借我们三人的身份,我们精心设计的一切都将是天衣无缝的。来,祝贺我们联手合作。"

说完,耶逢伸出了右手,握住关峻山的右手。

苦心设陷阱

自从关峻山得知芭拉贩毒后,曾几次劝芭拉回头是岸,但她不但不听,反而气势汹汹:"我不会听的!我手下的人也不会听!你以后别再费唇舌了!"

关峻山怀着痛苦心情回到了香港。芭拉不愧是独具手法的毒枭,她常以重金雇佣人员,侦探其他贩毒集团的情报,同时以长途电话通知关峻山,使他带领缉毒队在各个地方把带毒者缉获。关峻山靠着芭拉为他铺下的一块块垫脚石平步青云,由督察擢升为高级督察,不久又晋升为总督察。

关峻山虽然没有直接参与毒品走私的调运工作,但他采取了姑息的态度,大量毒品通过"暹罗七号"的船底暗舱运到了香港。那边,芭拉在瑞士银行的存款指数直线上升;这里,关峻山常在苦闷惶惑的漩涡里沉溺。

一次,关峻山在九龙湾缉捕一班吸毒分子,最后追到贩毒的小老板竟然是自己的胞弟关峻海。出于兄弟之情,他把弟弟训斥了一顿,放走了他。但他的心灵受到了巨大的撞击,贩毒对社会的毒害多大呀!

关峻山曾有几次想到警务处找到刘锴处长,把一切作个坦白,以释减内心的痛苦。但当他徘徊来到警务处处长室门口时,昔日与芭拉柔情缱绻、软语温存的情景就浮在眼前,他的心便滴血,一个转身,悄然离去……

一次,关峻山正要外出,见邻居的云吞小店哭声不绝,闹哄哄的,就挤了上去。原来,是店主王大成吸毒成性,欠债累累,要将云吞店抵押出去,他老婆扯着他又哭又骂,小孩子也哭作一团。关峻山将身上那一千多元给了王婶,带着遗憾之意默默离去。

谁知,当晚十点多钟,愧恨交加的王大成从五楼跳下,头颅破裂,脑浆横溢。王婶抚尸痛哭,大骂那些该千刀万剐的毒贩,害死她丈夫。深夜,王婶因悲伤过度疯了。

一连几天,关峻山都寝食不安,心乱如麻。夜风,送来了王婶的声声哭、声声骂,似钢刀一下下地剜着关峻山的心,望着悬挂厅堂的"缉毒楷模"的锦旗,他羞愧万分,良心受到了强烈的震撼。他终于咬着牙关,找到了刘错处长,痛苦地说:"我的妻子芭拉是……是个毒枭。"

刘错处长大吃一惊,连连摆手:"不会吧!不会吧!你是在跟我开玩笑。"

"是真的!"于是,关峻山把自己如何识破芭拉庐山真面目的前后细节详细地讲了出来。刘错处长听着,听着,忽然笑了起来:"峻山,你是在跟我编故事吧!你妻子是泰国知名慈善家,怎么会贩毒呢?现在这里只有你和我两个人,你现在把话收回去也不迟,就当我没有听见。"

"不!'鼬鼠'毒品源源不断运来香港,这给多少家庭造成了祸害。我近日良心受到谴责,罪过呀!"关峻山语调沉痛。

刘错处长见他态度坚决,就伸出了大拇指:"你大义灭亲,实属可敬可歌。不愧是警界楷模与典范,我要向上司为你请功。"

关峻山摆摆手:"不要为我请功,我知情而不早报案,是有罪的。"

刘错处长反剪双手,来回踱步,思索着。突然,他问关峻山:"你真能做到大义灭亲?"

关峻山坚定地点点头。

刘错说:"这芭拉虽远在泰国,但祸及香港。我们设一个陷阱,诱她上当。"

"什么陷阱?"

"你再到泰国去一趟,想办法骗芭拉同贩毒船一道来香港,到时来个人赃并获。"

关峻山沉思了一下,在他上司前立下了誓言。

"你先回去准备一个方案,我们再斟酌推敲细节,以保万无一失。"

刘错处长临别时再三叮嘱关峻山:"这事除了我以外,你不能再跟第二个人讲,免致走漏风声。"

关峻山知道警界铁般纪律,便保证道:"处长放心,我定会严守机密!"

关峻山回到曼谷时,芭拉的庭园秋色正深。一片片曼陀萝花已残衰了,真是黄叶断蒂,风吹离枝,萧瑟凄凉。

关峻山来到二楼卧室,芭拉正坐在藤椅上用钩针钩织着毛线,编织着围巾。那图案是卵圆形的互生叶,漏斗状的花冠。关峻山看出,这是芭拉最喜欢的曼陀萝花,问道:"钩织这毛巾干什么?"

"天气凉了,给你织的。"

"织得那么辛苦,花点钱去商店买一条不也可以了?"

"用钱去商店买,怎及这一针一线的情意呢?"芭拉抬起了头答道。

这时,关峻山发现芭拉头发蓬松凌乱,眼睛失去了往日柔润闪亮的光泽,瞳仁旁有几条红丝,眼睑有点浮肿。"呵,你哭过?"

芭拉的鼻翼抽搐了几下,嘤嘤而哭了。

"什么事,究竟发生了什么事?"关峻山关切地问。

好一会儿,芭拉才仰起头,抹去眼泪:"我父亲近日脑疼难捱,到医院检查,医生说他得了脑神经末梢癌。"

"啊!"关峻山想不到节外生枝,忙问,"有救治希望吗?"

"医生说,慢慢捱下去,还有两年光景。"

关峻山当即叫芭拉带他去看望老人。

老人斜倚在床上,上面盖了薄棉被,正在读着印度的《罗摩衍那》经。他一向慈蔼的脸庞变得愁苦,略带黄的眼珠布了血丝。他撑起了身子:"峻山,你的休假期定在下个月,怎么就来了?"

"这次兼有公差。"关峻山撒了个谎。

老人开门见山道:"峻山,你不要再回香港了。"

"为什么?"

"我将不久于人世了。留下这么大笔财产,叫芭拉一个女子怎么料理?"

"是呀!这样我们夫妻就不用再分离了。"芭拉眼睛倾泻出热切的期望。

"不!不!"关峻山摇了摇手,"我这次是双程签证。"

芭拉紧答:"我找泰国移民局,在一天内可把全部手续办妥。"

"除了这个问题外,我还不习惯泰国生活,长居下去,水土不服呀!"关峻山倒机灵,马上就找出新的托词来。

"你!"芭拉把嘴一噘,生气了。

倒是老人气量宽宏:"芭拉,他不愿意,你就不要再勉强他了。人各有志嘛!"

关峻山感到老人给他一块退下来的垫脚石,就搭上一句:"况且,这些事情我还要回香港找我父亲商量,才能作最后决定。"

老人听后说:"是呵,尽孝之心是你们中国人的美德。"

关峻山趁机就把编好的话对芭拉说:"下星期六是我父亲六十大寿的大喜日子,我想叫你一同到香港去祝寿。"

这是他与刘镨处长合谋设置的陷阱的第一步。芭拉侧头问道:"我一定要去吗?"

"按我们广东人的惯例,这天媳妇一定要在场的。"

芭拉还在犹豫时,老人说:"你就不必再犹豫了,去吧!记住,得送点好礼物,以尽一个媳妇的孝道。"

芭拉咬着嘴唇点点头:"阿爸,你放心,我会把事情办得妥妥当当的。"

第二天傍晚,沉沉暮云压在海天那一端,带着寒意的海风,把"暹罗七号"上的泰国国旗吹得"噼啪"作响。关峻山与芭拉立在船头,水手汇报说榴莲可乐与船底毒品已装好。

启航的汽笛划破了寂寥的海空,水手们把船锚绞了起来。关峻山的心情十分沉重,让陷入陷阱的芭拉远走高飞吧?但她还会像女妖一样危害社会。理智和情感又一次短兵相接,最后还是正义感占了上风。

忽然,一辆的士驶进了码头,钻出一个体态略胖的中年修女。她一上船就说:"联合国慈善机构来电,非洲发生特大旱灾和蝗灾,要我们泰国慈善家协会火速募捐五百万美元。"说着,她从皮夹里取出一份东西,"这是慈善协会拟定的'夫妻合力救灾民'募捐书,今天正巧,你们夫妻先带个头。"

这时,暮霭低垂,光线黯弱。芭拉拿起签字笔,稍一犹豫,说道:"我们每人捐五万美元吧!"草草在募捐书上签了名。关峻山也草草在芭拉名下签了字。

修女又道:"泰国慈善家协会明天要开紧急理事会,准备分头进行募捐。"

芭拉带歉意地说:"你代我向理事会请假吧!"

修女猛地摇头："隆美主席讲过，一律不准请假，况且，你是曼谷区域首席代表,责任最大,任务最重。如果你缺席,曼谷区域的募捐谁来负责呀？"修女的话是那么铁定，容不得半点讨价还价。

芭拉蹙起眉峰，沉思了好一会儿，才说："峻山，你先跟这货船回香港去,我开完紧急会议,布置好任务就乘飞机到香港。到时我到葵涌码头接你,搞妥货物的交割手续。"

事到如今，已不容关峻山对此作出同意不同意的决定了。

江上的夜风，有点寒意。芭拉从皮箱中取出那条有曼陀萝花图案的围巾递给关峻山："晚上，海风刺人肌骨，你上甲板走动要围上它，免受风寒。"

关峻山摸着围巾，叮嘱道："记住，到时一定到葵涌码头接我。"

"放心吧！我会的！"芭拉说完在关峻山脸颊轻轻一吻，与修女走下了舷梯。

"暹罗七号"徐徐离开了码头。目送着货轮消失在暮色的烟水苍茫之间，芭拉鼻子一酸，"扑通"一声，双膝跪在地上，捶着胸膛，歇斯底里痛哭起来。

风流未了情

飘扬着红、白、蓝三色泰国国旗的"暹罗七号"货轮，几天之后，驶到了香港葵涌。

荷枪实弹的警察在码头上一字排开。刘锴处长带着几个随员登上了甲板，关峻山习惯地向他行了一个警礼。

刘锴处长把他单独叫至一旁："芭拉呢？"

"她没随船而来。"关峻山把情况简单扼要地向刘锴处长作了汇报。

刘锴担心问道："会不会走漏了风声，她临行时借故溜之大吉呢？"

"不会！这陷阱只有你我两人知道。我到泰国后一言一语都十分谨慎。"关峻山拍着胸口，十分自信。

刘锴处长点了点头，到那边下达命令："蛙人下水！"

"是！"四名警员迅速穿好蛙人服，接二连三跳进水里。约摸半小时，船底暗舱的海洛因全部起上来了，共三十多包，约二十多公斤。

刘锴处长拍拍关峻山肩膀，小声称赞道："这次你立了大功，应当场给你以奖赏。"

随后他俯身下达命令："全体集合！"警员又一字排好，刘锴处长再次清了清嗓子，突然脸色一沉，吆喝道："抓起来！"他身后的管员把早准备好的手铐"咔嚓"铐在关峻山的手上。

关峻山给这突然袭击弄懵了，挣扎着："刘处长，这是怎么回事？"

刘锴处长冷若冰霜："你身为警官，倚功恃权，明为查案，暗中贩毒。如今人证俱获，不容狡辩！"

"冤枉呀！"关峻山大声抗辩，"这些毒品是芭拉的，她一会儿就会到码头上来的。"

"妄想！芭拉不会来了！"刘锴处长的声音带有几分严厉。

关峻山用脚跺着甲板："处长，你怎么忘了，这是你和我共同设置的陷阱呀！"

"废话！谁曾跟你设置过陷阱？警方办案只重人证物证！"刘锴处长的眼睛放射出阴鸷狠毒的冷光。

刘锴反目不认账，关峻山怒火满脸，骂道："你出尔反尔，有意陷害。卑鄙！"

刘锴处长恼怒地把手一挥："押走！"随员就把关峻山推搡下船，塞进早已准备好的囚车中。

车轮飞转，关峻山的思路像两旁景物一样快速倒退着，心中闪过一道寒光：这刘锴处长肯定与"鼬鼠"沆瀣一气。自己以为与刘锴定计设置陷阱，其实自己却跌进了刘锴与芭拉合谋设置的陷阱之中。

法庭上，关峻山据理力争，但在原告席上正襟危坐的刘锴处长矢口否认：从未私下与关峻山订过任何计策，这回捕获关峻山全靠眼线人提供的情报。

这真是苦了关峻山,当日设陷阱之时没有第二人在场,如今,在人证物证面前一切申辩都是徒劳的。他曾指出刘锴可能会与芭拉贩毒集团相勾结,但却引来哄堂大笑,律师批驳他是"反咬一口,含血喷人"。

二审之前,法庭收到寄自泰国的影印件:这是芭拉和关峻山都早已签了名的离婚审请书。芭拉再申述理由:关峻山私营贩毒,夫妻不和而致破裂。关峻山看到自己的笔迹,记起这是那晚在"夫妻募捐书"上签的名。唉,他们反设的陷阱多么巧妙,多么毒辣!

在铁窗里,刘锴处长派人送来了白围巾。关峻山看着那曼陀萝花的图案,耳边响起第一次在芭拉的家园里与她一席对话:"我最喜欢白色曼陀萝花,它是那么纯美!那么圣洁!"

"我不喜欢它,它有毒的!"

"有毒并不可怕,你不去惹它,损它,它是不会毒你的。"

几番审判,铁证如山,香港缉毒总署历来法纪严明,对贩毒深恶痛绝,更不容许自己的高级警官带头走私贩毒。关峻山知法犯法,罪加一等,法院终审判决为绞刑。

身陷囹圄的关峻山满脸胡茬。他没有哭声,没有眼泪,也没有上诉。对于求生,他早已心如槁木了。此时,他只有一个要求:服刑时,先让他围上那条有曼陀萝花图案的白围巾。警方出于人道主义的精神,同意了他的最后请求。

在泰国曼谷,芭拉接到刘锴处长化名打来的电报:"山面搬掉!"她悲痛地惨叫一声,眼前一片漆黑,晕厥在地上。

此后,芭拉的贩毒并没有停止,而是变换了更"巧妙"的手法:把海洛因溶解在榴莲可乐中,在厂里封好,混进一般产品里,运到香港,再浓缩成晶体析出……

第二年清明时节,霏霏细雨,挟着几分寒意向人们兜头兜脑扑来,吐着绿芽的柳丝在冷雨中战栗抖动着。

关峻海与父亲携着祭品,来到关峻山坟前。奇怪,坟前已插有两行香烛,红烛流着蜡泪,在雨丝中挣扎燃着点点火焰;炷香,摇曳着缕缕如丝的轻烟,任由寒风吹散。在坟碑上方,摆着一个用白色曼陀萝花编织成的小花圈,花瓣上水珠晶莹,仍沁出几分幽香。花圈上用布系着一条挽条,上面写着:"关峻山先生千古。"落款是:"爱妻芭拉痛挽。"

"呵,她来过!"关峻海向父亲说。他俩环看四周,只见在远方,一个孤零零的身影正踏着衰草败叶踽踽而行。那白色的小背包,白色的高跟鞋,素白如雪的连衣裙,是多么的熟悉!冷风,掀拂着她薄薄的裙裾,仿若在哀婉凄迷地泣诉着什么。

一个白色的背影,带着沉沉的爱,也带着绵绵的恨,在萧瑟的寒风伴送下,在烟雨迷蒙的天幕上逐渐消失了,消失了……

(何初树)

(题图:张恩卫)

通常来说，案件越怪异，犯罪动机越狭隘。

神探·谜案
shentan mian

郑青天断案

堂宜县令郑振清到任的第三天早上,他刚起身,就听见外面有人击鼓,急忙更衣升堂,只见一个窈窕少妇,嘤嘤地哭着走上堂来,跪下就磕头喊冤:"民女艾春兰,家住县城东关,自幼许配常三林为妻。昨夜我丈夫出外经商回家,不想被一个贼人尾随,藏入我家,待夜深之时,出来偷盗钱财。我家常郎听得动静,起来捉贼,被贼人用棍子打中头顶,当场死去!贼人偷钱逃跑,求老爷赶快捉拿凶手,与我丈夫报仇!"说完一阵大哭。

郑知县一听,人命关天,急忙问那妇人:"可曾看清贼人模样?"

妇人只是摇头:"待奴家起得身来,丈夫已被打死,我只顾看护丈夫,只听得'咚'的一声,贼人已越墙而逃。"

郑知县皱皱眉头说:"走,前边带路,本县这就去验尸!"

来到常家,只见一所三合小院,虽不十分富丽,倒也清静幽雅。再看那常三林尸体:头骨靠左耳处被打了一个核桃大的窟窿,身上又有条条棒伤,左腿外侧还有着深深的牙印儿。接着郑知县又细细勘察了一番,只见墙下有四个明显的小坑,显然这是个四腿板凳的痕迹。他又站在板凳痕迹处看看墙头,确有两处爬过的痕迹。看来贼人进出都是越墙而走的。可是这个四腿板凳就有些怪了:莫非贼人逃走还顾得上搬个板凳垫着不成?郑知县回头望望那告状妇人,只见她云鬓齐整,粉黛淡匀,闭着两眼干号,就是掉不下眼泪来,他不禁暗暗思忖:唔!这案子只怕是另有名堂!便又盘问了那妇人几句,就吩咐把尸首埋掉,回衙去了。

再说常三林被害身死的消息一经传出,亲友邻里议论纷纷,说啥的都有。

第二天,常家拉棺材的车子从大街上走过,路边一个白发老人摇头叹道:"咳!家有'不贤良',早晚招祸殃!可叹哪,可叹……"

这话引起旁边一个五十多岁的商人的注意。只见他上前深施一礼,说:"借问老伯,难道这常三林还有什么冤枉?"

"啊?不知道,不知道……闲言不可多说呀!"

客商一看老人怕担是非,就表白说:"老伯休得相疑。我与常三林乃是患难相交的朋友,眼见他遭此横祸,心中十分悲痛!欲与老伯前往酒店一叙,不知老伯意下如何?"

老人沉吟片刻,点了点头,跟着客商走了。

席间,老人说:"我看你这人爽直好义,莫非要与常家后生打抱不平不成?"

客商说:"既有不平事,就有不平人!如若三林果真负屈而死,我当为他申冤!也不枉与他结交一场!"

老人听了,赞许地点了点头说:"既是这样,我就把真情说与你听吧。我和常家是隔墙邻居,他那婆娘行迹不端,每逢三林外出经商,她就与人勾搭,我曾暗中留意,三林不在家时,她家窗上就出现红光;夜深人静之后,她家的门闩准响,清晨再响一回,那就是奸夫悄悄走了。这件事许是被三林撞见,才致有昨晚凶杀之事。"

"唔……看来这常三林是被奸夫和淫妇害的喽!"

"老汉仅是猜测,并未亲眼所见。"

"但不知那奸夫是谁?"

"据说有两三个主儿,都是些很体面的贵公子,究竟是何人所为,岂可胡乱猜疑!"

"唔……那就多谢老伯!"

客商谢过老人,正要起身,只见一个年轻书生突然走来,朝他一揖道:"先生若去官府告状,请带学生同往。"

客商一愣,细看这书生头戴方巾,身穿蓝衫,蚕眉凤眼,风度儒雅。客商见这人相貌不凡,急忙还礼、让坐。那书生自称名叫崔成,表字云龙,青州府人氏,科考落第之后,前往莱州投亲,路遇一伙强人,把盘缠抢了,弄得他上不够天,下不着地,想到县衙报案。客商听完,心生怜悯,于是就说:"请将状纸写来,我与你一同投递!"那崔成忙向店家借来纸笔,提笔在手,刷刷点点,一气呵成。客商接过一看,哎呀!字迹清秀,文笔流畅,不禁顿生欣赏之情,就对书生说:"如此你就直奔县衙鸣冤去吧!"

上面所说那位客商,就是专为常三林一案乔装私访的堂宜知县郑振清。原来这郑振清是两榜进士出身,因为他为官清正,刚直不阿,常常得罪朝中要员,所以屡遭贬谪,先任知府,改任知州,现又成了七品知县。

再说这郑知县带着崔成直入县衙后堂,脱去商衣,换成官服。崔成一看,急忙作揖磕头,说:"学生不知大人即为本县父母……望乞恕罪!"

郑知县急忙上前将他搀起,说:"本县念你身遭贼劫,无处安身,想请你在我左右做个代职文书,公务之余,努力攻读,待明年科考之时,再去应考,如何?"

崔成想了一下,急忙拜谢说:"既蒙大人见爱,学生敢不遵命!不过学生在那洪兴客店里还有一个患难同伴,我二人同乡同行,又同遭贼劫,求大人也给他安排一个存身之处。"

郑知县听了,答应把他安排在衙内当差,并对崔成说:"眼下,我正审理一件疑案,虽已摸到一点蛛丝马迹,但尚无真凭实据。我意欲亲自改装私访,查拿真凶,借你二人也系新来乍到,不易被人察觉之利,想与你们同往,如何?"

崔成略一沉吟。

郑知县又说:"噢,你那被劫之案嘛……凡事总有缓急轻重之分,等我了结此案之后,再为你查拿盗贼,可否?"

崔成回答:"全凭老爷做主!"

郑知县大喜,他让崔成坐下,把常三林一案的可疑之处说与崔成听。

崔成听完,说:"据学生看来,奸夫近日不会轻举妄动,去查怕也徒劳。"

"那依你之见呢?"

"要想早抓奸证,可令人在一两日内假传消息,就说杀害常三林的凶犯已经抓到,现已下入死囚大牢。然后……"

郑知县听后大喜,吩咐下去,照计而行。

数日之后的一天深夜,常家正房的前窗上又射出了红光。这工夫,顺着大街墙根走过来一个手提钱褡子的人,蹑手蹑脚来到常家门外,探头探脑地向四处看了一下,然后用手轻轻地敲了三下门板。很快地传出了脚步声,"吱——"大门开了,里面伸出一只手把那人拉进门去,接着门一关,里面传出低低的嬉笑声:"你怎么才来?这几天干什么去啦?"

"嘻嘻,案子没了结,我哪敢来呀……"

在里面说话的当儿,大门外悄悄过来两个"更夫",这就是郑知县和崔成。只听崔成悄悄问道:"老爷,抓吧?"

"别急!我扶你一把,你进去听听,他们说些什么,抓住证据,即可审案。"

崔成为难地说:"老爷,私人民宅,可犯忌讳呀!"

"嗨!忌讳也得分个时候,不入虎穴,焉得虎子!来,搭我一肩,我去!"

崔成无奈,只好帮着郑知县翻进墙去。他自己则在外面把更锣敲得"当当"直响,以便盖住郑知县的脚步声。

郑知县爬墙进去,悄悄蹲到窗户底下,侧耳细听动静。男的说:"听说替死鬼已经抓到,下监了!等他人头一掉,我就搬来,咱这恩爱夫妻就能天长地久了！"

"哼！亏你说得出口！那天下半夜，那死鬼一叫门，看把你吓的！若不是我情急生智，抱住他的大腿咬了他一口，还说不上会是啥样呢！"

"自然这是娘子的功劳喽！哎，你把那带血的棍子藏到哪儿去啦？"

"在西屋里。"

"血衣裳呢？"

"放心吧，早烧了！我听说新来的这个县太爷是个青天，这些东西让他弄去，就要了命啦！"

"别听他们瞎说！我刘强根才不听那一套呢！莫说他还不知道，就是知道，谅他一个遭贬知县，能把我这堂堂知府的外甥怎么样！"接着，便是一阵嬉笑声。

郑知县这么一听，案子的来龙去脉也就明白了。他想爬墙出去，可是墙很高，没有东西垫脚。仔细一看，靠墙边不远有个鸡窝，他就想踩着这鸡窝上墙。不料这鸡窝年长月久，擎不住人，那脚往下一踩，只听"扑哧"一声，被踩了一个大窟窿，"咯咯，咯咯！"鸡窝里的鸡飞了出来。这一来不要紧，屋里听到动静，"噗"，灯先灭了，接着就传来叽叽喳喳的声音："外面有贼！""快拿棍子……"

郑知县急忙往墙上爬，猛力往上一蹿，只听得"啪嗒"一声，摔倒在地上，腿上划破了一条血口子。他爬起来刚要跑，屋里的"一对儿"已经拿着棍子扑上来。郑知县躲避不及，身上早已挨了几棍……

外面的崔成一听里面出了乱子，急忙敲响"暗号更锣"，事先藏在屋后的两个衙役听到暗号，赶紧跑来。三个人"嘭嘭嘭"把门擂得震天响，吓得奸夫急忙跑进屋去藏了起来。郑知县本想就势把两个罪犯带走，可是这一闹，左右邻舍来了不少人，他心想：倘若让百姓知道我是县官，实在有失官体。正在为难，那艾氏却大着胆子开门出来了。一看有巡夜公差和左右邻舍，故意借题发挥，指着郑知县边哭边骂："你这可恶的贼子，你们合伙抢去我家财物，杀死我的丈夫，今日又来欺负老娘，把你打死，方解我心头之恨！"

说着举棍又要打。

崔成急忙上前拦住说:"我正好奉命巡夜捉拿凶手,说不定此人与凶手有关,交给我们送官审问吧!"

艾氏这才住手。

崔成又对两个同伴说:"进屋看看,还有没有可疑之贼,一块儿带着。"两个公差进屋搜了一遍,却也奇怪,并没搜出人来,只好"押"着郑知县走了。

艾氏等人走了,方才把门关好,听听没了动静,才又回到屋里,轻轻开了橱门,拿去活板,她的情夫刘强根才从夹壁墙里爬出来。他抹了一把头上的汗水,长吁了一口气说:"他们来干什么?"

"几个巡夜公差来捉贼的。"

"不像!这郑振清来上任时,我见过他,今晚外面那贼的长相、口音都像是他。那几个公差也像是事先在门外藏着的。要不哪能这么巧,立时就来敲门呢!哎,我的钱褡子呢?"

艾氏急忙端灯找了一遍,没有找到,这才手忙脚乱起来。两人合计了一番,艾氏吹灭了灯,刘强根摸黑翻墙而出,连夜去找他的二舅——金知府去了。

再说郑知县走到半路上,连忙让崔成带着两个公差返身回去捉拿凶手,他自己先回县衙。

直到天将亮时,崔成与两个公差才带着艾春兰回衙交令:他们翻遍了艾春兰的家也没找到奸夫的影子,只将搜到的一根带血的棍子带了回来。

郑知县一听奸夫没有捉到,心里很为恼火,当即审问艾春兰,他把惊堂木一拍,厉声喝道:"大胆淫妇!你把奸夫藏哪里去啦?"

"小妇人系安分守己的良家女子,实在冤枉!"

"大胆淫妇!不知羞耻,与人通奸,害死本夫,如今罪证俱在,还想抵赖吗?"郑知县把写有刘强根名字的钱褡子一拍,"还有那带血的棍子,烧掉的血衣,难道都是假的不成?快快从实招来,免得皮肉受苦!"

不料那艾春兰因为与刘强根有约在先,仍然装痴卖傻,拒不招认,真把郑知县惹火了,他忽地站起来,大喝一声:"来人!拖下去重打四十!"

"喳!"衙役一声呐喊,把她拖了下去。

那板子刚打了二十几下,艾春兰已是皮开肉绽,受不住了,只好如实招认。

原来,自从她与刘强根有了勾搭以后,两人定了暗号:只要常三林不在家,艾氏就把红色窗帘挂上,刘强根看到窗上有红光,就可以放心前来厮混。俗话说,没有不透风的墙,这事不知怎么让常三林知道了,这天他假说要出去办货,五天方能回家,晚上却悄悄溜回,躲在家门附近。等到刘强根敲门、进院,正在厮混之际,常三林悄悄爬墙进院,找来一根木棍就去捣门。那艾氏听得声音,慌得不知所措,故意摸黑儿出来开门。常三林捉奸心切,黑暗中往里就闯。刚一进屋,却被艾氏拖住了双腿,他照着艾氏打了一棍,只觉得腿上被咬了一口,他只顾去打抱腿的人,不料头上挨了一棍,眼前一黑,就倒在地上。一阵乱棒,就命归西天了……然后,艾氏搬了个板凳,送刘强根爬墙出去,哭喊一阵,做做样子,天亮才去报案。

艾春兰招供后,郑知县下令把她押入死囚大牢,并派人继续捉拿刘强根。刚刚回到书房,崔成走进来说:"刘强根是金知府的外甥,大人要治罪于他,倘若金知府包庇拦阻,或是依势加害于你,那时不但治不了罪犯,反要连累自己,望老爷三思。"

郑知县睁大了眼睛望着崔成,问:"依你之见?"

崔成说:"我看此案与大人前程、名声紧密相关,要想提任升迁,就要顺水推舟,从轻发落:可将淫妇放回,按原告贼人偷窃误杀结案。不这样,还可将淫妇口供改成:与贼串通,害死本夫,欲逃未遂,缉捕归案;贼人在逃,查拿不到,将淫妇斩首结案。"

郑知县听了,生气地把眼一瞪说:"可这样一来,却要丧天理,昧良心,屈冤魂,失名节呀!"

"那依大人之见?"

"查拿真凶刘强根,将奸夫淫妇一齐王法!"

"大人可知道知府金长先的为人吗?"

"自然知道,可我岂可徇私舞弊,为虎作伥,前程事小,名节事大,包文正公就是本县效勉的表率!"

"好!大人正气浩然,小人敬服钦佩!"

郑知县又说:"我风闻八抚巡按已奉旨出京,如若金知府当真依势加害本县,你就将案情细细修撰成文投送钦差大人,与我正名申冤。眷属在世,托你与我照看,我就是死在九泉,也就静心瞑目了。"说完泪如雨下。

崔成朗朗答道:"大人且请放心,一切俱在崔成身上!"

三日过后,差役将刘强根拿到,郑知县大喜,立即升堂审案。

不料刘强根上得堂来,既不下跪,也不叩头,恶言秽语,油腔滑调:"我说郑大老爷,我刘强根上我知府二舅府下,一住就是十天,上哪儿去通奸杀人?你别张冠李戴,屈赖好人呀!"

"大胆泼皮,休要猖獗!如今艾春兰已经招供,人证物证俱在,还要放肆抵赖吗?看来不打你是不会招的!"

一听要打,刘强根慌了,软中带硬地说:"郑大老爷先别发火,你不看僧面看佛面,我舅金长先……"

"呸!在我这堂宜大堂上,是杀人者偿命,欠债者还钱!我大义凛然,执法如山,岂容你胡言乱语!来呀,重刑伺候!"

衙役们刚要动刑,忽听外面人报:"知府金大人到!"

郑知县一愣:嗯?他来得真快!来不及多想,只好整服出迎。还未出堂,金长先已经怒气冲冲地闯了进来。

刘强根一看金长先进来了,撕破嗓子,跺着脚大喊:"小人冤枉!舅父救我!"

金长先故作惊诧地问:"那喊冤之人可是畜生刘强根吗?"

"正是小人。"

"为何将你捉到大堂?"

"舅父不知,小人自你那儿回来,刚一进家,两个公差就说我是杀害常三林的凶犯,把我抓到大堂,郑大老爷不问青红皂白,动手就要上刑,舅父若再晚来一步,外甥我这小命就断送了!求舅父与我做主!"

金长先听了,在大堂上坐定后,嘿嘿冷笑一声,问:"郑大人,不知常三林一案何日发生?"

"六日以前。"

"这就不对了!这畜生十日前就已经到了我的府下,一直没有外出,今日刚刚归来,怎么会成为六日前的杀人凶犯呢?"

"这就奇了!既然他十日前就到了大人府下,那三天前的黑夜,又是谁背着带有'刘强根'名字的钱褡子去常家与艾氏相会呢?他们通奸杀人,不仅是本县亲耳所闻,也是淫妇艾春兰亲口招认,难道这刘强根还有分身法术不成?"

"这——"金长先被问得张口结舌,一时无言答对。

刘强根一看,急忙把话头抢过去说:"他这是血口喷人!明明是他看见艾春兰长得美貌,和她往来私通。因我有一次去给常三林送钱褡子,遇见他们的丑事,他们杀死常三林后,这才嫁祸于我,这是想杀人灭口,求舅父明鉴!"

郑知县一听,气得青筋直蹦,正待喝令公差重刑伺候,却听见金长先在一旁说:"慢来!郑大人,不是本府偏袒,你说他是通奸杀人犯,他说你是通奸杀人犯,这案与你有关,你就审不得了。本府我要亲自审问艾春兰,把案情弄清楚!"

"要审便审!我郑振清为除暴安良,维护大义,早置个人前程安危于度外,宁为清官含笑死,不为奸臣苟且生!"

"哼哼,我倒要看看你是如何一个清官,来人!带艾春兰上堂!"

那艾春兰见金知府真的亲来坐堂,心里有了消灾得救的指望,于是上得堂来,故意大喊"冤枉"。

金长先"嘿嘿"冷笑一下,说:"你这贱人,有人告你与现任知县通奸,害死本夫,可是真的?!"

艾春兰先是一怔,后来一想:噢!这分明是叫我顺着这意思说呀!忙说:"大人先要免刑,小奴方敢实招!"

"你就招来！天大的事自有本府为你做主！"

只见那妇人故意瞟了郑知县一眼，说："事到如今，也休怪我无情无义了——小奴与常三林本是一对恩爱夫妻，因我常郎经商外出，小奴经常抛头露面。一日在街市遇见县尊，他见小奴有些颜色，遂生不良之念，乘我常郎外出之机，假扮商人，以找三林为名，闯入我家，欲对小奴强行非礼！小奴不从，他拿出纹银十两，大印一颗，威逼小奴说，如若不从于他，他就找茬将我三林抓入监牢。小奴畏于权势，屈从失节，自此与他有了往来。一日刘公子来我家给三林送钱褡子，恰巧遇见。后来，刘公子告知我家三林，三林气愤不过，夜晚回来捉奸。是我情急生智，把县尊藏到门后，三林进得屋来，他乘机溜出门去，爬墙时摔下把腿跌伤。三林火起，拿棍出来就打，我怕把事闹大，一把将三林抱住，是想让他逃跑，不料他拿起棍子，照着三林当头一棒，就把三林打死了！事后他让我大堂告状，说三林系贼人夺财所杀，以便遮人耳目；答应事过之后，纳小奴为妾。不料又自食其言，将我捉来，以期杀人灭口！以上全是真情实话，望大人明鉴，与小奴做主！"说完大哭起来。

郑知县此时只气得五脏蹿火，七窍生烟，大喝一声："大胆刁妇，血口喷人！本县到任不过十天，人地两生，公务繁忙，三天之内，如何能做出这许多胡妄之事？你这诬妄捏造之词，俱都不能自圆其说，我且问你，你与刘强根通奸杀人，不仅是你亲口供认，也是本县亲耳所闻，且又有刘强根钱褡子在此，乃人证、物证俱全，你说我通奸害命，有甚人证、物证？"

刘强根接上抢着说："人证吗，是我亲眼所见，你才加害与我！"

艾春兰说："物证嘛，也有！他身上有跳墙时划破的伤和我家三林打的棒伤，大人不信，可以当堂验看！"

郑知县一听，糟了，真是贼咬一口，入骨三分！便义正词严地说："大胆狂徒，你们通奸杀人，罪证如山，若想借势诬害本县，那只能是枉费心机，白日做梦！"

金知府一听，拍案大喝道："郑振清休要猖獗！本府一向最重实证，我要看看你这伤证是真是假。来人,与我革去纱帽官袍,剥去衣服,当堂验伤!"

郑知县却待据理力争,金长先带来的知府衙役早已一拥而上,不由分说,把郑知县的衣服剥去。众人一看,果然身上、腿上都有伤痕。那金长先"嘿嘿"冷笑一声,说:"证据确凿,你还有何话可说?"

"当然有话可说。这是本县为查获刘、艾二犯通奸杀人罪证,假扮巡夜更夫,潜入常家窃听奸情,被艾氏发觉,当成贼人,跳墙时划破的和被他们打的。"

金长先冷笑着说:"嘿嘿,你这是不打自招。我来问你,你身为堂堂县令,夜晚私入民宅,不是偷奸又是怎的?来呀!给郑振清上枷戴铐,押入死囚大牢!"

"喳!"知府衙役,气势汹汹,一拥而上,就要动手捆人。

这时忽听一声高喊:"住手!"只见从堂后"噔噔噔"走出一个人来。

这人是谁?就是县衙文书崔成。刚才就在郑知县争辩讲理的时候,他悄悄离开大堂,拉着和他一起来当差的同伴,走到外面,小声向同伴叮嘱一番,那同伴便匆匆走了。他转身回来,正巧这时知府随从要绑郑知县,他才大喝一声闯了进来。

这时,只见崔成理直气壮地质问金长先:"金大人,郑大人身犯何罪,你要将他革职下监?"

"他行奸害命,杀人灭口,草菅人命,罪不容恕!哎,你是何人,竟敢如此放肆,咆哮公堂,质问本府?!"

"我乃县衙文书崔成。你倚仗职权,官报私仇,诬陷忠良,断案不公,难道还不许我们问问吗?!"

"胡说!本府凭证断案,有何不公之处?"

"郑大人为官清正,为找破案证据,两次乔装私访,明若青天,天下百姓无不拥戴。你却发泄私愤,设计陷害,这朝纲法纪,天理良心何在?"

崔成这一番慷慨激昂的话语,说得金长先无言答对,恼羞成怒,他手指崔成,破口大骂:"好一个大胆狗头衙役!此乃郑振清同党,来人,与我一起拿下治罪！"

"喳！"知府随从如狼似虎，围了过来，要拿崔成。

只见郑知县大喊一声："休得猖獗！一切由本县承担，不要妄害无辜！"

衙役们哪里肯听，推开郑知县，就来绑崔成。只听崔成大喝一声："我乃朝廷命官，看你们哪个敢绑？！"这一喊，把随从们镇住了，你看我，我看你，谁也不敢动手。

金长先见此情景，便拿出他的知府大印晃了一晃，怒吼着："小小县衙文书，什么朝廷命官！给我拖下去重打四十！"

崔成向外一看，时候到了，一字一板地说："金长先！你那知府大印吓不了我！来呀！取我的衣帽、印剑来！"忽听"喳"的一声呼喊，拥进来四五个彪形大汉，手捧着莽袍玉带、纱帽朝履，另有手捧宝剑和圣旨的，一齐围在崔成身旁。只见崔成很快地换上朝服，乃是一个年轻英俊的八抚巡按！这下把所有的人都吓呆了！

原来，崔成名叫崔云荣，是本届新科状元。因御殿亲试，提出了"惩治贪官，重振朝纲"的政论，博得皇帝的器重，被敕封为"八抚巡按"。他奉旨出京，带领几个随身偏将，乔装巡访，专门查拿贪官恶吏，选拔贤能人才。当他们来到莱州辖地时，闻听知府金长先贪赃枉法，民愤很大；原任知府郑振清清正廉明，却屡遭贬谪，现已贬至堂宜，改任知县，于是就径往堂宜查访。恰巧在酒店遇见郑振清也去私访查案，为了摸清县衙和州府的内幕，考查郑振清的为人，他才口称遇贼被劫，挺身进入县衙给郑振清当了文书。不料此案又恰巧与金长先有了瓜葛，而金长先又听信了外甥刘强根的话，亲自前来堂宜，正好投入了崔云荣设下的罗网。

这时，只见崔云荣阔步走上大堂，接过圣旨高声宣读起来："各州府官员钦知：朕命新科状元崔云荣为检肃府政八抚巡按，赐天字宝剑随身，遇有罪大恶极之贪官，先斩后奏，朕无不准。钦此！"

读完圣旨，崔云荣把公案一拍，喝道："金长先为官不正，贪赃枉法，依仗权势，鱼肉百姓，为肃正朝纲，革去功名官职，押入堂宜大牢，听候本院发落！堂宜知县郑振清,为官清廉,百姓拥戴,本院当奏明圣上,擢升莱州知府,办完此案,先行赴州代任。"

听到这里,郑振清才知道给他当了好几天文书衙役的崔成,就是刚刚上任的八抚巡按。他眼含热泪,急忙跪倒,给崔大人叩头、谢恩。

随后,依法斩了刘强根和艾春兰,为常三林报了仇,申了冤。真是:
清正廉明郑青天,私访查案抓邪奸。
巧遇崔成申正义,留得佳话万古传。

(王云峰)

(题图:罗希贤)

杨氏失踪之谜

这奇案发生在清朝雍正年间。这天晌午,湖北麻城县衙门口,拉拉扯扯来了两个青年男子,双双击鼓鸣冤。知县汤应求得到差役的禀报,当即升堂审理。

两个鸣冤人原是郎舅。姐夫姓涂名如松,舅子姓杨名五荣。涂如松说,他的新婚才三日的妻子杨月丽,因与他和他的母亲发生口角,赌气回了娘家,至今未还。杨五荣说,姐姐并未还家,听涂家邻人赵当儿说,姐姐给涂如松暗害了。两人都要求知县老爷明断。

汤应求听完两人的诉状,一时难以决断,便命令传讯赵当儿。不一会儿,赵当儿来到堂前,说道:"小的是涂家邻居,曾见涂如松虐待妻子杨氏。前日深夜,小的起来小解,听隔墙传来女子的呼救声,那声音很像杨月丽。故而小人怀疑涂如松杀害了他的妻子。"汤应求听了,仍半信半疑,传令把涂、杨两人带下候审。

汤应求回到书房，再三思忖，也理不出案子的头绪，便把当班头儿李献宗请来商议。

李献宗五十开外，仵作出身，因其善察案情，又懂文墨，汤应求视为智囊。李献宗听了案情后，当即说："说五荣藏了姐姐来鸣冤，情理欠通；说涂如松杀妻告状，也无证据。要知真伪，大人理应去涂家察访一番。"

第二天，汤应求便带了李献宗和两个差役，来到涂如松家。

涂的母亲听说县老爷前来，赶紧跪下迎接，不待汤应求发问，便数落起媳妇的不是来。她一说媳妇既馋又懒；二说媳妇风骚不贞；三责怪自己为儿子娶了个不贤惠的女子，愧对子孙。

汤应求听涂母唠唠叨叨说了半天，仍如入迷雾阵中，便回头看看李献宗。李献宗问道："你说你媳不贞，有何证据？"

涂母答道："月丽嫁我儿子如松之前，原是王祖儿的童养媳。王祖儿儿子是个白痴，这公公乃好色之徒，与月丽有了苟且之事。后来月丽又与王祖儿的侄子冯大郎发生奸情。"

李献宗问道："这些事你如何得知？又有何人作证？"

涂母叹口气，说："这些都是月丽与我儿如松新婚之夜的枕上之言。婚后第二天晚上，如松即向我哭诉了。"

李献宗听完，也默默无语。他们在涂家四周又察访一会儿，就返回衙门去了。

当夜，汤应求把李献宗叫到书房分析案情。李献忠沉吟片刻，说："涂妻杨月丽为人风骚，我也略有所闻；但刚才涂母之言，皆夫妇枕上之言，不可全信。况且冯大郎早就外出他乡，王祖儿又已病故，此案还须细查。"

汤应求发急说："依你之见，如何查个水落石出？"

李献宗慢悠悠地说："容我细想三日，再回禀大人。"

不料到了第二天午后，李献忠却主动来找汤应求，说是此案有了一点眉目。

原来，李献宗一早去赵当儿家查访。赵当儿的母亲向他诉说赵当儿是个游手好闲的无赖。杨月丽失踪那天晚上，他在外赌了个通宵，哪有什么深夜小解听杨氏喊救命之事。这说明赵当儿作的是伪证。李献宗从赵当儿家出来，脑子里一直在翻腾着赵当儿为什么要作伪证。就在回衙途中，本地生员杨同范向他报告了一件事，说今天早晨，他在浅河滩发现一具尸体。李献宗立即带人去验尸，一看那尸体的衣服是杨月丽的，但尸体腐烂得面目难分。而且从骨骼来看，是一男子。这更引起李献忠的怀疑，他暗暗在想，杨氏失踪才三天，其尸岂能腐烂到如此程度？内中必有隐情。

汤应求听后，仍感到越来越迷糊了，不由长长叹了一口气。李献宗却蹙眉说道："杨同范这一报案，倒使我有了一点新的想法。"汤应求深知李献宗是个不查明真相不妄言说破的人，故而也不追问，只是再三叮嘱李献宗早日破案。

这样又过了半个月，这个奇怪的失踪案仍是一个谜。哪晓得谜还没解开，却惊动了总督大人迈柱。这位总督竟委任他的门生广济县令高仁杰前来复查破案。

年轻气盛的高仁杰是麻城人，他到任三天，就宣布杨同范所说的那具尸体是杨氏无疑，并且，上报总督说汤应求和李献宗包庇案犯涂如松。总督一听，立即命高仁杰严加审问。

高仁杰立即升堂，传涂如松上堂。高仁杰大声呵斥道："大胆刁民，谋杀妻子，还要抵赖，看来不用大刑，你是不肯招供！"当下命差役先打了涂如松五十大板，打得涂如松皮开肉绽，只是大喊冤枉。高仁杰咬咬牙，又令差役用烧红的铁丝去烫他的胸口，烫得涂如松浑身冒烟，昏死多次，在惨叫中承认自己杀了杨氏。高仁杰取了口供，得意非凡，又借此参了一本，把汤应求和李献宗问罪下狱。他连夜将此案写成案卷，准备禀报上去，以此表功。

不料，高仁杰的表功本刚写好，麻城县一个姓黄的乡绅跑来报案，说那浅河滩上的尸体,是他的僮儿。这僮儿是与人赌酒,失足淹死的。

高仁杰闻报,大吃一惊。他怕宣扬出去,于己不利,就又把涂如松提上堂来,施用酷刑逼他说出杨氏尸体埋在何处。涂如松经几次酷刑折磨,早已神经失常,一听用刑,吓得信口胡说。高仁杰就命差役按涂如松乱指的地方掘土挖尸,一连掘了十几处,踪影全无。这下却恼了几个差役,因此在用刑时更下狠力,把个涂如松打得死去活来。

涂如松的母亲听到儿子受此酷刑,心都碎了。她便不顾一切地来到衙门,说她知道杨氏尸体埋藏之处。

高仁杰立即命差役跟涂母去挖掘,果然挖得一具女尸,虽面目腐烂,但衣裙都是杨月丽生前所穿,这样,这个案子算了结了。于是高仁杰判涂如松死刑,汤应求革职充军,李献宗重打五十大板,赶出衙门。

高仁杰因办此案,决断有功,得到总督的嘉奖。可是,麻城县父老百姓,却为涂如松遭此冤屈,愤愤不平!

且说李献宗被打得皮开肉绽回到家中,他的妻子沈氏心疼地抚摩着他身上的伤痕,埋怨说:"你是个小吏,办案何必这般认真。现在好处没得到,差点丢了老命。"

李献宗摇摇头说:"我觉得此案破得蹊跷。涂如松并非硬汉,他既招供,却又供出杨尸之处都是假的;而涂母倒说出真的。"

沈氏听了沉默不语,后来他见李献宗仍在苦苦思索,便压低声音说出了涂母因不忍心儿子受此酷刑,便和沈氏从城西一孤坟处扒出一具女尸,给她穿上杨氏生前衣服,才了结此案。李献宗听了,猛地一拍桌子站起来,说:"你们做的好事!"

沈氏说:"这也是涂母再三苦求于我,我也想让你早日出狱,才不得已而为之。"她见李献宗想去翻案,便说,"你要翻案,官府若问起杨氏的尸体,你仍不知,岂不又要坐牢!那个涂如松岂不因此会被活活打死?"

李献宗听了,顿时陷入沉思。

第二天早晨,沈氏烧了早膳送到房里一看,已经不见了丈夫的影儿。

李献宗哪儿去了？他到赵当儿家去了。赵母开门见李献宗满身伤痕，衣衫不整，便十分愧疚地把他让进屋里，连说得罪。

李献宗开口就问赵当儿哪去了。赵母叹口气说："唉！这逆子跟着杨生员去玩赌已几日未归。"

李献宗开口气说："这世道昏乱，不学好的后生也多，但自己赌赌钱也罢了，只要不去害人，你也不必忧心。"谁知这一劝，倒劝得赵母热泪夺眶而出。李献宗见赵母流泪，便笑笑说，"你莫难过，让我说段故事给你听听。"李献宗清请嗓子，便讲了一段明末大臣洪承畴降清后去接母亲荣归的故事："洪母说洪承畴变节降清，如同禽兽，即使做了高官，也是遗臭万年，自己宁可孤单一人，也不愿和儿子一起生活。"李献宗讲完这个故事，长叹一声，说，"洪母虽是一妇人，却深明大义，不肯与儿子合流同污，真是天下贤母啊！"

赵当儿母亲听到这里，再也忍不住了，她突然双膝跪在李献宗面前，说："赵当儿有罪，我也有罪。"

李献宗赶紧把她扶起，忙问原因。赵母这才说出，赵当儿诬告涂如松杀妻，原受杨同范指使，并因此得了五十两银子。

李献宗又问："杨氏可在杨同范家里？"

赵母沉默了一会儿，说："我听当儿说，杨生员因见杨氏美貌，便把她藏在家里夹墙里，然后唆使杨五荣去衙门告状。"

李献宗听了大喜过望，他当即向赵母拜了三拜，告辞回到家里，把赵母讲的事告诉了沈氏，说："我明儿就要去衙门告状。"

沈氏一听，连连摆手，说："你们说杨同范藏了杨氏，倘若官府去查，杨同范得知风声，暗中把杨氏转移，或把杨氏害了，这案子岂不仍是个悬案！"

这句话提醒了李献宗，他想到明天就是圣旨到达的日子，如果不把杨氏找到，涂如松不就成了刀下冤鬼？这一晚，他急得连连搓手，一夜未睡。

到了第二日，李献宗辞别了妻子，赶到县衙门前。过了一个时辰，只见新来传达圣旨的巡抚吴应纷的轿子远远而来，李献宗不顾一切冲到轿前，拦轿鸣冤。

吴应纷见有人竟敢拦轿喊冤，命差役将李献宗拉下痛打一顿。李献宗被打后，仍跪在地上喊冤。吴应纷只得说："有何冤枉，何故不去衙门告状？"

李献宗不慌不忙说："此案关系到大人的声誉，故小人只得斗胆拦轿喊冤。"吴应纷愣了一愣，便命他从头讲来。李献宗说："这里不是讲话之处，容小人随大人回府再详细禀告。"

吴应纷看李献宗神情不像歹徒，便传令带他回府。

李献宗跟随吴应纷到了府中，把涂如松的冤案从头到尾讲了一遍，然后正色说道："大人今日来麻城宣读圣旨，如把涂如松屈斩了，麻城百姓岂不说大人糊涂！"

吴应纷说："果然如此，本大人今日命人去杨同范家搜拿杨氏。"

李献宗忙摇手说："使不得，使不得，杨同范是麻城一霸，表面恭顺，内心险恶，他若听到风声，对杨氏下了毒手，这不又多死了一条人命！"

"依你之见呢？"

李献宗压低声音，说出了一条妙计。

当天下午，杨同范正在屋中与杨月丽调笑，忽听僮儿来报，有一个年轻女子要见他。杨同范一听是年轻女子，即刻撇下杨氏，出来一看，那女子生得月貌花容，姿色在月丽之上。他立即笑嘻嘻地问道："小娘子何事见教？"

那女子还未开口，就先流眼泪说："有人逼小女子为娼，我岂肯受辱青楼。听说杨老爷是麻城的大好人，故而冒昧来投，万乞收纳。"

杨同范心中暗喜，用目光把那女子上上下下打量了一番，故意叹口气，说："我有心收留了你，又怕遭来祸事；我若不收留你，又于心不忍。罢，罢，罢，暂且在我家住下。"

那女子听了，便朝杨同范跪下，杨同范趁着扶那女子，用手在那女子的一双又白又嫩的手上捏了一把。正在这时，忽听僮儿又来报禀，说外面来了几个追查一个女子的差役。

杨同范一时倒有点着慌,那女子更是连声恳求,杨同范就命僮儿把她带到杨氏房中,自己迎出门去。

那几个麻城县的差役见了杨同范,就说他们是来捉拿一个妓女的。杨同范听了哈哈大笑,说:"我是这里的生员,岂会私藏一个青楼女子?我与你老爷相熟,我如见了一定会送到县衙的。"

那几个差役听了,还在东看西瞧不肯走。杨同范以为他们想敲竹杠,便命僮儿包了两包白银请他们收下。

正在这时,那个女子却突然跑了出来,对几个差役喊道:"在西房里呢!"几个差役一听径直进入西房,不一会儿,把失踪了半年多的杨氏带了出来。

杨同范见差役把杨氏带了出来,一时慌了手脚,连声问道:"你们不是要抓青楼女子么?"

为首的一个差役笑笑说:"杨生员,你也该和我们走一遭了!"说完,便用锁链把杨同范铐上,一起带走。

差役把杨同范和杨氏带到麻城县衙门,吴应纷立即升堂审问。杨同范和杨氏先不肯招供,待差役把涂如松带上堂来,杨氏见丈夫被折磨得像个疯人一般,这才泪如泉涌,招出自己从涂家出来,半路上遇到大雨,便去杨家躲雨,被杨同范骗到内房,发生了奸情。后来杨同范又骗她说涂如松已投奔他乡,她万万没有想到由此竟差点害了几条人命。

吴应纷当堂审定,将杨同范革去生员问斩;赵当儿诬告,充军;杨五荣、杨月丽各打二十大板;杨月丽由涂如松领回;汤应求官复原职。吴应纷又对李献宗嘉奖一番,想htm他留在自己身边。不料李献宗淡淡一笑,说:"献宗无德无才,还是留在麻城为吏。"

过了三天,涂母带了涂如松来谢李献宗。李献宗却连连摇头,说:"不必谢我,只有一件事,请你们照我说的去做,可保日后太平。"涂家母子忙问何事。李献宗说:"如松老实厚道,杨氏轻浮风骚,日后夫妇度日,还会生事,你不如放她自去。"涂家母子连声称谢,点头辞去。

汤应求感激地对李献宗说:"此事幸亏你的大力帮助,才使吴大人能断得公正。"

李献宗反而长叹一声，说："此案虽说了结，可高仁杰受贿于杨同范，酷刑逼供，却扬长而去。总督迈柱偏听偏信，岂无罪责？杨同范等人虽然伏法，只是惩下不惩上，百姓岂能拍手称快！"

汤应求为人胆小怕事，听李献宗话中有话，不禁暗暗担心他日后生事。过了几日，送给李献宗一笔白银，婉言把他辞退了。

李献宗收下银两，也不称谢，叫人把这银子送给了赵当儿的母亲。自己不辞而别，奔走他乡。从此，无人知晓他的去处。可是，在麻城县百姓的心目中，却永远留下了李献宗这个侠义肝肠的形象。

（曹正文）
（题图：谌孝安）

失落的红绣鞋

清乾隆年间,一天黄昏,河北定州乡间田野上,晚雾迷茫。此时,在一条僻静的大车道上,走来一个二十开外的青年,此人尖嘴猴腮,一双老鼠眼东溜西瞅,像在寻找着什么。突然,他被藏在草窠里的一团红色吸引住了,忙奔过去一瞧,原来是双女人的红绣鞋。他顿时大喜,也顾不得鞋上有泥渣草屑,忙过去把鞋捡起贴胸藏好。

青年正欲转身,突然一条沉重的铁链套上了他的脖颈,两个如狼似虎的公差大喊一声:"杀人贼,咱可找到你了!"说罢,不由分说,把这后生拖了就走。这是怎么回事呢?故事还得从头说起。

且说定州地界有个乔家寨,寨子上有个村民叫乔三。此人三十出头,家中有个年近花甲的老母和妻子胡氏。

乔母一向多病,终年卧床不起,家中缝洗烧煮全赖新婚不久的胡氏操持。

胡氏是离此不远的胡家川人，年仅十八，长得标致，性格又极活泼。而乔三为人则鸡肠小肚，生性多疑，他无端猜测妻子对他不贞，因此平时防范很严，甚至不肯轻易让她回趟娘家。为此，夫妻俩少不得有些小吵小闹。

这年秋收大熟，五谷全登了场。胡家川村民合议请戏班子演戏谢神。胡氏父母心疼女儿，便托人捎话给亲家母，要接女儿回去看戏。乔母便一口答应了。

胡氏见能回家看戏，忙打扮一番，欢欢喜喜回娘家了。

谁知胡氏回娘家没到两天，乔三就借口母亲病发，催女人当晚回家。丈人丈母爱女心切，说待看完最后一场戏，明天回家。乔三无理可说，只得悻悻而回。

乔三走到半路上，越想越气，脑子一转，想出了一个羞辱妻子的主意。他回到家吃罢晚饭，趁黑夜又偷偷潜回了胡家川。

他熟知丈人家有间矮平房紧挨着戏场，过去老婆和村里小姐妹就坐在这矮平房上看戏。乔三熟门熟路地摸到矮屋下，向屋顶上瞟去，只见老婆果然坐在屋顶上，正指手画脚，高兴得像是吃了人参果哩。他一见此情，心中无名之火直冲脑门。

此刻台上的戏正演到高潮处，满场彩声雷动。胡氏目不转睛地盯着戏台，还忘乎所以地时不时把一只脚伸到檐下来。乔三见了，就踮起脚尖，迅速脱下妻子的一只绣鞋，把绣鞋藏在身上，立即回家，关门睡觉。

胡氏看了好一阵戏，才感到脚上凉飕飕的，一摸，才知一只鞋没了，这一惊非同小可，她寻思是哪个轻薄儿郎干的，心中又羞又悔。她想此事若被别人知晓，一定会耻笑于她，甚至还会由此生出许多没根的闲话来，万一传到丈夫耳朵里那还了得！想到这里，她额头上沁出了冷汗，急忙下屋，找了块布头裹在脚上，急急告诉父母连夜要回夫家去。她的父母听了十分纳闷，问她不说，留她不肯，女儿是从小被娇宠惯了的，只得同意她走。又让一个叫胡大樵的村汉牵了匹驴子送她回家。

胡氏本想半夜归去换鞋，可以偷偷把这件丑事遮掩过去，谁知回到家时，婆婆尚未入睡，一见媳妇深夜归来，惊讶地说："你女婿说你明天才回，怎么深夜间匆忙赶回来？这样不要让亲家翁责怪吗？"

胡氏说："媳妇听说婆母病发，放心不下，所以急着回来。"胡氏说罢，打发走了村汉胡大樵，又服侍婆婆睡下，这才蹑手蹑脚地回到自己房里。她怕惊醒丈夫，不敢点灯，谁知乔三却在暗处发话了："谁？"

胡氏只得回答："是我回家了。"

乔三冷笑道："我还以为你跟着戏子跑了呢，竟也想到回家呀！"

胡氏听丈夫话中有刺，因为心虚，不敢吱声。她想等丈夫睡熟后，再去换鞋，于是就磨蹭着不上床。

乔三又问："既然回来，怎不点火来？"

"夜深了，蜡烛也找不到，反正睡觉用不着点火。"

乔三又故意说："那就让我来替你点火吧！"

乔三点亮蜡烛，室内顿时大放光明。胡氏害怕露馅，急忙缩起脚。乔三明白妻子光着一只脚，佯笑道："请你把脚伸过来给我瞧瞧。"

胡氏连忙伸出那只穿鞋的脚，也笑道："要瞧就让你瞧个够，疑神疑鬼的！"

乔三假装盯看了一会儿，又急速拉起她的另一只脚，这下露出馅来了，乔三立时拉长脸，咬牙切齿问道："你这脚上的鞋呢？"

胡氏羞得满脸绯红，低头摆弄着罗裙，一声不吭。乔三恨声骂道："小贱人，谁让你当初不听我的话，才会遭歹徒调戏，出丑露乖，即使把你碎尸万段，也不足泄我心头之恨！"接着他又反复盘问妻子的鞋是如何丢的，胡氏久久无言以对。乔三一声冷笑："穿在脚上的鞋子尚且会丢了，其他的事可想而知，你这种不守妇道的贱人我还能要吗？"骂了好半天，乔三这才上床，不多会儿，便呼呼睡着了。

胡氏眼泪汪汪，惶恐得无地自容，一怕明天丈夫饶不了她，二怕丑事传开让邻里耻笑，一时想不开，连鞋也没来得及换，就投缳自尽了。

待乔三一觉醒来，看见吊在梁上的妻子，顿时吓得魂飞天外，这才后悔无端的一个恶作剧，竟断送了自己如花似玉的妻子的性命。

乔三解下女人，冷静一想：自己女人深夜归来，未必有人知道，若把她的尸体藏匿起来，反诬其父，方可免去一场飞来横祸。于是，他背起女人，投在村边一座庙里的井里。

等到第二天天刚麻麻亮，乔三就急急起身，径自去丈人家里要女人。丈人丈母见女婿顶着满头露水来要人，都说昨晚已经送回，乔三却指天划地赌咒说妻子没回家。恰巧昨晚送胡氏回家的村汉胡大樵，今天一早去三十里外赶脚去了，于是丈人丈母都说一定是胡大樵半道上拐跑了女儿，便拉着乔三，一起告到官府。

州官姓黎名旭，江苏通州人氏，两榜进士出身，居官清正，断案如神，素有"小诸葛"之称。他听了胡、乔两家诉状，立命拘捕胡大樵到案。一审之下，胡大樵说是送胡氏回家时，还听到她和婆婆说了话，如今不见了人，与自己有何干系？黎公心中疑惑，又传乔母来讯，听得口供与胡大樵一般无二，于是放了胡大樵，便动大刑拷问乔三。乔三熬不过酷刑，只得吐了实词。

黎公命令把乔三钉了大镣，然后带上门吏公差仵作一干人等，押他前往起尸。

到了庙井边，黎公命一位好水性的公差缒下井去，不一刻，井绳晃动，谁知吊上来的竟是一具秃头和尚的尸体。

这时，黎公及在场门吏百姓都大吃一惊。黎公再仔细瞧那和尚，肚子瘪陷，额头又被重物砸烂，绝非溺水而死。经村民辨认，都说是本村庙里专管菜园的净能和尚。黎公再命公差缒下井去，这回却捞上来一只沾满淤泥的红绣鞋。

黎公再命乔三过来辨认，乔三一脸苦瓜相说正是自己女人之物。黎公拈着胡须思索良久，脸上不动声色，又率众人来到乔三家中，这胡氏生性爱俏，平日喜穿红绣鞋，公差翻箱倒柜一下找了五、六双红绣鞋。黎公对门吏公差如此这般吩咐了一番，把这一双双红绣鞋作为鱼饵，遍撒四野，暗暗守候，静等"鱼儿"上钩。这就出现了故事开头的一幕。

那晚被抓的青年后生名叫侯金,外县人,他经不住严词逼问,大刑煎熬,才招了供。

原来那天乔三把胡氏的尸体投入井中,因水浅,胡氏被井水一浸,倒缓转气来。胡氏见眼前一片漆黑,抬头看去,才见天空中几颗疏星在闪烁。她用手乱摸,摸到滑腻的井壁和冰凉的井水,这才明白自己没有死,可不知怎么又掉在了井里,便大声呼喊救命。

这时,庙里的和尚净能五更起来打水浇菜,听到井里传出女人呼喊救命,急忙取了根长绳子来救她。但因井深,而他又年老劲少,怎么也拉不上来。

两人正在焦急时,侯金走了过来,他问明原由后,便对净能说:"大师父,你是会淘井的,我把你缒下去,先救上小娘子,再拉你上来。"

净能双手合十,说声:"善哉善哉!"便让侯金用井绳缒下井去,而后净能把绳束在胡氏腰上,侯金在上面用力拉,净能在下面托,很快把胡氏拉了上来。

此时天已微亮,侯金见胡氏衣裙虽然湿透,容貌却很姣美,心中顿生邪念,便骗她道:"娘子把绳子给我,你先去高地歇息,我去拉出净能师父。"

胡氏把绳递给了侯金。侯金朝四周望望,见没人,就搬起井边一块大石头使劲投下井去,把净能砸死了。

胡氏见侯金打死了和尚,吓得拔腿想溜,侯金冲上去一把抓住她,驮在背上,向村外飞奔而去。

侯金把胡氏驮到自己借住的一间小土屋里,放下胡氏后,又骗她脱衣烘烤,乘机奸污了胡氏。

接着,侯金又对胡氏威吓哄骗,骗胡氏跟他回家做他的老婆。但胡氏提出一个要求,她说:"我脚上的鞋全掉了,你得替我找双红绣鞋来,我才可走路。"

侯金招供到这里,仰天叹道:"唉!大人,我悔不该听信这小贱人的话,到处替她去找红绣鞋,不想我侯金,就栽在这双红绣鞋上……"

黎公拈须冷冷一笑:"嘿嘿,世人说得好:若要人不知,除非己莫为。

那天本官踏勘现场，看到井栏边有根女人的长发，这本不是庙中之物；后又见到那妇人的一只遗鞋，就怀疑她人没死，而且救出妇人和谋杀和尚的当为一人。根据乔三所供，妇人脚上仅剩一鞋，而今这只鞋已掉在井里，胡氏又喜穿红绣鞋，这必然有人出来替她寻鞋。这寻鞋者不是凶手还会是谁？"

侯金听了，只得俯首认罪，后被处以凌迟；乔三逼死妻子又诬陷他人，被判充军；胡氏则任其改嫁他人。

定州百姓闻知，皆称赞黎公判断英明。

(改编：孙庆章)
(题图：施其畏)

柳庄命案

柳庄的村长关豹被人杀了,这几天,四乡八里都在悄悄议论这件事。

有个走街串巷的补锅匠正好到柳庄找活,住在村头的李老伯看他人还实诚,就让他寄宿在自己家里。晚上,他和李老伯喝上一盅的时候,也好奇地问:"听说你们村长被人杀了?"

李老伯点点头:"是啊,杀了。"李老伯似乎还想说什么,却又突然打住了,但补锅匠分明从他脸上感受到一种解脱。

补锅匠试探着说:"看样子这个村长不得人心吧?要不然,做得好好的怎么会被杀了?"

李老伯长长地吐了口气,附着补锅匠的耳朵轻声说:"反正你是外乡人,我实话告诉你,这个家伙哪,什么村长,成天在村里欺男霸女,没人不恨他的。他的名字叫关豹,我看真就是长了一颗野豹子的心。"

补锅匠不解地说:"我走南闯北,听的见的多了,既然他这么无法无天,你们为什么不告他?"

"唉,不是不想告。"李老伯重重地叹了口气,"不瞒你说,前一晚我们大伙儿还在一块儿凑呢,可还没来得及把他告上,就出事儿了!"说到这里,李老伯呷了口酒,瞥了补锅匠一眼,又补充了一句,"这事儿谁遇上都得杀了他!"

补锅匠听不明白:"到底咋回事儿?你说说。"

李老伯说:"是他自个儿扑到刀尖上的。"

杀了村长关豹的那个人叫张富。那天中午,李老伯和老伴李大娘正吃午饭,住在离他们家不远的张富跑来说,他媳妇秀女差点上吊死了,让李大娘帮忙过去照看一下,他要找关豹那畜生算账去,说完就匆匆走了。李老伯不知出了什么事,见张富的脸色特别难看,怕他惹祸,就赶紧追了上去。

追到关豹家的时候,李老伯看到张富已经和关豹"交上火"了。张富冲着关豹说:"你抢了我的羊,还糟蹋我媳妇,你是人吗?"说着,抡起棍子就向关豹拦腰扫去,关豹闪身一躲,张富手里的棍子打在门栅栏上,断成了两截。关豹手里捏着一把刀,一边嘴里吼着:"你小子成事啦,居然敢打老子?"一边就举刀没头没脸地朝张富砍过来。李老伯怕张富吃亏,在后面拼命劝他先停手再说,可哪里管用。

这时,村里人听到声音都过来了,关豹便越发逞起威风来,每一刀都向张富身上的要害处扎。张富边抵挡边后退,不小心被石头一绊,倒在了地上。关豹趁机扑上去,照着张富的脖子就扎,张富用手里断剩下的那半截棍子一顶,正好把关豹手里的刀顶落在地上。张富眼疾手快拾起刀,正要从地上爬起来,关豹又猛地扑了上来,张富手一扬,没想到关豹正好当胸扑在刀尖上,就这么死了。

"你说,这畜生不是该着吗?"李老伯气呼呼地说,"可关豹家的人硬说是张富故意杀人,把张富给告了。唉,吓得张富当夜就跑了,现在也不知在什么地方呢!"

补锅匠听得连连摇头。李大娘在一边早抹开了泪,告诉补锅匠说:"你不知道,关豹这畜生被杀那会儿,张富他媳妇躺在炕上哭得像个泪人,还不都是这畜生干下的事!"

原来张富的媳妇秀女,那天上午牵着一只怀了羔的母羊到地里去摘豆角,她把母羊拴在地头树上,谁知没过了一会儿,就听见关豹在喊:"谁家的羊到我家地里来吃谷子了?也没人管管!"

秀女扭头一看,天哪,母羊啥时跑进隔壁关豹家的地里去了?只好赔着笑脸说:"村长,我赔,我们赔。"

关豹盯着秀女看了半天,说:"你们家的羊吃了我们家的谷子,你说一句'赔',这吃了的谷子就能再长出来吗?"

秀女说:"那……要不等谷子收了,羊吃多少我们翻倍儿赔。"

关豹冷笑一声:"翻倍儿赔?翻倍儿赔算个啥!就算你的羊只吃了我地里十颗谷子,十颗谷子就是十个谷穗,十个谷穗能打出多少谷子?能种出多少地?这地里收下的谷子又能打多少谷子种多少地?十亩不能算多吧?你算算这笔账!"

秀女听懵了,急得眼泪在眼眶里直打转:"村长,你咋能这么算?"

关豹笑了:"不这么算还能怎么算?你赔不起了吧!不过,我可以教你个法子,我一斤谷子也不要,嘿嘿,就要你了!"他边说边就扑上来。

秀女使劲挣扎,可怎么可能挣脱开这个高大结实的壮汉呢?人们都在很远的麦地里割麦,谁也没有听到秀女喊"救命"的声音。

一刻钟之后,关豹心满意足地拉着羊晃晃悠悠地走了,秀女从地上爬起来,一路哭着回家,她觉得自己再没脸见张富了,就一根绳子把自己吊在了房梁上。幸亏张富那天回来得早,才把她救下了,一问是这么回事,气炸了肺,能不找这畜生算账……

补锅匠问:"那张富跑了,警察没抓他?"

"怎么没抓?"李老伯说,"就是没抓着。咱这地方山高林密,警察地形不熟,抓个大活人哪有这么容易!再说了,杀了这畜生,村里人谁不解恨!不过我们心里也难受哪,看张富老这样下去,也不是个事儿啊……"

两个人就这么一边喝着一边聊着,不知不觉夜就深了。

第二天一早,补锅匠起来把昨天没做完的活儿赶早做了,便说要跟着李老伯一起上山干点活,总不能在他家白吃白住啊。李老伯倒也爽快,正好有一片谷地要收拾,于是就把补锅匠带上了山。晌午时,两个人坐在地头嚼馍馍,远远的,看见有个女人的身影一晃,隐进树林里就不见了。李老伯对补锅匠说:"看见了没,那就是张富的媳妇秀女,她现在一个人过日子,难哪!"

补锅匠没吱声,只是望着那一片山林出神。

整整干了一天,这天晚上,补锅匠吃了饭倒头就睡了,没一会儿就打起了呼噜。李大娘对李老伯说:"你看,到底不是咱山里人,可别累着人家了,赶明儿让人家回吧。"

第二天一早,李大娘赶早想给补锅匠烙几个饼子,好让他带着路上吃,谁知补锅匠已经不见了人影。她赶紧把李老伯喊起来,一看,补锅匠的家什却还在。奇怪,他到哪儿去了呢,怎么连招呼也不打一个?

直到天擦黑的时候,补锅匠才背着一大捆柴回来,原来是替李老伯打柴去了。李大娘赶紧端出一锅绿豆汤,说:"我说你这个小伙子啊,真是实心眼哪!"

补锅匠一口气喝了三大碗绿豆汤,随后抹一把嘴,说:"谢谢大伯大娘了。我姓王,你们以后就叫我王补锅吧!"

"王补锅?好,好,这叫法好!"李老伯一听就乐了,"来,王补锅,今天咱俩再好好喝它几盅,喝酒解乏嘛!"

于是,两个人坐下来又面对面地喝上了,李大娘还特地给他们炒了一大盘鸡蛋。

第二天,补锅匠看看村里也没什么补锅的活干了,于是就告别了李老伯和李大娘,挑着担子颤悠悠地走了。两个老人一直看着他的背影消失在树林的尽头。虽说只有几天的工夫,他们却都已经喜欢上了这个外乡人，心想着要是有闺女的话，非让他做女婿不可。

可让他们想不到的是，其实王补锅并没有走远，在附近转了一圈之后，他又爬上了第一天跟李老伯干活的山上，其实昨天他也是在这座山上打的柴。现在，王补锅已经对山上的地形非常熟悉了，他在山上转啊转，中午时候，便到了又宽又深的谷底。他把自己隐藏在灌木丛里，从这儿望出去，不远处的悬崖边，隐隐约约有一个山洞，高高的茅草和酸枣树几乎遮住了整个洞口。此时，山上没有一个人影，除了虫鸣鸟叫，也没有别的声音。不多一会儿，只见一个挎着篮子的女人出现了，她一边走一边四处张望，走到洞口的时候，先是捡起一块石头扔进洞里，过一会儿洞口的茅草被拨开了，露出一张胡子拉碴的脸，女人先把篮子递进去，随后自己也钻了进去。

王补锅知道，这个女人就是秀女。他静静地等着，大约半个小时后，秀女出来了，整了整衣服，挎起篮子匆匆向山下走去，洞口已经恢复了原样。王补锅深深地吸了口气，轻轻地从灌木丛里出来，绕过去走到洞口，喊了一声："张富！"没人应，又喊了一声，"张富！"还是没人应。他脱下褂子，往洞里一扔，立刻一把柴刀从洞里飞出来，紧接着，张富"呼"的一下扑了出来。说时迟那时快，王补锅飞身一跃就骑在了张富的身上，抓住他的手腕一拧，"咔嚓"一声把手铐给他戴上了。

张富拼命挣扎，王补锅把黑洞洞的枪口对准了他的脑门："别动，我是警察！"张富顿时没了辙，长吁了口气，闭上了眼睛。

王补锅收起枪，让张富坐下，说："你早该下山自首了，你这样能躲多久？你知道警察是干什么的？"

张富说："我每天都想着自首，可判了死刑咋办，不是太便宜那个畜生了？我不甘心哪！"

王补锅说："根据我了解的情况，你不是蓄意杀人，只要你自首，就不会被判死刑。再说了，法院还要调查取证，你们村里人都可以给你当证人呀！"

"你说的是真的？"张富懊悔地说，"这下晚了，我没自首就让你给抓住了。"

王补锅说："你不仅不自首，刚才还差点把我一刀捅了，知道吗，你这是拒捕啊!"

张富急着解释说:"我不知道你是警察,真的,我还以为是关豹家的人杀我来了。唉,晚了,说什么都晚了啊!"说到这里,张富竟"呜呜呜"地哭了起来,"我死了,秀女咋办,叫她怎么活啊?"

王补锅没接他的话茬,只是重重地推了他一把:"你跟我走!"他把自己的左手和张富的右手铐在一起,然后两个人一起下了山。

天傍黑时,他们赶上了最后一班开往县城的长途汽车,经过一个晚上的颠簸,车到县城时正是第二天清晨。大街上行人很少,王补锅把张富带到一个早点摊,两人喝了半锅粥,吃掉一笆箩油条,随后就向公安局走去。

走到离公安局大门不远处,王补锅突然停下了,意味深长地看了张富一眼,然后把手铐打开,指着公安局的大门对张富说:"你自己进去吧。"张富疑惑地看着王补锅。

王补锅说:"看什么,快去呀!"

张富恍然大悟,他给王补锅深深地鞠了一躬,这才一步一步走进公安局的大门,迎接他的,是镶嵌在大门上方那颗在晨光中熠熠生辉的警徽。

(刘力平)

(题图:魏忠善)

活包公

　　杭嘉湖地区，有条通天河，河边住着一个叫酒葫芦阿三的老头。他有两个女儿，大女儿叫金花，前几年已经出嫁，女婿叫方明，是大队治保主任；小女儿叫银花，才貌出众，是文艺宣传队的头牌花旦，招农机厂青年工人阿龙根当过门女婿，并定在"五一"节结婚。

　　眼下已是四月底了，酒葫芦阿三想，小女婿过门，总得准备点菜，于是便约大女婿方明一道到通天河去捉春水鲤鱼。他们取了网，划着船，在通天河里一连下了几网，竟连一条鱼都看不见。酒葫芦想，今朝天气不好，鱼都躲到深水里去了，便关照方明把船划到三角漾去。

　　这三角漾水深流急，是捕鱼的好地方，方明把船划到那里，酒葫芦阿三便"唰"把渔网撒开。随后，方明把小船靠到河滩边，酒葫芦阿三一只脚踏在船头上，一只脚踩在河滩边，两只手慢慢地拉紧网头绳，只觉得网底沉甸甸的，不觉喜上眉梢。可谁知这渔网越拉越重，越拉越重，酒葫芦阿三使劲用力一拉，顿觉网底一松，水面冒起一阵水花，紧接着"呼"浮起一个庞然大物。他只当是条大鲤鱼，伸手就去抓，再仔细一看，"啊"吓得惊叫一声，人"嗵"地跌倒在河滩上。原来，他拉上来的是一具尸体！方明一看，慌了手脚，跑到岸上大声喊起来："不好了，三角漾里死人了！大家快来呀！"

呼叫声震惊了三乡五里，金花、银花、方明的母亲方翠娥、大队党支部书记老赵，以及附近的群众，听到方明的呼叫声都纷纷赶来了。方明先叫人把酒葫芦阿三扶上岸，又招呼几个胆大的把渔网里的尸体拖到岸上。大家一认，这尸体不是别人，正是酒葫芦阿三未过门的小女婿阿龙根。

银花本来是来看热闹的，谁知死者竟是自己日盼夜盼的未婚夫，胸口顿时像有千百把尖刀在捅，头一晕，就跌倒在阿龙根的尸体旁。大队党支部书记老赵立即派民兵保护现场，并向公安局报案。不一会儿，公安局长包正清就带着助手坐吉普车赶来了。

包正清五十多岁年纪，中等身材，一双眼睛特别有神，有人说，只要他朝你一看，就能猜出你心里在想什么。包正清搞了二十多年公安工作，不论什么疑难案子，只要一到他手里准能水落石出，他绝不会冤枉一个好人，也绝不会漏过一个坏人，因此群众送他个外号，叫"活包公"。这时，大家见活包公来了，便主动让开一条路来。

方明迎上去，喊了一声："阿爸！"

包正清姓包，方明姓方，方明为啥喊包正清阿爸？原来，包正清是方家的过门女婿，照当地的风俗习惯，过门女婿可以改姓，也可以不改姓，但儿子一定要依女方姓。如此说来，包正清不但与方明是父子关系，同酒葫芦阿三还是亲家翁哩！

包正清走到阿龙根的尸体旁，认真地验看起来。他发现死者虽然全身浮肿，但是肚子里没有腹水；头颈里扎着一条麻绳，勒得并不紧，但头颈表皮却严重破损，有皮下血肿。他又把尸体翻了个身，看到死者背上有三道棒打的伤痕，后脑门上的头皮也有破裂，但没有皮下血肿。包正清沉吟了一下，仔细看了看死者头颈里的那条麻绳，发现麻绳的断茬口还是新的，便断定说："河里还有一块十来斤重的石头。"

方明一听河里还有石头，二话没说就"嘭"跳下河去，不一会儿，果然从河底摸起一块十来斤重的石头。石头用麻绳绑着，麻绳的断头正好与死者头颈里那根麻绳的断茬口相接。大家佩服得一个个跷起大拇指称赞："真不愧是活包公，不但知道河里有石头，还说得出石头的重量，了不起！真了不起！"

包正清让助手把现场拍下来，随即通知法医验尸。最后，他让方明捧上那块从三角漾里捞上来的石头，与支部书记老赵及死者家属一起，到大队办公室去排摸案情。

包正清先叫酒葫芦阿三和方明把发现阿龙根尸体的经过详细讲了一遍，又挂长途电话到百多里外阿龙根工作的农机厂，询问阿龙根回家的具体时间。对方说，阿龙根是昨天晚上乘六点三十分的末班车回家的，随身拎着一大一小两只鼓鼓囊囊的皮包，临走时，还在传达室给队里人打过电话，说是让告诉他未婚妻一声，叫未婚妻晚上等他。

根据这些迹象，包正清断定，阿龙根应该是在昨天晚上九时半左右被人杀害的。因为这班车在路上的时间是两个半小时，从车站出来到阿龙根的家，至多走半个小时，极有可能凶手就是在这半个小时内杀害阿龙根的。

那么，这个凶手到底是谁呢？包正清认为有三个可能：第一个可能是阿龙根厂里的人，因为厂里人知道阿龙根回家的确切时间，看到他手里那两只鼓鼓囊囊的包，见财起意，尾随行凶；第二个可能是流窜在半路上的案犯，同样是见财起意，谋财害命。但包正清觉得这两种可能性都不大，因为不论厂里人或流窜犯，他们都不是本地人，作案后完全可以神不知、鬼不觉地走掉，何必要绑石头沉尸，多此一举呢？那么，剩下的第三种可能，就是接阿龙根电话的这个人，因为没人来告诉银花说阿龙根要回家的事。这里就有一个疑点，接电话的人为什么不告诉呢？

为使破案工作顺利进行,老赵决定派大队治保主任,也就是包正清的儿子方明,专门协助包正清破案,老赵因为有其他工作,就先走了。

根据现有线索,包正清的助手提出,先设法找到接电话的人。

包正清没有马上表态,问方明:"你的意见呢?"

方明摇头,说:"电话总机每天要接成千上万个电话,不一定能记清这个接电话人的口音,我们如果从这里着手,就像钻进一堆乱麻,非但理不出个头绪,恐怕还会被乱麻捆住手脚。我认为还是从这块石头着手……"

包正清想了想,朝大家点点头,说:"这也是一条破案的线索,我们不妨研究一下。"

方明于是就把那块石头搬到桌子上,包正清细一打量,说:"这是块捉鱼船上的压舱石!"

方明愣了愣,立即一拍大腿叫起来:"对呀,这不就是我丈人捉鱼船上的那块压舱石嘛,怪不得这么眼熟!哎,阿爸,你怎么一看就知道是压舱石呢?"

包正清指着沾在石头上的斑斑鱼鳞说:"这不是证据吗?去,问问你丈人,他这块石头是什么时候不见的。"

方明赶紧跑去问,他丈人酒葫芦阿三说,就是昨天夜里不见的。大家由此推论,凶手可能昨天就是偷了酒葫芦阿三的捉鱼船去沉尸的,于是便立即来到酒葫芦阿三停捉鱼船的水桥边。这时,酒葫芦阿三已经将船从三角漾划回来了,用铁链条缠在水桥桩上,没有上锁。包正清几个踏上小船,仔细地寻找可疑迹象,终于在后舱舱板夹缝里发现一片疤斑。包正清用钳子把疤斑取下来,交给助手,过后不久,又在一根铁链条上发现有淡淡的指纹印痕,便立即让助手取样化验。

化验结果很快就出来了,疤斑是癞痢头上的癞疤,而且铁链条上的指纹里,也有癞痢头屑,看来这是同一人所留。

包正清问酒葫芦阿三:"最近有没有癞痢头来问你借过小船?"

酒葫芦阿三说:"从我买这条小船起,就从来没有哪个癞痢头来借过。"

包正清又问方明："这附近有几个癞痢头？"

方明说："只有癞痢阿四一个。"

包正清想了想，吩咐方明："你去取个癞痢阿四的指纹来。"

癞痢阿四的家，离车站不远，方明去时，癞痢阿四正好在家休息。他见治保主任突然上门，吓得心头"扑腾扑腾"直跳："方主任，找……找我有事吗？"

方明朝癞痢阿四瞥了一眼，话中有话地说："找你当然有事，想问你借一把铁铲用用。"

癞痢阿四连声应道："好好好！"赶紧把铁铲拿给他。

方明将铁铲拿回来，一化验，癞痢阿四留在铁铲上的指纹竟然和铁链上的指纹印痕一模一样。方明激动得立刻跳起来，建议包正清立刻把癞痢阿四抓起来。可包正清反问他："癞痢阿四为啥要杀阿龙根？他又是怎么知道阿龙根昨天晚上要回来的？咱们是不是先到他家去一次，摸摸情况再说？"方明被包正清这一问，问得哑口无言，难为情地低下了头。

包正清于是就带着助手和方明来到癞痢阿四的家。刚踏进门，癞痢阿四吓得浑身筛糠般抖个不停，包正清见癞痢阿四这样紧张，便搬过凳子让他先坐下来，和颜悦色地对他说："党的政策你是知道的，你应该将事情原原本本向政府讲清楚。"

癞痢阿四知道瞒不住了，便颤抖着开了口。他说："昨天晚上九点半左右，我在屋里听到鸡棚里的鸡'咯咯'乱叫，就赶紧开门出来，看到有个人趴在鸡棚旁边想偷鸡，我一时火起，拿起门闩就朝他打过去。可他一点不逃，我觉得奇怪，就凑上去看，发现他人已经死了，舌头都伸出来了。我有一记是打在他头上的，大概打重了，我顿时慌了手脚，我知道打死人是要偿命的。于是就找了条麻绳，往那人头颈里一套，把他拖到酒葫芦阿三的捉鱼船上，划到三角漾里，因为那里水深。把人丢下去的时候，我看到旁边有块压舱石，一想绑块石头人不容易浮上来，于是就……唉，我也是没办法，我也不是故意要打死人家的。我把人家丢下去，我自己也吓瘫了，头上的帽子掉在船上，摸了好久才摸到……"

包正清的助手问："那……这个人随身应该还带着两只皮包,你看到过吗?"

癞痢阿四说："在,都在,我塞在稻草下面,东西一样不少。"

癞痢阿四说着,就领包正清去堆稻草的棚里,翻开稻草,从里面拿出一大一小两只皮包来。方明伸手要拿,却被包正清那个戴着手套的助手抢先一步接了过去："别碰,这上面有指纹。"

包正清又带着助手和方明去看癞痢阿四的鸡棚,情况基本上与交代的相符。

方明松了口气："看来,我们这个案子可以结了。阿爸,没想到这么快就摸清了真相!"

可谁知包正清却摇摇头："从死者的伤痕分析,应该是凶手先勒死阿龙根,再用门闩打的,而癞痢阿四交代,却是先用门闩打,再用麻绳套在他头颈里拖他到船上的。这里是个矛盾……"包正清沉思着,喃喃说道。

心急的方明沉不住气了,便朝癞痢阿四嚷道："快说,你到底是先勒死他,还是先打死他的?"

癞痢阿四被方明这一吼,结结巴巴地回答说："我没有勒过他。噢,不,我勒过他的,我把麻绳套在他头颈里……我该死!啊,谁让我把他打死了啊……"

癞痢阿四越说口齿越不清楚。包正清虽然不满意方明这种办案态度,但认为已有足够的证据说明癞痢阿四与这件凶杀案有关,当即决定对他采取保护性拘留。

经过预审,癞痢阿四的口供没有变,包正清心中的疑团当然也没有解决,他回过头来,决定对本案所有的环节重新作进一步调查。就在复查中,他在指纹单上隐隐发现有一个几乎看不出来的淡淡的小拇指的印痕。他不觉警觉起来,正要把助手叫来,突然他桌上的电话丁零零响了,他拿起来一听:"是我!什么?啊?好,我马上就来!"

出啥事情了？原来，电话是大队党支部书记老赵打来的，说包正清的儿媳妇、方明的老婆金花不幸溺死，要他火速回去。包正清赶到家里，只听见一片哭声，方明靠在金花的遗体旁，嗓子哑得已哭不出声来，银花和包正清的老伴方大娘也都已经哭成了泪人。

酒葫芦阿三跌跌撞撞地走到包正清面前，捶着胸口说："老亲家呀，我对不起金花，对不起你，更对不起我的好女婿呀！"

包正清扶住酒葫芦阿三，说："老亲家，人死了哭也没有用。你告诉我，金花到底是怎么死的？"

酒葫芦阿三说："老亲家呀，自从阿龙根被杀害后，你们父子两人日夜操劳办案不算，女婿还三天两头到我家来，帮我劈柴担水种自留地。今天上午，他又叫我到你家喝酒。女婿晓得我喜欢吃鱼，硬是把金花推进厨房间，叫她去水缸里捞几条鲫鱼出来，他自己就拿了酒瓶到隔壁小店去买酒。谁知女婿酒买回来了，我女儿金花却还没把鱼捞出来。我进去一看，哪知金花两只脚搁在水缸边上，头却倒栽在水缸里。我吓了一跳，赶紧把她拉起来，一看，她肚皮里早已灌饱了水……老亲家呀，这都怪我不好，我怎么对得起你们一家人呀！"

包正清皱着眉头没吱声，拉着酒葫芦阿三一起走进厨房。只见厨房靠后门口的地方，放着一只半人多高的青石缸，里面装着大半缸水，水里还有几条鲫鱼在游来游去。

方大娘哭哭啼啼地走过来，对包正清说："老头子呀，媳妇死得好惨呀，要不是她右手落下了病，也不至于闯这么大的祸呀！"

方明一步三晃地来到包正清面前，哭着说："阿爸，今后的日子让我怎么过呀？"

包正清心里也很难过，但他毕竟是久经考验的老公安，劝大家说："哭也没有用，先处理金花的后事要紧。"

金花后事处理完毕，方家出了两件怪事：一是包正清整天围着那只青石缸转，别人喊他也不理，一连三天，天天如此；二是方明有些疯疯癫癫，嘴里老是喊着金花的名字。这可急坏了酒葫芦阿三，他心里想，这都是被我搞坏的，弄得亲家翁没有媳妇，女婿没有老婆。他们两个人现在成了这个样子，叫我哪能看得下去？

酒葫芦阿三想来想去：心病须用心药医！如果能找一个比自己女儿更好的姑娘嫁给方明，方明的心病就可能医好了；方明一正常，包正清的心情自然也就会好起来，但到哪里去找这样的好姑娘呢？

这时，正好小女儿银花端了一脚盆衣服从房间里出来，要拿到河边去洗，酒葫芦阿三眼前一亮，于是对银花说："银花，你姐夫待我家的好处你是知道的，现在他变成这个样子，我想，手心手背都是肉，不如你和姐夫配成一对，今后也好有个依靠。"

银花听了心里想：姐夫虽然比自己大几岁，但他心地好，与他在一起，不会吃苦，但又不好意思明说，就含糊地点了点头。

酒葫芦阿三于是连忙跑到包正清家里，先把这事对方大娘说了，方大娘当然一百个赞成。又去找方明，方明却摇着手说："不不不，金花尸骨未寒，我怎么能再娶银花妹？如果你们一定要这样做，还得听听我阿爸的意见。"

酒葫芦阿三连忙又去找包正清，把这个想法如此这般一说，问他："老亲家，这件事你就依了我吧？"

包正清听了心里猛一震，说："老亲家，你的心意我领了，但这件事我还得好好考虑考虑。你先回去吧，今晚听我回音。"

酒葫芦阿三走后，过了许久，包正清把方明和老伴喊到青石缸边，他对方明说："你给我从缸里捉条鲫鱼上来。"

方明突然脸色惨白，犹疑地看了包正清一眼，磨磨蹭蹭跨上垫脚石，弯下腰去。他刚把手伸进缸水里，这时候，包正清冷不防在他后面把他的脚一抬，"扑通"一声，方明一个倒栽葱头就插进了缸水里，他两只脚拼命乱蹬，不管他想不想喝，缸里的水却"咕嘟咕嘟"直朝他嘴巴里灌。

方大娘被弄得莫名其妙，急忙把方明从青石缸里拉起来，埋怨包正清说："你这个老糊涂，你在发什么昏？"

包正清脸色铁青，说："你给我老实交代，你是怎样杀阿龙根的？又为什么要杀金花？"

方大娘顿时吓得魂飞魄散："老头子呀，你不要乱讲……"

包正清手一挡，不让方大娘说下去，又严厉地喝道："说！"

方明没法，只得如实招来。

原来，方家几代没有儿子，所以方明一出世，就成了全家的掌上明珠，被百般溺爱娇宠惯了，想要什么，就非得要到不可。起先，方明见金花长得漂亮，就央人说合与金花结了婚，后来金花在一次饲养场打草时，不小心被打草机打坏了右手，而且打草机里的一块铁片飞出来打在她脸上，还留下了一个很大的疤斑。金花变丑了，方明越看越觉得不舒服。一次，银花来看望金花，姐妹俩坐在一起吃饭，方明看看金花丑得像只癞蛤蟆，看看银花美得像朵牡丹花，他顿时心里就动了念头，想把银花弄到手。但这时候，银花已经和阿龙根好上了。为了拆散这一对恋人，方明就利用自己治保主任的身份，推荐阿龙根去数百里外的农机厂当工人，他想先把他们俩分开，然后再动脑筋把银花搞到手。其实，那天阿龙根打回来的那个电话就是方明接的，方明故意不告诉银花，而且晚上就等在阿龙根回家的必经路上，用麻绳把他勒死。接着，方明把阿龙根的尸体搬到癞痢阿四的鸡棚边，故意造成癞痢阿四打死阿龙根的假象，叫他有嘴也说不清。

方明到底是治保主任，知道作案时尽量不能留下提供破案的痕迹，所以他在干这一切的时候，特地戴了副手套。第二天，金花在洗衣服时看到这副手套，而且发现上面一只小手指的地方还破了一个洞，她觉得很奇怪：方明戴手套干什么？她追问方明，还埋怨他怎么用东西这么不仔细，这下方明慌了手脚：不把金花除掉，总有一天自己做的事情要败露，性命也难保。所以他就想找机会对金花下手。这天，他拉酒葫芦阿三到自己家里来，在劝酒的时候故意把酒瓶打翻，假装推金花进厨房去捞鱼，自己去买酒，其实是悄悄尾随金花把她栽进了青石缸里；酒葫芦阿三提出把银花嫁给他时，他心里真是求之不得,可表面上却装得一本正经。他以为这一切都可以蒙混过去,但终究还是被当了二十多年公安局长的包正清识破了真相。

方明断断续续把事情讲完,包正清气得怒发冲冠,一把抓起方明就朝外拖。方大娘吓得面如土色,拦住包正清"扑通"一声朝他跪下来:"老头子呀,别人只晓得阿龙根是癞痢阿四杀的,金花是不小心淹死的,你现在如果声张出去,咱们儿子的头还保得住吗?"

包正清问:"那照你的意思?"

方大娘说:"咱们儿子是作了孽,可他是我们方家四代的独苗,只要你这次手下留情放了他,我们方家永生永世不会忘记你的恩情!"

包正清心里一震:是呀,自己只有这棵独苗,如果把儿子办了,方家实际上就等于绝了后。但人称活包公的包正清,怎么可能会去照老伴说的做呢?他叹了口气,对老伴说:"老太婆,其实你心里也清楚,我不可能会放阿明。我这个做父亲的没有管教好儿子,已经犯下了不可饶恕的罪过,难道叫我再包庇凶手,罪上加罪吗?"

方大娘知道自己理亏,只好冷冷地嘀咕道:"算你是活包公,铁面无私。可我只听说从前包公斩皇亲国戚,还没听说过包公斩儿子的!"

包正清仰天长叹:"你说得对,封建皇朝的官吏尚能做到铁面无私,如今我们共产党干部就更应该执法如山啊!"

包正清正说着,忽听外面有敲门声,原来是酒葫芦阿三拉了支部书记老赵来替方明说媒来了。他们进门一看,怎么方明和方大娘都跪在地上?一时发了懵。待弄清楚事情真相,酒葫芦阿三气得冲上去抓住方明就吼:"你这条披着羊皮的恶狼,竟然害得我家破人亡!"

方明最终依法归案,癞痢阿四无罪释放。包正清大义灭亲的故事就这样传扬开来。

(张道余)

(题图:胡若军)

海滨旅店杀人事件

这年夏天,东京警视厅警长宇野难得获得休养的机会,这天,他身着泳裤,斜倚在"伊豆海滨旅店"二楼阳台的躺椅里,一边享受着日光的沐浴,一边俯视南伊豆海的绮丽风光,顿感心情舒畅,十分满足。

突然"嗤"的一声,一丝急流喷得宇野满脸是水,接着传来孩子欢快的笑声。宇野抹去脸上的水一看,见三个小调皮在玩水枪。他们的母亲急急走来,一面阻止,一面连连向宇野赔礼道歉。

这个女人名叫竹中绫子,生得皮肤白皙,身材苗条,举止素雅文静,是个典型的日本美人。在母亲的催促下,打水枪的九岁的长子一郎勉强说了声:"叔叔,对不起。"

但是,一郎马上受到了八岁妹妹的批评:"真笨!应该叫大哥哥,你说他年轻,叔叔一高兴就忘了生气了。"

可八岁的妹妹话音未落,六岁的妹妹插嘴道:"姐姐也是笨蛋!这种话能当着叔叔的面说吗?"

面对如此天真聪明的孩子,宇野只是呵呵地笑,又兴致勃勃地与绫子太太交谈起来。从交谈中了解到绫子的丈夫在国外经商,不久将到这儿来和家人团聚。正闲聊时,宇野突然发现绫子脸色苍白,惊慌地盯住出入阳台的玻璃门。宇野往那儿一看,见那儿有个留着小平头、戴着太阳镜、身穿华丽的夏威夷衫的中年男子。这时绫子对宇野说了声:"对不起,我要去照看孩子了。"便逃跑似的走了。

午餐时,宇野正好和绫子母子坐在一张桌上。他发现绫子还有点心神不定,她看了菜单嘟哝道:"尽是冰冻食品,都吃腻了。"

一郎听了问道:"妈,什么是冰冻食品?"

绫子说:"就是把食品放在冷库冻起来。这个饭店的地下室就有个很大的冷库。吃的时候一加热,食品就变成原来样子了。"

吃好午饭,宇野告别了绫子,刚回到自己房里,忽听有人叫他,扭头一看,是位五十多岁、身材矮小的白发男子。他认出此人叫辰见,原来是个有名的扒手,几年前曾栽在宇野手里。宇野竭力帮他重新做人,辰见把宇野看成是他的再生恩人。

辰见神秘地问宇野:"是来追踪敲诈者的?"说着用下巴朝酒柜前那个穿夏威夷衫的男子一指。

宇野问:"你认识他?"

辰见说:"不错。他叫色沼,是个无赖,害了不少人。"

听了辰见的话,宇野立即想起上午的一幕,绫子肯定是色沼的敲诈对象!宇野顿时对这位弱女子充满了同情。于是,他叫辰见去摸一下色沼的底,辰见一口答应。

三个小时后,辰见来见宇野说,他找到色沼,向他提出敲诈那个女人他也要参加一份。开始色沼不肯,但经不住辰见的威胁,才不得不答应。辰见说:"那个女人今夜十二点在海边大礁石背后付钱,我也去。"

宇野一听笑道:"我去吓他一吓。"

辰见也笑了:"你去准把这小子吓个屁滚尿流……"

到了夜里十一点五十分,宇野赶到海边约会地点,辰见已等在那儿,色沼还没来。宇野忙躲到暗处等待。离十二点差一分,有个女人来了,但不是绫子,而是一位名叫织田的女士。这位老太太是日本研究英国古典文学的权威,在文学界声名显赫。辰见与她寒暄了几句,织田就独自往前走去。

到了十二点一刻,还不见色沼来,宇野和辰见商议,决定到他房间去看看。

他们来到色沼的房间前,见门紧关着。敲门,里面没有动静。宇野当即果断地吩咐辰见:"快,把门打开!"

辰见想了想,从衬衣袖口解下一只代替纽扣的别针,放直了去拨锁。不消半分钟,只听"咔嗒"一声,锁开了。

两人进入房间,见房里点着灯,房间宽敞、豪华,落地玻璃门外有个小阳台。色沼穿着睡袍正坐在阳台的椅子上,但姿势有点不自然。宇野打开玻璃门走上阳台,轻轻推推像睡着的色沼,又抓住他的手腕把脉后,对辰见说:"已经不需要吓唬他了,也不用担心别人会受他敲诈了……"

宇野凭经验判断,色沼是中剧毒而死。谁作的案?宇野立即想到一个人,但他决定保护那个人,不让这个案子牵连到她。宇野想,一旦那个人的隐私暴露,她就完了。于是,宇野在通知当地警方前,除了叫辰见离开现场,而且准备了谎话:说色沼的香烟忘在酒吧,他是来送还他的烟才来的,来时他见门微开着,进去便发现了阳台上的尸体。宇野还把桌上的半瓶酒偷偷拿回自己房间。

来现场的当地刑警名叫浅草,生得矮胖粗鲁。他开始一本正经地询问宇野。当得知宇野身份,马上恭敬起来:"警长先生,根据您的意见,死因是什么呢?"

宇野分析道:"可能是药物中毒。死者全身除脚上有紫斑外,没有致死的伤痕。另外,遗失了两件东西——太阳镜和一只拖鞋。"

浅草一面急急忙忙地掏出笔记本把宇野的话记上,一面奉承道:"真不愧是警长先生，说得太好了。"

这时，一个年轻刑警走来，摊开手掌说："我捡到这个。"宇野一看，是一朵塑料制的玫瑰花。他觉得那花似曾相识，想了想，心头突然一跳。

宇野想着心事，很晚才上床睡觉。待他一觉刚醒，便接到浅草打来的电话，宇野一听惊呆了，他怎么也没想到，经尸检，色沼竟是冻死的！

宇野认为，炎热的夏天冻死人，只有在冷库里。于是，他和浅草在旅店经理的引导下来到地下室的冷库。

他们先到控制室，见一个穿作业服的老人正坐在操纵台前打盹。

宇野上前问道："老先生，昨晚你一直在这儿值班吗？"

老人说："怎么可能呢！如果一直坐在这儿，那我应该在什么时间睡觉呀？"

浅草听了老人的话，瞪了经理一眼说："管理失职你要负责！"

经理吓得全身缩成一团，冷汗直流，简直要昏倒了。

一名刑警拉开大门，大家进入零下三十度的冷库。十五秒后冷气渗入体内，人人打起哆嗦来。宇野发现库内角落有一辆小型台车。车旁扔着一只拖鞋和太阳镜。他马上认定，色沼就在这儿冻死的，他脚上的伤痕是在这儿拼命踢门造成的。而台车，可能就是凶手把被害人运回房间的工具。这是一起手段巧妙的杀人案。可是，凶手为什么要把尸体送回房间？为什么在现场扔下物证？宇野当即决定在没有搞清真相前，案情要绝对守密。

这天晚上，宇野听到有人敲房门。他开开门，见是绫子，她的眼光恐惧中透着勇敢，一进门就说："我想向你说明……是我杀死色沼的……不能让他再害人了！"

宇野请绫子坐下，平静地问："你是怎么干的？"

绫子说："我在桌上的酒瓶里放了氰酸钾……"

"色沼那时是坐在阳台的椅子上吗？"

"是的，他在睡觉。"

"你是怎么开门的呢？"

"门本来微微开着……你能不能陪我去自首?"

宇野刚要说话,见辰见走进房里。绫子一见辰见,先是一呆,随即问:"你是辰见先生?"

辰见难为情地搔着头说:"其实,我一到这儿就发现你了,见你很幸福,就没有招呼你,免得引起你对过去的不愉快的回忆。"

接着,辰见告诉宇野,当年他当扒手时就认识绫子。那时她在一家餐厅当工人,并且和色沼同居。

绫子见宇野听了辰见的话,"哦"了一声,忙插话道:"我那时太幼稚,上了色沼的当。和他一起生活实在苦,氰酸钾就是当时想自杀弄到手的。后来色沼和当地流氓发生冲突逃走,我才获得自由。"

宇野问道:"色沼就以此要挟,向你诈取金钱吧?"

绫子说:"没有呀,色沼只是恐吓我,要向我现在的丈夫揭穿我和他过去的关系,所以……"

辰见听了绫子的话,似乎明白过来:"哎呀,当时我听色沼说'那个女人',以为是你。看来弄错了。那他说的'那个女人'又是谁呢?"

他的话音刚落,就听到一声:"是我,警长先生。"大家回头,只见织田女士站在门口,温和地微笑着说了十年前的事。

原来,当时织田女士在英国留学时,她的一位同学完成了一篇论文,但是那位同学患肺癌快死了,织田就替她把论文寄往某学会。不料学会错把织田当作者,使她成了名,她那女友也在那个时候死了。织田为了在英国学校获得教授职务,没有说明真相。后来她拼命学习钻研,以求名副其实,但始终于心不安。有一次几个朋友聚会时说到剽窃问题,她忍不住道出了这个秘密。刚好色沼在邻桌吃饭,他听到了,就抓住这个把柄敲诈了她十年……

宇野听了她的话,郑重地说:"织田女士,我不认为你剽窃,因为你有了远远超过那篇论文的成就。"

织田感激地说了"谢谢"之后,又转向绫子:"太太,杀死色沼的事,算我做的吧,我有作案的充分理由。我此生已到尽头,而你还年轻,还有孩子……"

绫子说:"不,不,是我毒死色沼的!"

宇野见她俩争着要当凶手,轻轻咳嗽一声说:"我看你们别争了。我要纠正一项误会。色沼不是死于毒药,而是在冷库里冻死的。绫子夫人进色沼住处时,他已经死了……"

一听这话,屋里顿时沉默了。就在这时,门外突然响起杂乱的脚步声,接着闯进来三个小孩,当他们发现绫子时,欢呼着扑到绫子的怀里。

一见三个孩子,宇野突然"啊"叫起来,忙把门关好,问孩子们:"是你们吧?把那个戴太阳镜的叔叔关到很冷的地方。"

三个小家伙顿时面面相觑。过了一会儿,三个孩子才说了起来。

原来,孩子们偷偷看到,色沼见到妈妈一说话,妈妈就哭了,他们恨色沼,决定惩罚他。由女孩假装妈妈的声音打电话引色沼来地下室,等色沼来到地下室时,藏在地下室的一郎突然抢去他的太阳镜。色沼生气地追他,他就打开冷库的门,把眼镜丢进去。色沼从门缝中发现了眼镜,就进冷库去取,一郎趁机把门关上,过了好久,当孩子们进去看时,见色沼已坐在车上睡着了。

宇野听到这儿,插话问:"你们为什么把他推上来?"

一郎振振有词说:"我们只想惩罚他一下,然后送他上阳台晒太阳,好恢复原来的样子呀!"

"是老先生帮你们推车的吧?"

老大、老二不响,小妹说:"我们不说,老先生叫我们不告诉任何人的。"

听了聪明的孩子说了蠢话,大家都笑起来。

宇野严肃地说:"一个渺小的坏人死了,活该!但我们不能牵涉善良的大人和无知的孩子。为此,我第一次违背警员规章,骗了当地刑警。只是绫子夫人鞋上的塑料花还在浅草手里,要是查起来……咦,辰见呢?"

"我来了!"辰见说,"我、又犯了老毛病……"说着他摊开手,掌心里正放着绫子夫人鞋上的塑料花!

第二天早晨，浅草刑警神色紧张地来找宇野，吞吞吐吐地说："我把塑料花遗失了……"

宇野故意大惊小怪地训了他一顿。浅草一面承认工作失误，一面紧张地说："还有更严重的事。那个经理真可恶，他害怕追究责任，竟上吊了。幸好他是用女人的丝袜当上吊绳，因为有伸缩性，脚垂到地上，他没死！"

宇野松了口气说："没死就好！"

浅草说："不，还有想象不到的事呢，那个冷库老头来自首了！"

宇野问："他怎么说的？"

浅草说，那老头说他离开冷库时，记得门没有锁。回来后发现门关紧了，觉得不对头，就进去查看，这才发现色沼冻死在台车上。他害怕承担责任，就用布一蒙，把尸体送回房间。后来听说经理上吊，他不忍嫁祸于人而自首了……

宇野思索着，慢慢说道："有些人就是怪，对冷库也好奇，非要进去看看，也许色沼喝醉了……"

浅草忙接口奉承："有道理，还是警长先生水平高……"

事情的结局是这样的：经理和老人因失职受到训诫。绫子夫人终于盼来了丈夫，全家幸福团聚。宇野警长休假期满，返回到东京警视厅。

（杨承烈）

（题图：李　加）

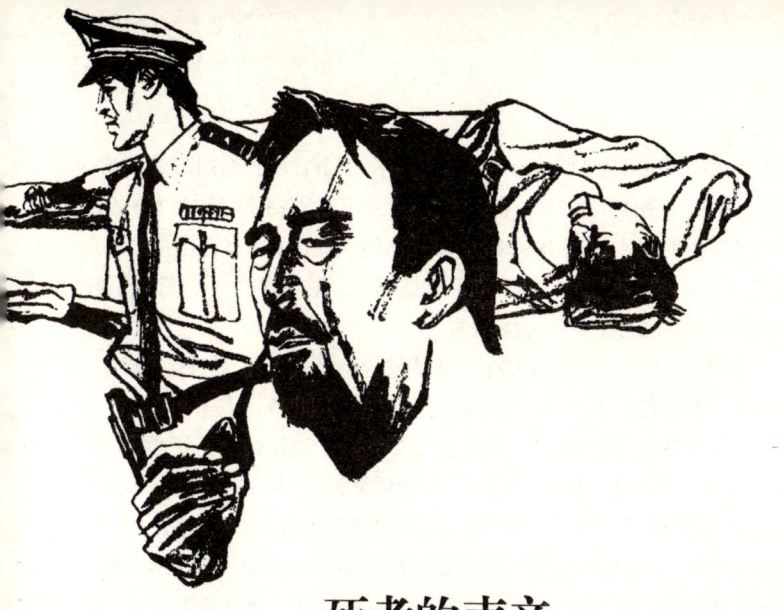

死者的声音

寻常凶杀案

2001年8月13日晚上九点钟左右,县城发生了一起抢劫杀人案。凶手被路过的警察当场抓获,并因无法抵赖而供认不讳。从案发到预审结束,仅用了三十多分钟,这至少在本地警方的历史上是创纪录的。正因为太顺利了,负责此案的年轻刑警队长凌锋心里有些不踏实,决定趁给老探长罗洛庆寿的机会,听听他的看法。

说起这个罗洛,可是一个了不得的侦探,他的名字在黑白两道都如雷贯耳。从解放前40年代末开始,为了地下工作的需要,罗洛就办起了私人侦探事务所,并很快以破获数起离奇大案确立了自己在侦探界的地位。解放后,他奉命调入公安部门,为捍卫年轻的共和国的安全贡献了自己的全部才华,赢得了很高的声誉。由于工作的需要,罗洛直到八十高龄才退居二线,成为国家公安部首批特聘顾问。今年,罗洛辞去顾问一职,回到家乡安度晚年,这才有了让凌锋认识仰慕已久的老前辈的机会。罗洛对这位极有潜力的后辈同行也颇为欣赏,所以时间尽管不长,凌锋已成了老探长家的常客。

今年是罗洛回乡第一年,在他老伴的坚持下,罗洛不得不同意为自己搞一次小范围的生日聚会。凌锋受到邀请喜出望外,但罗洛有言在先:谁送礼就取消谁的聚会资格。凌锋本有些过意不去,这下好了,将这件案子当作礼物带去,他老人家一定会高兴的。

不出凌锋所料,罗洛听说凌锋有事请教,顿时兴致高涨、精神抖擞起来,他撇下亲朋让老伴招待,拉上凌锋就进入书房,催他言归正传介绍起来。

具体案情是这样的,十三日晚上九点十二分,凌锋和同事小钟驾车从僻静的长江路经过,刚到三叉巷口,突然听见巷子里传来一声惨叫,凌锋喊了声"有情况!"未等小钟把车停稳,就跳下车向巷子里飞跑过去,小钟随即紧紧跟上。在昏暗的小巷里,只见一条黑影从对面窜来,凌锋眼疾手快,将他一脚扫倒,小钟恰好赶到,立即将那人铐了起来。凌锋抬眼一望,前面不到三十米的地上,有一团黑乎乎的东西,跑过去一看,是一个人倒在血泊中,背上深深地扎着一把匕首。凌锋抱起伤者,发现他已经昏迷,情况十分危急,便飞快地跑向警车,小钟押着罪犯上车后,他们便向医院急驰,同时通知医院作好抢救准备。医院并不远,但他们还是迟了一步,到达后医生发现伤者已经死去,整个过程不到五分钟。凌锋他们将尸体交给法医,例行交代几句后便回到局里审讯犯人。

罪犯名叫李介强,人称"李老四",是个刑满释放人员,他见自己无法抵赖,便十分爽快地招认了。据他说,下午六点左右,他接到一个弟兄的电话,当晚九点左右,将有一个身材瘦小的青年独自在三叉巷内出现,身上带着一万元现金。于是他便按时行动,待目标出现后从背后摸上去,用匕首顶住目标的腰,喝令他交出钱来。那目标吓得发抖,只好顺从地掏钱。出手如此顺利,李老四不禁有点洋洋得意,岂料对方趁他稍一松懈,撒腿就要跑,并且大喊:"李老四!"李老四见势不妙,冲上去就给了他狠狠一刀,然后搜出钱包就跑,却被闻声赶来的凌锋他们抓住了。

整个过程就这么简单。罗洛听完之后不由陷入了沉思,他踱步询问道:

"死者的身份查清了没有?"

凌锋应声答道:"根据死者身上搜出的身份证,他叫梅迪才,是本县马口乡罗家村的农民。但看样子,可能他在县城已经生活一段时间了。"

"凶手和死者认识吗?"

"李老四说他从未见过死者,但死者显然认识他,因为死者夺路想逃时喊过'李老四'。不过这种情况也属正常,因为平时只要李老四一露面,认识的人就会悄声告诉不认识的人:'看,那就是李老四。'李老四在县城也算是一霸了。"

罗洛沉思着,继续问:"向李老四提供线索的人抓到了吗?"

凌锋摇摇头:"没有,对方是电话告诉的,李老四也不知道他是谁。"

"那他怎么知道这人是他的弟兄呢?"

"据说他们团伙的规矩是,得钱后提供线索者自己去分成就是了,不必通报姓名,以免失败时被抓。据我们掌握的情况,李老四出狱后重操旧业,手下人多是新手,怕事胆小,多数情况下都只起向他提供线索的作用。"

"那么,"罗洛紧追不放,"死者晚上带钱到那个僻静小巷去干什么呢?"

凌锋点头道:"这也正是我心里疑惑的地方,也许明天死者家属到后,能为我们进一步了解案情提供答案。"

"那好,"罗洛炯炯有神的目光望着凌锋,"到时候请告诉我一声。"

蹊跷一万块

原本说好死者家属第二天上午九点到,可罗洛却起了个大早,他给凌锋打了一个约见的电话,又给尚未醒来的老伴留了一张字条,然后就悄悄溜了出来。他在街边停留片刻,凌锋的车就到了。

"老探长,您——"

罗洛一挥手上了车,说:"我想看看现场。"

街上行人极少,凌锋将车停在长江路与三叉巷交汇处,对罗洛说:"我们就是在这儿听到惨叫声的。"

罗洛伸头四面望了望,一言不发地下了车,然后在凌锋陪同下向小巷内走去。这是一条名副其实的小巷,仅容三人并肩而行,而且曲里拐弯,巷子深得很。时间还早,此刻小巷内空无一人,罗洛一一看了当时凶手被擒处、死者倒地处以及凶手交代的他在作案前的藏身处和挟持死者处。小巷的尽头直通江边,江岸十分陡峭,岸边有一座小亭,离江面大约有一丈多高。罗洛驻足凝神看了一会儿,就又顺着小巷往回走了。

在前往公安局的路上,罗洛问:"死者还没火化吧?"

"没有,"凌锋回答,"他的家属还得见他最后一面。"

"凶手还没移交吧?"

"没有。"

"先别着急,等羁押期满再说。"

凌锋点点头。

"死者在城里的住处找到没有?"

"还没有……"凌锋不禁脸上一红。

回到局里,罗洛先到停尸房察看尸体。死者二十多岁,看上去眉清目秀,只是身材比较矮小单薄。罗洛要过法医的尸检报告,看了一遍,随后来到凌锋的办公室,将死者的遗物一件一件地察看起来。

死者的遗物不多:一张居民身份证,一份法院民事调解书,一包未曾开启过的"红塔山"香烟和一个小布袋,还有就是被杀手李老四抢劫的那一万元现钱了。

罗洛让凌锋拿来一张大白纸,将布袋里的东西倒出,里面一百三十六元五角现钱,还有一块小孩拳头大小的鹅卵石。

罗洛问凌锋:"这石头原来就在里边?"

"是的。"

"取过指纹吗?"

"没有。"凌锋狼狈地回答,一边立即着手取证。于是,罗洛又专心研究起那份民事调解书来。只见调解书上这样写着：

原告梅迪才，男，一九七四年二月十八日出生，汉族，务农，住合江县马口乡罗家村。

被告刁友琴，女，一九七五年四月二十日出生，汉族，居民，住合江县城关镇。

原告诉被告离婚一案，在审理过程中，经本院主持调解，双方当事人自愿达成如下协议：

一、梅迪才与刁友琴双方自愿离婚；

二、女儿梅小琼由梅迪才抚养，刁友琴不负担抚养责任；

三、婚后财产彩电一部、床一张、衣柜一个，归梅迪才所有；收录机、洗衣机及剩余生活用品均归刁友琴所有。婚后债务九千九百元由刁友琴偿还。

案件受理费200元由原告承担。

上述协议，符合有关法律规定，本院予以确认。

本调解书经双方当事人签收后，即具法律效力。

调解书上最后落款日期是"二○○一年八月四日"，审判员"江台涌"，书记员"吉波"。

罗洛陷入了沉思之中。不一会儿，死者家属到了。

来的是一个白发老头和一个刚会说话的小女孩。不用介绍也知道，白发老头是梅迪才的父亲，小女孩是梅迪才的女儿。梅父不待罗洛开口询问，就迫不及待地诉说起来。原来梅迪才是他的独子，上中学时赢得了同学刁友琴的好感。刁家是城里人，但刁友琴的父亲当年曾在梅迪才的家乡插过队，与梅父有些交情，于是两家一直往来不断。后来梅迪才和刁友琴在城里结了婚，夫妻俩靠做小生意为生，一年后，他们又有了个大胖女儿，加上刁家老人经常过来帮着操持家务，小日子倒也过得其乐融融。不想一年半前刁友琴的父亲病故，母亲随即改嫁，从此小两口常为一点家常琐事争吵。没办法，一个月前，梅迪才只好将女儿送回老家交老父照看。从此，孙女儿是在梅父身边了，但儿子梅迪才却没了音讯，直到昨天接到派出所的噩耗通知。

罗洛待梅父稍稍镇静后，又进一步询问梅迪才的情况，包括他过去是否有过与人结怨一类的事情。梅父含泪摇头说："我儿子从小老实听话，脾气很好，从不与别人争长较短，哪里会有仇人呢？他虽然整日在外忙生意，可只要在家里停下来，就见啥干啥，从不抽烟喝酒，赌钱跳舞，外面挣了钱也总往家里拿，不像孩子她妈……"说到这里，梅父又摇起了头，无限伤感地自言自语，"唉，都是我害了他。当初这门婚事他并不愿意，可我是图个城里户口，将来孩子能做城里人……唉，我不该逼他呀！"梅父说到这里老泪纵横，悔恨不已。

看样子梅父也提供不出更有价值的新线索了，罗洛悄悄向凌锋使了个眼色，凌锋让梅父看了儿子最后一眼，便让人将尸体送去火化了。凌锋请梅父清点他儿子的遗物，当梅父看到那一扎万元大钞时，惊得话也说不连贯了："这、这也是他留下的？"

"是的，"凌锋说，"凶手就是冲这一万元钱，对你儿子下了毒手。"

梅父惊疑片刻，喃喃自语："这怎么会呢，怎么会呢？"

神秘寻呼号

在梅父的带领下，凌锋和罗洛来到了刁友琴的家。按响门铃，过了片刻，房门才开，探出一个年轻女人头发蓬松的脸来。孩子一下子就扑了上去，连喊"妈妈"，可是刁友琴未曾理会女儿的亲热，抱起她，一脸不高兴地问梅父："他们是干啥的？"

凌锋出示证件，说明情况，希望刁友琴配合。听说梅迪才死了，刁友琴惊得嘴巴张得老大，但回过神来后，却冷冷地说："我和他已经离婚了，我什么也不知道。"

罗洛问："他是什么时候搬走的？"

刁友琴不耐烦地回答："不就是离婚那天下午呗！"

"后来你看见过他没有？"

"没有。"

"你知道他住哪儿吗？"

"不知道！"刁友琴重重地回了一句，显得很不耐烦，堵在门口一点儿也没让人进的意思。

罗洛看了她一眼，故意叹了口气，说："看来他身上钱的来源不在这儿。"

"钱？什么钱？"刁友琴的眼睛瞪大了，当她听说梅迪才死时身上有一万元现金时，眼珠立马一转，说："那是我借给他的。不信，我拿借据给你们看！"说完，她把女儿往梅父手里一送，就跑进屋去了，"乒乒乓乓"一阵翻找声后，刁友琴果然拿来了一张纸条，只见上面写着：

我欠刁友琴壹万元整，一年后还清。

立据人　梅迪才

二〇〇一年八月四日

罗洛仔细看后，把欠条交还给刁友琴，说："案件查清后，钱是否归你也就清楚了。好生收着吧。"这会儿，刁友琴的态度也两样了，乐滋滋地主动凑上来说："我把地址留给你们吧！"

在回局里的路上，罗洛趁梅父不注意，附耳对凌锋说："我先送梅父回局里，把他安顿好，你杀个回马枪，在刁家附近隐蔽起来。如果我猜得不错，她家里一定另有其人。你跟踪那人，查清他的姓名和住处，如果能拍到他的照片，录下他的声音，那就更好了。"

凌锋一听兴奋不已：一定有好戏看了！他对罗洛佩服不已，只是碍于梅父在场，不好表露出来。

果然，罗洛回到局里，陪梅父吃过饭，刚把他安顿好不久，凌锋就兴冲冲地回来了，报告说刁友琴屋里果然有一个男人，罗洛他们前脚走，那男人后脚就出来了。巧的是那男人紧接着就去菜市场买菜,还为几毛钱的事与小贩吵了一架,于是凌锋混在人堆里,既给这个男人拍了照,又录下了音,最后追踪到辖区派出所,查到了这个男人的名字,总之,一切顺利。罗洛当机立断,让他再次提审凶手李老四。

李老四带来了,但李老四接过凌锋递给他的刚刚冲印出来的照片看了半天,只吐出三个字:"不认识。"

凌锋又放录音给他听:"你是不是觉得这声音很熟?"

"这……"李老四迟疑着,"好像不太好分辨?"

"是不是与当初给你打电话提供线索的声音相似?"

"不不不,"李老四连连摇头,"那声音比较特别,当时给我的印象很深。我这个人记性好,不会搞错。"

"那——"罗洛紧追不放,"那人在电话里是怎么对你说的,你给我们重复一遍,尽量用他的口气,一字不变。"

李老四略略一想,便学开了:"'四少爷,今晚九点过,有个瘦小子从三叉巷出来,身上有一坨钱。'他当时就是这么对我说的。"

罗洛沉吟着,没有吱声,只是用眼色示意凌锋把李老四押回看守所。

案情分析会紧接着就开始了,侦察员们一个接一个地谈了自己对案情的分析,大家都认为刁友琴及其情夫的嫌疑最大,很有可能是他们暗中借李老四之手劫钱杀人。李老四不认识刁友琴的情夫,辨不出录音里的说话声,恰恰暗示着提供电话线索的人可能就是刁友琴的情夫,这对狗男女想借李老四之手劫钱杀人。

罗洛非常注意地听着每一位与会者的发言。末了,大家不约而同地把目光集中在这位尊敬的老前辈身上,罗洛也不客套,一开口就直奔主题:"我不排除大家刚才说的这种可能,但觉得事实并非如此的可能性更大。因为第一,刁友琴爱财如命,她舍得把这么多钱借给一个正在离婚兴头上的前夫吗?第二,我的直觉告诉我,刁友琴在得知梅迪才死讯和梅有一万元现金时的惊讶不是装出来的,那么,如果死者是刁和她情夫让李老四去杀的,这又怎么解释？第三，更重要的是，刁有死者的一万元借条，就不怕他不还钱，杀人的必要性我认为不充分；即便一定要杀，找个合适的机会，他们两个人干也行，为什么还要找一个陌生的第三者？这种事当然是知道的人越少越好；再者，让李老四去杀，不能不付报酬，何况你能保证李老四不会对这笔巨款另有所图？据此我猜想，梅迪才那天晚上去小巷，实际上是去小巷尽头江边的小亭子，很有可能是因为有人从江上为他送钱来，钱是被人手抛上来的，这从钱袋里的鹅卵石可以看出来，石块是为了增加钱袋的重量。至于刁友琴手中的欠条，我们现在还无法弄清其真假来历，也许是一种巧合罢了。"

罗洛的这番话引起大家很大的兴趣，会场气氛更加活跃起来，罗洛朝大家摆摆手，笑道："我现在也还没有一个比较成熟的想法，破案最忌先入为主，我想，大家现在的当务之急是尽量多地占有资料和线索。"

凌锋听了连连点头，对老前辈的敬佩之情油然而增。当下，大家就围绕进一步破案作了明确分工，有人根据凶手和死者生前社会关系继续去摸清情况，寻找新的突破口；有人在刁友琴家附近悄悄设下暗哨，一天24小时观察有无新的动向；而罗洛和凌锋则直接带人悄悄去了死者离婚后的临时住所。

那是城东边缘一个偏僻角落，散落着一间间低矮的平房，又阴暗又潮湿，乍一进去简直伸手不见五指。凌锋开了灯，罗洛才看清屋内陈设，一床一桌一凳；床边桌上有几本书和一支笔、一瓶墨水；床上仅有一张草席和一条被子，床下有一双拖鞋；一根铁丝横贯屋中，上面挂着几件衣服和一条毛巾。除此之外，一无所有。罗洛不死心，带着凌锋几个来了个地毯式搜查，结果在床与桌的夹缝里发现了一本书《中国反贪实录》，不过从现场分析，不像死者有意藏匿，而是无意中掉落在此。罗洛小心翼翼地戴上手套，把书从头到尾翻了一遍，发现书的封底角落上有一组数字：1381866639。凌锋告诉罗洛："这很可能是一个手机号码。"他一边说着，一边立即派队员查询。

罗洛让凌锋把房东找来，问："死者住在这里的时候，有些什么人来往？"

"哪有什么人!"房东眨巴着眼睛说,"我这个房客整天一副心事重重的样子,问他三句话也不会出一点声音,天天早出晚归,一个人进出,就是偶尔一天不出去,也是房门紧闭,没一点声响。自打租我房子起,就从来没有看到有谁来看过他。"

房东正说到这儿,凌锋的手机响了,是派出调查的同志捎来了消息:手机号的主人找到了,是县司法局党委书记李万程。

死者怎么会有李书记的手机号?凌锋觉得奇怪,他对罗洛说:"罗老,我去找李书记了解一下情况,您先回局里休息一下吧。"

"不不不,"罗洛笑着连连摆手,"还是我陪你去一趟吧,李万程在我认识他时,他是'小李'哩!"

半个小时后,罗洛和凌锋驱车来到李家,李书记见几十年前的老前辈突然登门造访,激动得又上茶又敬烟,还吩咐妻子去买酒添菜,要招待罗洛吃饭。罗洛忙制止说:"小李,别忙活了,我今天和凌队长一起来,不说你也猜得到,是有案子上的事,咱们还是抓紧谈吧!"李万程这才作罢。

凌锋问李万程:"李书记,有个叫梅迪才的,您是否认识?"

李万程点点头:"认识呀,他是我十几年前当老师时的学生。本来倒没有什么联系,但一个月前,有一天突然在街上碰上了,他如果不喊我,我还真认不出他。当时我有事,他也似乎急匆匆的样子,所以没谈多久。临走时我告诉了他我的地址和手机电话,不过直到今天他也没来找过我。怎么,他出事儿了?"

"是的。"凌锋回答,"他被人……杀死了。"

"杀死了?"李万程几乎是惊呆了,"他那么老实,那么胆小,难道也会招谁惹谁?"

李万程不由自主地讲起了当年死者做自己学生时的一些往事,看得出来,由于死者的内向和老实,当年这个李老师李万程,对他很有些特别的关照,如今学生惨遭劫杀,李万程得知后的震惊也就可想而知了。直到罗洛和凌锋告别时,李万程还沉浸在对学生往事的回忆之中。

微型录音机

第二天一早,凌锋把死者的父亲和女儿送上返程汽车,便到局里上班,他发现一贯早起的罗洛没来,想起昨晚罗洛吩咐自己一上班就打电话叫他,他手刚伸向电话机,又改变了主意——他不忍心再看着老人劳累奔波了。不料还没过三分钟,罗洛就打电话过来。

"小凌呀,你不守信用哟!"

凌锋支吾道:"我也刚到……"

"这事呆会儿再算账,死者的父亲走了吗?"

"走了。"

"赶快追上他,我随后就到!"

凌锋还从未听到过罗洛如此焦急的声音,他不敢怠慢,立刻驱车向死者父亲乘坐的汽车方向猛追。三十分钟后,他终于赶上了那辆班车,五分钟后,罗洛也赶到了。罗洛非常歉意地对死者父亲说:"真是对不起,一早核查案宗,才发现你儿子遗物里的那包烟搞错了,应该是这一包。"说着,罗洛从随身带的手提包里拿出一包"红塔山",换回了梅父包裹里的那包烟。

客车载着梅父和他的孙女儿继续向他们的老家开去。车子开远了,消失在公路的尽头,这时,只见罗洛招呼了凌锋一声,蹲下身子,将刚才从梅父手中换下的那包烟平放在公路上,又从口袋里摸出一把细长的镊子,用它极其小心地把烟盒打开,莫非烟盒里有戏?凌锋疑惑地看了罗洛一眼。

只见罗洛小心地用镊子把烟盒里的烟一支支抽出来,放进早已备好的另一个小盒里,一边抽着,一边叮嘱凌锋要保护指纹。当罗洛抽出第六支烟时,凌锋不由"啊"一声惊叫起来,果然"戏"来了!这支烟只有其他烟的一半长,罗洛脸上露出了笑容。紧接着,又抽出三支半截烟,罗洛凑近烟盒一看,舒心地笑着对凌锋说:"看,里面有一只微型录音机。"

凌锋对罗洛佩服得五体投地:"罗老,你是从死者父亲说他'不吸烟'这句话中得到启发的吧?"

"是的，但是更重要的依据是，我在检查死者尸体时，发现他牙齿和手指上并没有烟迹。从李万程家出来后，我总是隐隐感到我们在什么地方疏忽了，可一时又无法下结论。我知道自己昨晚肯定会失眠，便预先让你今儿早晨打电话叫我起床。果然，昨晚一夜无眠，直到早晨当我习惯性地又准备拆开一包新烟的时候，突然触电似的想起来了：尽管现今香烟已成了社交活动中不可缺少的道具，但一个不吸烟而又不喜交际的人，随身带着一包烟还是有些奇怪的。可惜在我发现及听说他不吸烟时，注意力一直被别的似乎更有价值的线索吸引着，而将它忽略了，可见破案还是要切忌先入为主。唉，我真是老了，当初察看死者遗物时，我重点研究了文字资料，也没特别仔细地检查这包烟的外表，现在你看，在一些非常细微的地方，还是应该可以发现有曾经开启过的痕迹。"罗洛一面说着，一面拉起凌锋，两个人驱车直往局里赶。"回去好好听一听，录音机里必有我们需要的东西。"罗洛虽说八十高龄，一夜未睡，此刻依然精神抖擞。

后来的事情确实如罗洛所料，微型录音机里录下的是两个男人的对话：
"我是电视台的，法院要求我们庭外协商解决，你同不同意？"
"那……合适的话也行。"
"你有些什么条件？"
"就是起诉书上说的那些。"
"钱可以商量，至于其他要求，这没有道理，我们办不到。"
"那……如果你们至少能付一万元，别的就不提了。"
"好吧，等领导们讨论后，我再通知你。"
这就是录音机里的全部内容。

罗洛和凌锋听了两遍，随后凌锋立即提审李老四，又放了一遍，李老四当即证明，两个男人的对话中，后一个人的声音是死者，而前一个人的声音，他从未听到过。

为了查实录音里自称是电视台的那个人，罗洛和凌锋立即赶到电视台，意外的是，电视台的台长、副台长们听了录音，都是一副莫名其妙的样子；

又把范围扩大到部办领导,依然没有下文。

就在罗洛他们有些失望的时候,电视台社会新闻部的苟主任在会议结束告辞时偷偷塞了一个纸条给凌锋。罗洛和凌锋出门上车,凌锋展开纸条看,上面是"面谈"两字,下面是一个手机号码,凌锋当即拨通电话,约定一小时后,去苟主任家。

三人一见面,苟主任忐忑不安地说:"你们刚才来台里调查的那件事,可能和我有关系,我怕日后说不清,又怕在台里说传来传去的反而不好,还是约你们来我家当面说。"

原来,事情是这样的。本县法院院长江台涌作为全国先进工作者刚从北京领奖归来,为了全面宣传他的先进事迹,新闻部决定做一个专题节目。有人提供线索,说江院长临上去北京的飞机之前,仍在紧张办理案子,并差点儿未能成行。作为新闻部的负责人,苟主任和大家一商量,决定节目就从这里开始做起,于是便对江院长作了专访,随后又对这起案子的当事人进行了采访。一接触,苟主任才发现,这是一起离婚案,当事人竟是他中学时的同学梅迪才。

说到这里,苟主任拿出一盒磁带,说这是他做采访时的录音,不等罗洛和凌锋要求,他便放在录音机里播放起来。

"我叫梅迪才,是合江县马口乡罗家村人,因为和妻子性格不合,所以双方都想离婚。听说办离婚光手续费就要几百元钱,为了凑足这笔费用,我就开始一点一点地攒钱了。当我攒起两百元钱的时候,我就去法院打听,离婚诉讼到底需要多少钱。那天恰好碰见的是江院长,他说不少于四百元钱。我心里一惊,虽然明知法院不是商店,不能讨价还价,但我看他一脸和蔼的样子,便吞吞吐吐地说自己经济困难,能不能酌情减少点儿。江院长果然体察民情,说那就三百八十吧。我又问,如果夫妻双方已达成协议,到法院只是履行一下手续,是不是钱还能少点,他很爽快地说,那就三百五十吧。

"后来没过几天,我听别人说办离婚只要两百块钱,那时我手头已经有二百三十元了，我以为法院降价了，便写了诉状，和刁友琴来到法院，直接找到江院长。江院长首先问我带钱来了没有，我心中没底，便告诉他说有二百三十元钱，江院长说不够。我这才知道先前听来的降价消息不可靠，顿时尴尬起来。迟疑了片刻，江院长还是把二百三十元钱接过去了，说让我以后有了钱再补上，接着他就飞快地填着各种表格，不停地让我们签字或按手印，不到一刻钟，我们就拿到了民事调解书，江院长告诉我们可以走了……可是事后我却发现，我们明明交了二百三十元钱，调解书上'案件受理费'写的却是二百元。难道区区三十元钱，江院长还要贪为己有？真叫人难以相信，告到哪里，也不会有人相信我的话。即便这样，我也还要说……"

录音至此为止。苟主任说："你们别看梅迪才外表柔弱，性格却非常倔犟，他没有按照领导的意思说话，这盘磁带自然就做不进节目里去了。不过，仔细再想想，他说的话其实也有道理。他说，让这种人到国家最高领导人面前去招摇，简直就是全国人民的耻辱。我当时曾劝过他，江院长怎么了，不就是吃了你三十元钱吗？不就是虚伪一点吗？除此之外，你什么情况也没掌握，想靠这点儿事就斗倒他，你这不是自讨苦吃吗？你们猜梅迪才怎么说？他说，中国人的传统智慧就是以小见大，江台涌既然连区区三十元都要千方百计弄到手，而且还是在去领奖的前夕，那么其他大家不知道的事儿，怎么想象都不过分。这种人多当一天官，老百姓就多受一天罪！他说，既然电视台胆小怕事，他就以录了节目未获报酬为由，向法院起诉电视台，把事情闹大。事后，我怕这事闹起来上面怪罪于我，就悄悄地和法院院长办公室主任，江台涌的弟弟江台伦说了这件事。江台伦听了说，行，知道了，这点小事我来处理，你就当没有这件事就行了。再以后的事怎么发展，我就不太清楚了。"

眼看事情的真相马上就要渐渐浮出水面，罗洛和凌锋交换了一个眼色，带着这盘磁带告辞回局。

真正"李老四"

很快，案情以苟主任提供的线索为新的契机，又作了进一步查明：两个男人对话录音中，冒充电视台的人与梅迪才谈判的，是江台涌的弟弟江台伦。在铁的证据面前，江台涌和江台伦不得不承认，他们怎么也没料到，一个小小老百姓梅迪才居然会这么顶真，把这种事情给捅到电视台去，万一上面追查下去，他们平时干下的丑事可远不止这些。由于作贼心虚，他们决定用一万元钱堵住梅迪才的嘴。但有一点，他们都不承认搞过借刀杀人的诡计，而且李老四也证明，打电话给他的，绝对不是他们的声音。

虽说案情有了重大突破，可给李老四打电话提供线索，最终导致死者被劫杀的神秘人物隐而不现，却依然是罗洛和凌锋他们的一块心病。

这天下午，天色阴暗，罗洛突然问凌锋："案发那天晚上也是这样的天气吧？"

凌锋说："差不多。"

罗洛告诉他，自己今晚九点多要亲自去体验一下案发现场的气氛，要他不要打扰他。凌锋嘴里答应着，心里到底放心不下：罗老又发现什么新名堂？再说这么大年纪，独自一人行动，万一有个好歹，怎么向组织上交代？所以九点钟一到，他也悄悄摸到三叉巷来了。

巷里灯光昏黄，寂静无人，凌锋轻手轻脚地摸到梅迪才遇害处，抬眼一望，果然发现罗洛正背对着他站在前面不远的地方。他正思忖自己该进还是该退时，突然感到背心里一阵凉飕飕的，被枪口顶上了，一个阴沉沉的声音低声喝道："老实点，跟我走！"

凌锋毫不畏惧，但他想到来者的目标一定是罗洛，不由得心里一惊。他举起手，假装往巷子外走，突然一转身，扭住了对方持枪的手腕，对方也颇为了得，和凌锋激烈搏斗起来。这时，凌锋注意到歹徒脸上蒙着一块黑布，和李老四当时作案时的装束一模一样，而当他费了九牛二虎之力，终于要制伏对方时,猛听罗洛喊了一声:"停!"

歹徒扯下蒙面黑布,凌锋一看,竟是自己刑警队的队员。"你们……"

凌锋迷惑地看着罗洛,一时未能回过神来。

罗洛说:"事实证明,当晚死者根本没认出凶手是李老四!"

"那不会吧?"凌锋摇摇头,疑惑地反问道,"如果当时没认出来,死者怎么会脱口喊出'李老四'来的呢?"

"问题就在这里!"罗洛沉思着,又问凌锋,"当你被人胁迫时,假如你是一个从未遇到过这种事而又比较胆小的人,你会不会逃跑?"

"也许会吧。"凌锋犹豫着说。

"小伙子,再好好想想吧,也许答案很快就会出来了!"罗洛拍拍凌锋的肩,语气中透着长者的坚毅和乐观。

两天后,县司法局的李书记李万程被提拔为副县长,凌锋和刑警队的一帮人前去祝贺,罗洛也一起去凑热闹。喜气洋洋的李万程十分谦恭地对罗洛说:"罗老,您德高望重,却两次光临寒舍,我实在抽不开身去看望您,真是过意不去呀,我这里先敬您一杯!"

罗洛朗声笑道:"那你就来一趟吧,越早越好!"

"好哇,那就明天吧!"

罗洛笑着摇头:"迟了!"

"那就今天晚上。"

"一言为定,九点钟我等你。"

"九点?好吧。罗老的时间观念向来没得话说!哈哈!"

两人一仰头,各自把杯中酒干了个底朝天。

从李万程家出来,上了车,罗洛从衣袋里悄悄拿出一个酒杯递给凌锋,苦笑了一下:"拿回去取指纹。这还是我第一次做贼哩!"

"是他?"凌锋惊异万分。

罗洛点点头:"咱们回去立即再把案情汇总一下,是下结论的时候了!"

晚上九点,李万程如约来到罗洛家里。罗洛神情十分严肃,说:"李万程,今天我可没有什么招待你了，只有清茶一杯，供你讲故事时润润嗓子。"

"讲……什么故事？"李万程突然变了脸色。

"你的学生梅迪才如何死去的故事。"罗洛一字一句地说着，两道如电的目光直逼对方。李万程想分辩什么，但他只是张了张口，什么也没说。渐渐地，他的两只手开始发抖，额上也冒出阵阵冷汗来。罗洛不说话，可那威势，比说一百句话都厉害。万般无奈之下，李万程终于把事情的真相吐了出来。

原来，梅迪才在状告电视台之前，忽然想起了自己曾经十分信赖的李老师李万程在司法局工作，又是领导，便找到他说了事情的经过。当时，李万程正暗暗与江台涌较劲，争夺副县长的位子，梅迪才的告状，等于给李万程一个天赐良机。于是李万程经过深思熟虑，制订了一个阴毒的计划，他知道江台涌后台硬，手腕高，仅凭小小的梅迪才和这点点事情是搞不垮他的，必须将他卷入一起凶杀案中。于是他将微型录音机交给梅迪才，让梅迪才录下江台涌弟弟江台伦与他谈判私了的谈话内容，表面上是留作证据，实际上是为警方提供引出江台涌的线索。这一切对梅迪才来说，当然是被蒙在鼓里，他只以为是电视台对他作了让步。后来梅迪才把电视台实际上是江台涌愿意付款及付款的神秘方式告诉了李万程后，李万程立即鼓动梅迪才接受下来。对方提出那么苛刻的取钱时间和地点，梅迪才总觉得说不出的味道，胆小的他要求李万程在外面等他，李万程答应了，可是待梅迪才一进去，他就骑着自行车溜了。因为给李老四的电话实际上就是李万程打的，这会儿，李老四正向这边摸来哩！

回家路上，李万程已经得意地盘算开了：梅迪才不被江台涌兄弟暗算在长江里，也会被李老四杀伤或杀死在三叉巷里，至少会被抢走一万元钱。无论出现哪种情况，都会惊动警方，连带牵出江台涌，这样，李万程的目的也就达到了……

说到这里，李万程两眼绝望地望着罗洛，喃喃道："我知道你的厉害，被你盯上了就不会有好结果。但是我仍想知道，你是从哪里开始怀疑上我的?"

罗洛冷笑道:"凶手交代死者临死时喊他的名字,这多少有违常情,逃生时,人的本能只能是求救。事实证明,死者当时根本就没认出凶手,因此他喊的'李老四'只能是另一个人,是能够前来搭救他的人,可是我们找不到这另一个'李老四',后来得知你曾是他老师,以死者的性格,是不会改口喊你'李书记'的,他只能按习惯喊你'李老师'。除此之外,微型录音机上有你的指纹,凶手在听了我们悄悄录下的你的声音后,肯定你就是打电话给他的人。这些都是有力的证据。当然,直到你当上了副县长之后,我才来证明这一切,因为你有了作案的动机。"

李万程面如死灰,瘫倒在地。

这时,凌锋进来报告说:"刁友琴承认了,那张欠条是离婚那天梅迪才搬家时,刁友琴突然觉得她分得的财物和她要承担的九千九百元债务相比是亏了,因此反悔不要财物也不承担债务。梅迪才一赌气,就写了张一万元的欠条给她,说是一年后拿钱来换回这些东西。"

罗洛点点头:"现在可以说是真相大白了!"他指指李万程,"把他带走吧!"

房门大开,门外,是刑警队员们如释重负的笑脸……

(王志明)
(题图:杨宏富)

密谋·奇案
mimou qian

「聪明」的罪犯把犯罪计划弄得愈复杂,在执行的过程中也就愈容易出现失误……

东渡奇案

疑云重重

唐朝天宝元年，鉴真大师应日本高僧荣睿等人邀请，带弟子们去日本传法。船只都已备好，只等着择日出行，没想到就在这时，他的一个叫能静的弟子突然死了。

消息传来，鉴真大惊，他跟着来报的弟子们赶到海边，只见尸体就在离船不远的海滩上。

还未出行，就出了这样的事情，鉴真不由皱紧了眉头。

官府的人也闻讯赶到，经过查看，确定能静是被人杀死的。可是能静平时待人随和，谁会下此毒手呢？

鉴真正准备带弟子回寺里给能静超度，另一队官兵却匆匆赶来，挡住了他们的去路。领头的淮南采访使班景倩高声问道："谁是道航?"鉴真的一个弟子应声站了出来,班景倩一挥手,几个士兵就立刻扑上去,将他绑了个严严实实。

鉴真急问出了什么事,班景倩说："据报,道航与海盗有勾结,这次跟您出海,就是准备去投奔他们的。"

鉴真大吃一惊,忙解释说道航是自己的弟子,不可能做这样的事情。班景倩严肃地说："大师东渡传法无可置疑,可您怎能保证,您的这些弟子也能像您一样讲究德行?我甚至怀疑能静的死也与他有关呢!"说罢手一挥,就命士兵们去鉴真东渡的船上搜查。可是士兵忙乎了好一阵,却什么也没搜出来,班景倩决定先把道航带回官府再说。

看着班景倩他们远去的背影,鉴真陷入了沉思:道航一直是自己的得意弟子,怎么可能干出这种事来?这么想着,他也走上船去。

船舱已被士兵们翻得一片狼藉,这时候正好有阳光从船舱的窗口射进,照在船板上。鉴真只觉眼前一道亮光闪过,船板上好像有什么东西。他赶紧走过去,蹲下身子一看,只见船板的缝隙里有一颗光滑圆润的珍珠。他小心地把珍珠抠出来,发现珍珠上还有一个小孔,看来是从一串珍珠链上滚落下来的。

鉴真觉得很奇怪:这船上所有的东西都是自己亲自挑选的,除了佛具和经卷,哪有什么珍珠链子,这颗珍珠会是从哪儿来的呢?鉴真收好这粒珍珠,决心一查到底。

端倪初现

第二天,鉴真来到府衙探望道航。仅一天不见,道航已是憔悴不堪,他见到鉴真,"扑通"一声跪在地上,说:"请师父明鉴,弟子实在不知道祸从何来。弟子早已将生死置之度外,只担心坏了师父的名声,弟子实在愧疚!"

望着道航,鉴真不由叹了口气,便从贴身的衣袋里拿出那颗珍珠,问:"这个你见过吗?"道航一瞧,连连摇头。鉴真见状,什么话也没说,收起珍珠,转身就走。

走出大牢,班景倩正在牢外等着。鉴真问他:"你们为何认定我这个弟子有罪?"

班景倩说:"是您的一个弟子举报的,难道您弟子说的还会有假?"

鉴真瞥了他一眼:"既然如此,那你们现在就可以行刑,我让他的师兄弟们到刑场送他一程吧!"

于是,班景倩命人把道航带出大牢,送上断头台。鉴真也带着众弟子来到刑场。

刑场上的气氛既肃穆又紧张,弟子们连大气儿都不敢喘。时间一分一秒地过去了,鉴真不说话,班景倩也不敢随便下令,就这样足足呆了近一个时辰。终于,有的弟子耐不住沉闷,躁动起来。就在这时,鉴真悄悄对班景倩耳语了几句,班景倩点点头,随即朝执行官下令道:"时辰到,开斩!"听到行刑令,刽子手"呼"的一下举起刀子。

就在这时,场上突然有人大叫:"刀下留人,道航不是海盗。"鉴真应声望去,说话的是自己的另一个弟子如海。

班景倩厉声问:"你怎么知道他不是海盗?"

"我……我……是我胡乱举报了他,"如海的声音突然低了下去,"是我害了他!"

班景倩心头一个激灵,这才悟出鉴真带众弟子赴法场的真正用意。他马上宣布停止行刑,就把道航和如海押回府衙。

来到府衙,如海说了实话。原来一天晚上,如海去鉴真住处请教法事,走到门口,正好听到鉴真和道航在谈东渡人选,说到如海,道航认为如海年纪太轻,这次不宜随行。如海没想到道航竟如此建议,一气之下也未进师父的房间,就回去了。如海一直想报复道航,就趁这次机会偷偷到府衙举报了道航。不过他本意只是想泄泄心头之恨,让道航在牢里关两天,没想到官府竟就此认为道航是杀人凶手。眼见道航真要被砍头了,如海这才站了出来。

道航的冤屈终于被洗清了,但能静被杀一案却仍没有进展,班景倩表示如此情况下鉴真东渡之行必须推迟。鉴真也觉得有道理,他想了想,又对班景倩耳语了几句,就让弟子们把船上的各种物品都卸下来,等官府次日将船拉走。

真凶现身

一切都平静下来,夜渐渐深了。就在这时,一个黑影悄悄爬上了空船,好一阵才从船上出来,出来时还背了一个鼓鼓囊囊的小布袋。黑影正欲溜走,突然周围亮起无数支火把,原来班景倩早带领士兵们在此候着了。

众人借着火光一看,这人竟是日本高僧荣睿的弟子慧泉。班景倩一声令下,士兵立刻上前抓捕慧泉。慧泉飞起一脚,就将两名士兵踢倒在地,他转身要逃,旁边的士兵一刀挥过去,正好砍在他背着的那个小布袋上。只听"哗啦"一声,一串串珠宝链子从布袋里掉了出来。慧泉也顾不上捡这些宝贝了,他扔掉包袱还想再逃,可已被几十个士兵包围起来,最后只得束手待缚。

原来,这慧泉听说大唐宝物众多,早就动起了心思,他先拜荣睿为师,后又设法跟着荣睿来到大唐,白天做僧人,晚上当偷贼,窃了不少珠宝。但这些东西怎么拿回去呢?正好荣睿邀请鉴真到日本传法,他将窃得的珠宝事先藏到船上。没想藏匿时被能静看到,于是就把能静杀了。他当然不会料到争斗中会有一颗珍珠掉落在地,更不会料到官府会因为能静被杀而不让鉴真出行,连东渡的船只都要收回。情急之下,他只得在船被拉走前把布袋取回来……

而鉴真呢,自发现那颗滚落的珍珠后,就断定有人想在此次东渡时偷运珠宝,但他相信自己的弟子不会干出这等丑事,于是就故意激班景倩斩道航，先为道航洗清了罪名；鉴真又确信那人藏的东西一定还在船上，于是就给班景倩出主意，让官府假装要没收东渡船只，以此引出偷运珠宝的人。

再说荣睿，当他知道自己弟子竟做出这样的事来，愧疚得连夜赶来向鉴真道歉。鉴真安慰他说："佛家弟子成千上万，谁也无法保证人人都真心向善，所以我们更得要竭尽所能去树德传法啊！"

（刘自忠）
（题图：黄全昌）

古怪的瞎婆

龙桥镇位于三省交界处,是个远近闻名的水旱码头。在镇西一座破旧不堪的老宅院里,住着一位六十多岁的孤老太婆,因为数年前双目失明,镇上人都叫她瞎婆。考虑到瞎婆一个人生活不便,镇敬老院曾几次要把她接去,可都被她拒绝了。放着清福不享,人们觉得瞎婆有点古怪。

前不久瞎婆又做出一件古怪事:请人在院墙上用红漆写下四个大字:"此宅出售。"从此她就每天坐在路旁,等着人前来买房。若有过路人问价,她便伸出两只巴掌,开口"十万"。镇上人都说这瞎婆子想发财想疯了,就她那破房子,六千块也不值!但不管别人怎么说,瞎婆依然日复一日地守在家门口,如同姜太公钓鱼一样,等着人家上钩。

这天正午时分,镇派出所新来的安所长驱车行至镇西口时,被突然冲上公路的瞎婆给拦住了。司机小马忙下车询问情况,瞎婆说:"快去抓坏人!

杀我儿子的凶手找到了。"

小马说:"瞎婆,我们可有公事在身耽误不得,你不要纠缠好不好!"

瞎婆说:"谁和你纠缠?你们领导呢?我要和你们领导说话。"

安所长一听,就从车上跳下来,却被小马拉到一旁:"别理她!自打八年前她儿子死于车祸,这瞎老婆子就变糊涂了,做出的事情古里古怪,让人琢磨不透。"

安所长是个细心人,他想瞎婆已双目失明,却能通过汽车声辨出自己是派出所的,这说明她是个很有心计的老人。于是安所长走上前说:"老人家,你有啥话就对我说吧。"

瞎婆说:"这里说话不方便,你随我进屋谈吧。"

安所长让小马先把车开回派出所待命,自己搀扶着瞎婆往她家里走去。

两人前脚刚踏进院门,突然霍地蹿出两只大狼狗,狂叫着就往安所长身上扑咬。安所长虽说见得多了,但像如此凶猛的恶狗还从未见过,心中不由得一阵发慌。这时只见瞎婆将手杖往地上一戳,轻声喝道:"规矩点儿!"两只狼狗闻言乖乖地伏下身,卧在地上一动不动了。

进到屋里,瞎婆给安所长让座后,就把自己的身世和遭遇,一五一十地讲述出来:原来瞎婆家曾是旧上海有名的富户,解放后虽家道败落,但家中仍有些积蓄,并且还珍藏着几件祖上传下来的文物,据说都是战国时期的珍品,价值连城。"文革"期间,红卫兵听说她家有"四旧",便逼瞎婆男人交出来,瞎婆男人知道那些东西落到红卫兵手里就等于毁了,于是偷偷转移到一个远房亲戚家藏了起来。不料,在此后的一次批斗会上,他竟被人活活打死。丈夫的惨死使瞎婆悲伤过度,她哭了一天一夜,把眼睛哭瞎了,可红卫兵仍不肯放过她。为躲避灾难,瞎婆在那位亲戚的帮助下逃离上海,带着尚年幼的儿子,来到龙桥镇住了下来。

这些年,政治稳定,经济繁荣,瞎婆便动了心思,她想把那几件文物卖给国家,也好为儿子成家立业作个打算,可儿子见异思迁,为贪图高价,竟背着瞎婆与一个专门走私文物的贩子勾搭上了。一天夜里,儿子把贩子带回家看货，那家伙当场表示愿出大价钱收购。第二天晚上，那家伙慌慌张张赶来，说这两天公安部门追查文物走私甚紧，他担心被公安人员盯上，就没敢把钱带来。他建议先把文物埋起来，等风头过后，他再来交易。那天夜里，瞎婆听到两人在院子里动锹动镐忙乎了好一阵。至于他们把东西埋在哪一处，瞎婆也不知道。谁知两天后发生了一件意外事，儿子在家门口的公路上，被一辆飞速行驶的汽车给撞死了。而那辆肇事汽车停也没停，疯也似的逃走了。悲痛之余，瞎婆隐约感到：儿子一定是遭了文物贩子的暗算。她本想把自己的想法报告派出所，可她对文物贩子的情况一无所知，再说儿子的行为也是违法的，因此瞎婆便打消了报案的念头，她决定用自己的方式惩罚凶手，为儿子报仇。瞎婆料定那坏蛋不久还会来她家盗取文物，于是她花高价买了两条大狼狗放在院中。

半月后的一天夜里，瞎婆被一阵狗叫声惊醒，她忙爬起来，隔着窗子对两条狗发出命令："咬死他！咬死他！"

顿时，院中狗咬声人叫声乱作一团……

第二天早晨，瞎婆在院墙下摸到一把铁锹，一只皮鞋，还有几块被狗撕咬下来的血淋淋的碎布片，那个贼人却让他侥幸逃掉了。

也许是那两条狼狗太凶，此后七八年时间里，那家伙再没敢来冒险。

杀子之仇未报，瞎婆总是有点不甘心。她分析认为：仇人并没有走远，院中埋下的文物，对他来说无疑是个巨大的诱惑，他绝不会就此罢手。于是瞎婆想出另一招：高价卖房，引诱他上钩。

这一招果然奏效！上午来了个买主，一分价钱也没讨就付给瞎婆十万元现金，并要瞎婆下午搬出去。

听到这里，安所长问："单凭他花高价买房这一条，还不足以证明他就是当年的罪犯。您还能提供别的什么线索吗？"

瞎婆说："能！他要我带他进院看房子，可我俩还没走到门口，他就停住脚说：'老太太，你得先把你那两条狼狗拴好，我才敢进去。'他自称是从城里来的，他怎么知道我养了两条狼狗？还有，进院后他根本没怎么看房子，而是在院子里，来来去去兜了好几圈。而且我听得出来，他走路时两只脚落地的声音稍有差异，就能断定他腿脚有点瘸，很可能是八年前被我那狼狗咬伤落下的残疾。"

听着瞎婆丝丝入扣的推理和分析，安所长在心中对眼前这位老太太油然而生敬意。他握住老人的手，如此这般作了一番交代。

当天下午，瞎婆将家中钥匙交给买主，随即带着她的家当和狼狗，搬到镇上敬老院去了。

晚上，月高风黑，安所长带领几个公安人员埋伏在老宅院外围。过了下半夜，院中传出轻轻的挖土声，安所长一声令下，几个人一齐翻墙而入，将正在起货的歹徒擒了个正着。

第二天早上，安所长带着文物来到敬老院交给瞎婆。瞎婆颤颤巍巍用手摸着那些宝物说："为它们，我无端丧失了两个亲人。现在我虽说孤身一人，可在这里不愁吃不愁穿，生活上也有人照料，往后的日子不会有啥后顾之忧了。这几件文物，安所长，就请你替我把它们捐献给国家吧。"

(海　生)
(题图：施其畏)

失踪的婴儿

磐石湾，四里八乡只有一所云山中学，为省脚力，孩子们读书吃住都在学校里，每逢星期天回家，平时放了晚学，就三三两两地去山冈上玩耍。

这天傍晚，初二班的阿喜和几个同学正在山冈上漫无目的地闲逛，忽然，阿喜指着丘下的一条山道惊呼："快看，快看哪！那条狗叼着个娃儿呢。"

同学们顺着阿喜的手指看去，果见不远处有只壮实如虎的大黄狗，叼着个婴儿在拼命跑着。那婴儿的头耷拉着，手足拖在地上，晃悠晃悠，分明已是个死婴。

"哎哟，放下，放下！"大家七嘴八舌乱吼起来，可是那条大黄狗撒腿跑得更快了。

阿喜把手一挥："追！"

大黄狗毕竟是负重奔跑，它听到身后的吼声越来越近，被逼弃下死婴转过身来，皱起鼻子暴着牙，低声咆哮着。

同学们不敢靠近它，但已看清那个死婴的脸部早已腐烂不堪，两只小脚被拖得只剩下半截了，一阵山风吹来，让人闻到了一股恶腥味。

大黄狗见孩子们并不进攻,衔起死婴转身便逃,转过山嘴,不见了。

星期天,阿喜回家,晚饭桌上,他把这件怪事讲给家人听。谁知话刚讲完,他妈丢下碗筷,拉着他就往门外跑,边跑边说:"快把这事告诉你叔和婶娘听!"

阿喜的叔叔叫王来富,婶娘叫杨腊贞,他们的儿子出世才三个多月就失踪了。那天,杨腊贞把小毛头放在门口的摇篮里,自己去灶上调米浆。前后不满五分钟,米浆调好端到门口,摇篮里的儿子不见了。她以为是村里人抱去玩的,然而问遍了全村,都说没见,急得王来富从田里赶回家,一把揪住妻子骂道:"死人也能守得住棺材哩!"杨腊贞又气又急,几乎要去寻短见,幸亏被人劝住。可是,这山村里没狼没虎的,那小毛头莫非被外星人劫去了?

阿喜被拉到婶娘家,绘声绘色地把见到大黄狗叼死婴的事讲了一遍。

杨腊贞没听完,就号啕大哭起来。

王来富也捶胸顿足地骂道:"冤有头,债有主。那条大黄狗是谁家的?非要找到它主子算账不可!"

阿喜当下表示,回校后要同学们一起留心,一旦发现大黄狗就悄悄跟踪它,这样,就不难找到大黄狗的主人家。

没出一个月,阿喜兴冲冲地回来报告:"大黄狗找到啦。那天它又从冈下走过,我死命盯牢它,到了芦花荡,见它进了东首第二户人家的院子。"

王来富一听,忙不迭地对妻子说:"腊贞,事不宜迟,赶快上门去。"

杨腊贞定了定神,说:"芦花荡的周珍娣,我认识哩,是她为我家小毛头接生的,先去找她摸个底细,然后请她一同上门去,到时候还可做个证人。"

三人来到芦花荡,找到了周珍娣家,不料铁将军把门,打听左邻右舍,说是近来很少见到她人影儿。因为她是寡妇一个,家里没有其他人,所以锁着门也不怕饿死板凳。

说话间,阿喜无意间扭头,正瞥见那只大黄狗从村东那家的院子里蹿出来。他一拽叔叔的衣摆,急道:"喏,喏,就是它,就是它!"

王来富忙推过妻子说:"快,上门去。"

这时，大黄狗见三个陌生人向它家走来，吠着向主人传讯。不一刻，从院门里走出个年轻人来，怔怔地望着三个来者。

王来富强忍住怨恨问："请问，这狗是你家的吧？"

年轻人点点头，示意三个有事进屋谈。坐定后，他自我介绍说："我叫李根宝，靠山上的石头发了家，你们想来参观呢，还是来谈业务？"

王来富沉下脸，指着跟在主子脚边的大黄狗劈头就说："你家这只狗把我的儿子拖去咬死了，你知道不？"

杨腊贞立时呜咽起来，抽抽搭搭地说："我儿子出世才三个月，就遭到这种祸害。"

阿喜也捏住双拳说："我亲眼看见这狗叼着个死孩子的。为了找到你家，我花了不少工夫啦！"

刚开始，李根宝还有点纳闷，可是当听到阿喜说亲眼见这狗叼着个死孩子，心里反倒释然了。他忙摆摆手，说："我家这只狗，芦花荡人都唤它'黄狮'，村里的人它都驯服，可是陌生人即使用肉丸子引诱它，它连瞧都不会瞧一眼。至于叼死孩子的事，一点不假，确有其事！"

接着，李根宝讲了事情的原委——

原来，李根宝的妻子叫金翠花，夫妻俩因为承包采石场，成了磐石湾数得上的富户，只可恨阎王爷瞎了眼，婚后三年还没给他们投胎个儿子。金翠花去城里医院治疗一番后，肚里总算有了。今年夏天，小生命要出世了，幸好接生婆周珍娣就在村里，挣扎了大半夜，小宝贝落地了，胯下还翘着个小雀子，乐得李根宝什么似的。没料到乐极生悲，产妇大出血，火速送去了医院，经医生奋力抢救，虽说脱了险，但医生嘱咐，今生无法再生育。产妇住院那几天，襁褓里的小生命拜托周珍娣照料，可这娃儿出娘胎后一直不睁眼，没哭声，在金翠花出院回家后的第二天，竟抽搐了几下死了。

夫妻俩悲痛欲绝，对着死婴没完没了地哭。连灵性通人的黄狮，也陪着不吃不玩不睡。夫妻俩不忍心埋掉自己的骨肉，李根宝只得托周珍娣去把死婴埋了。

那天，黄狮见周珍娣把主子家的娃儿抱了去，便也跟在后面，远远地坐在一块山石上，瞅着她把死婴埋进了土里。可待她走远了，它便去用力扒开坟土，把死婴叼回来。几天里，埋了又叼，叼了再埋，叼尸几乎成了黄狮的怪癖，死婴的手足被拖得只剩下半截了。最后，李根宝设法把黄狮骗到了别处，让周珍娣将死婴偷偷埋在了较远的山石里，黄狮才无奈作罢。

很显然，阿喜和同学们那天傍晚见到的情景，就是黄狮在叼着主子家的死婴奔回家去。

李根宝解释清楚后，说："这事村里人都知道，他们可以为我作证。"

王来富夫妻俩茫然，阿喜也无言以对。最后，三人只得怏怏地回去。

过了几天，金翠花去漕河码头上洗衣服，刚巧碰上了周珍娣，快嘴的金翠花忙不迭招呼说："珍娣，前阵子哪儿去了？有三个陌生人上门来找你，说是小王庄人，知道不？"

周珍娣一怔，慌着问："谁呀？"

"当时只有根宝一人在家，我也没见那三人。他们没找到你，就上我家来了。你知道他们来干啥的？唉，说出来也挺可怜哩！"

周珍娣好奇地问："有啥可怜事，你快说说。"

"当初我家黄狮叼的那小嫩骨，小王庄的人看到了，说是他们的。唉，那家小宝贝也是个短命的。可真有这么巧的事，你说奇怪不？"

金翠花说罢，周珍娣却一言不发，木然地在码头上站了一会儿，把衣服草草洗完，心事重重地回了家。

第二天晨熹初露，周珍娣锁上家门，悄悄地出了村……

再说那天王来富和杨腊贞去李根宝家里，碰了一鼻子晦气回来后，苦苦闷闷了好几天。特别是杨腊贞，每天少不了要落几次泪。

王来富半嗔半劝道："阎王爷注定我们没儿子，愁断了肠也无用呀。"

杨腊贞执意说："我看那黄狮叼的肯定是我家小毛头。那天我们去李根宝家，听起来他话说得直直落落的，可是我见到他家堂屋的长柜上还放着个奶瓶子，里面还存着半瓶子奶哩。当时我脑子没转过弯来，现在想想，他家孩子既然埋都埋了,咋还要冲奶?难道他家生的是双胞胎?"

这一提,把王来富也提醒了,忙一拍大腿说:"对了,我也想起来了!那天出门时,我在他家院子里一头碰在了晾在前院的尿布上,当时我还触景生情,心里酸楚楚的。莫非这里面会有什么名堂?"

杨腊贞听到丈夫也这么说,心儿荡了起来,泪珠子又"扑簌簌"落了下来,说:"来富,芦花荡又不离我们十万八千里,无论如何还得再上一次门,不到黄河心不死呀。"

当下,王来富夫妇决定再次去芦花荡。路上,两口子商量好,这次去矢口不提婴儿的事,只是去谈采石业务,趁机探个底细,再作道理。

李根宝见王来富夫妇又上门来,刚开始有点纳闷,听说是关于业务的事,也就没了半点戒心,热情地倒茶相待。

正在堂屋里谈得起劲时,金翠花从楼梯上一步步挨下来,边下楼边嗔她丈夫:"根宝,接到什么大主顾啦?谈得没没了,还不快去为孩子冲奶瓶!"

说着,她抱着个婴儿来到了堂屋里。

杨腊贞假装不经心地走近金翠花去引逗孩子,突然,她睁起乌溜溜的眼珠子惊叫起来:"来富,来富,你快来看,这娃儿不就是我家的小毛头吗?"

金翠花赶快抱紧孩子骂道:"你这泼婆咋像疯狗一般呀?当心捞把粪渣堵你嘴!"

杨腊贞反驳道:"我家小毛头左耳下半截是黑色的,村里人还打趣说是猪投胎。还有,他左脚有六个趾头,如果不是,脱下鞋来查!"

王来富哭丧着脸说:"老兄,这是癞痢头上的跳蚤——明摆着的事,这肯定是我家小毛头,鬼使神差怎么会落到你们家来了?"

李根宝一跺脚,气呼呼地说:"打开天窗说亮话。这娃儿是我花了两万块钱,托我们村周珍娣去买来的。你要抱回孩子,难道我的钱白白丢到江河里去吗?"

王来富一听,惊愕地说:"哟,原来是周珍娣为你干的好事?我家小毛头就是她接生的哩!难道我家小毛头是被她偷去给了你们的?反正她就住在你们芦花荡,现在我们一同去把她找来,三对六面说个清!"

然而,周珍娣的大门上挂着把大铁锁,烟囱有好几天不见冒烟了。

芦花荡的人都知道,李根宝现在手里的娃儿,是周珍娣抱回来的,但不知道花了两万块巨款。现在有人追上门来,都七嘴八舌议论纷纷,大家众口一词,说这笔巨款要追回也难,恐怕已落进别人腰包里去了。

众人心是杆秤。李根宝觉得众人的话说得很有道理,忙把王来富又拉回自家堂屋里,忧心忡忡地说:"老兄,刚才村里人的议论提醒我了,事情严重哩!"

杨腊贞在一旁不耐烦地说:"首先,你们承认是我家的小毛头吗?如果承认了,别啰唆,让我们抱回去,其他事与我们无关!"

"怎能无关呢?"李根宝焦急地说,"城里有个汽车驾驶员,人称'小白脸',常来磐石湾运石子,车子一停,先进赌窝,结果亏了两万块钱赌债。他与周珍娣搭上后,答应与城里的妻子离婚,再娶周珍娣,这事村里人都在传说。显然,他们借我买婴儿的机会,偷了你们的娃儿,骗了我的钱去还赌债了,这能说无关吗?"

王来富一听,恍然大悟地说:"对了,对了!小毛头失踪那天,我在地里种菜,远远看见有辆汽车,在我家屋旁的公路上停了三五分钟。"

说话间,金翠花悄悄抱着小毛头躲进楼上房间去了。

杨腊贞一扭头不见孩子,火急急追上楼去,但房门已紧锁。她只得在房外又哭又嚷:"你们别丧尽天良,把孩子还我,还我!"

李根宝已领会到事情的严重性了,他毕竟是个生意人,处事要老练些。他把王来富叫到后厢屋,压低嗓门说:"我们两家素昧平生,相隔几十里山地,但同住在一个磐石湾,也算人不亲地亲,出了这种事,该平心气和商量着办。弄不好触犯了法律,倒霉的当然是我,可是到时候我破罐子破摔,你也别想沾光,所以还是私了为好。现在这样,你留个地址给我,带着老婆先回去,让我去找拿我两万块钱的人,把事情来龙去脉弄个清楚。钱讨回手后,我和我老婆亲自把娃儿送上你门来,也算人生路上有缘分,往后我俩索性攀个寄亲，你看如何？"

王来富愁眉苦脸地问："要多少天才给我下落？"

"不出五天。反正我也不会抱着娃儿抛了这个家逃走！"

王来富见李根宝确无半点虚情假意，沉思了片刻，无奈只得答应了，只是杨腊贞在楼上死命不肯下来，一定要掀开房门去夺回孩子，被半哄半拉了一阵，才用手帕捂着脸面，抽抽搭搭地跟着回家了。

王来富夫妇走后，李根宝想，这丑婆娘周珍娣，竟然敢兔子吃起了窝边草，而且断定这两万块钱已落进小白脸手中去了。怪不得那阵子买婴儿时，小白脸多次来周珍娣家里，这阵子又不见他影踪了，连周珍娣也总是锁着门难见魂儿。现在第一要做的是找到周珍娣，再作道理！

第二天一大早，李根宝骑上自行车，带着他的黄狮，去各村打听周珍娣。然而，两天过去了，毫无音讯。

第三天，李根宝扩大了寻找范围，赶了一天路程，仍无收获。

日头偏西时，他正愁眉不展地带着黄狮准备回家，冷不防遇上一辆满载石子的汽车，从狭窄的盘曲公路上疾驶而过。李根宝连忙偏车躲避，可等他扶正自行车把，一扭头，却不见了他的黄狮。

他抬眼一看，只见黄狮正向一个荒僻的地方奔去！那面，有几只山鹰在低处盘旋着，与地面上一只狗在决斗，黄狮箭一般往那儿蹿去，竟然主子连声唤它也不理睬。

黄狮奔到那里，山鹰不战而退，飞向冈那面不见了，那狗本想与黄狮撕咬，可是不经一战就逃走了。

照理，此刻黄狮应该凯旋而归，然而它却在不停地扒一个乱石堆，扒一会儿，就朝石堆狂吠几声。

李根宝纳闷：莫非石堆里藏着什么东西？就骑上自行车赶去，遇上不能骑车的路就推，骑骑推推，来到了黄狮身边。果见乱石堆里黑乎乎的，扒开一看，不禁大惊失色，里面埋着个死人，从那尖嘴猴腮暴牙的相貌上看，一眼认定这是周珍娣！

原来，那天周珍娣从金翠花那里得知，王来富夫妇找上门来寻儿子，自知此事即将败露，内心恐慌得很。她找到了小白脸，他俩怎么也猜不透，几十里外的王家咋会找到芦花荡来。

小白脸也无计可施，周珍娣则喋喋不休地逼他要早日完婚，带她远走高飞，否则就去法院告他是偷婴儿的主谋，诈骗人家两万块钱。于是小白脸顿起杀心，事后，便将周珍娣的尸首埋在了乱石冈上。

他压根没想到，尸首又被黄狮无意间发现了。

李根宝带着黄狮丧魂落魄地赶回了家。

妻子见他神情不定，以为是三天里没见着人才急成这个样子，便安慰说："钱没讨回来，劈开我头也不会归还孩子。天塌下来我顶，怕啥！"

李根宝一把扣上门，道："周珍娣被人杀死啦，叫咱黄狮给找着了。"

金翠花吓了一跳："真的，这怎么办？出了人命了。"她见丈夫不言语，又道，"快去报案吧。"

李根宝道："不行，一报案，这事情弄清楚了，虽然和我们没关系，但这孩子肯定会判给王家，我们的钱可就白丢了。"

金翠花觉得言之有理。

李根宝道："我敢打赌，周珍娣是小白脸杀的。我得赶快找着小白脸，这要是叫公安把案破了，这钱就完了。"

"那王家那边……"

"能拖就拖，目前也只能这么办了。"

第二天，李根宝又带着黄狮出门去了。

李根宝刚出门，王来富和杨腊贞来了，金翠花见他俩进门来，火急急抱起孩子，向楼上房间逃去。

杨腊贞也急匆匆追上去，结果房门还是"嘭"地关上了。她在房门外哭着、嚷着。

王来富也在房门外骂道："你们耍什么手段？那天说的比唱的还好听！今天已第五天了，咋还不放孩子？叫你男人出来见见面，别躲躲闪闪的！"

金翠花躲在里屋，一口咬定要等自己老公回来门才能开。于是屋里屋外僵持住了。

从晌午到中午，又从中午到太阳落山，李根宝连影儿也没见，里屋的一瓶奶早吃完了，孩子饿得哇哇哭。孩子一哭，两个母亲都陪着哭。孩子要紧，杨腊贞从窗口往里递奶瓶。

等哄好喂饱孩子，李根宝仍没回家，王来富又气又急，就差没动手砸门了，他朝里屋吼道："你老公不回来，我们就住下不走了！"

天黑了，孩子在金翠花怀里睡着了。金翠花不敢睡，生怕外屋的人破门进来夺孩子，屋外的王来富和杨腊贞也不敢睡，生怕金翠花偷偷开门溜出去。

时间就这样"滴答滴答"地过去了，王来富在外屋和杨腊贞低声商量，这样等下去也不是个办法，索性把门砸开，夺下孩子，一走了之。杨腊贞则担心，这样做把金翠花惹急了，磕碰了孩子咋办？而且，现在人在别人村里，闹起来对自己也不利。小夫妻俩一时想不出个好办法。

第二天天刚亮，相持战又开始了。

这时，门外走进两名公安。直到此时，屋里屋外的人才知道，李根宝此时正在县医院的急救室里抢救！

金翠花听罢，人就软了下去，杨腊贞趁机上前抢下了孩子。

原来，李根宝找到小白脸后，说明了来意。小白脸假意应允，实则一不做二不休，杀一个是杀，杀两个也是杀。幸亏黄狮不离主人半步，才使得李根宝没被当场砍死。小白脸因被黄狮咬伤，也于当天晚上被捕获。

事情至此，一场围绕婴儿的风波才算结束。

一个月后，李根宝出院了。

出院那天，王来富夫妇也去了医院。李根宝羞愧地低下头，说："都怪我是法盲，为了私了，差点把自己的命都赔上了。"

(陆柏树)

(题图：顾　诗)

绿宝石疑案

这天早上,南京珠宝商店刚开门,就走进来两个人:一位中年妇女,搀扶着一个双目失明的老太太。老太太手里捧着一只古色古香的首饰盒。两人一进店堂,营业员赶紧上来招呼。可老太太紧紧抱着盒子,不肯把东西交给营业员,而是一定要亲自交给店里领导。营业员无法,只得请出了珠宝店经理老陈。

老陈让她们两个人坐好,倒了茶。老太太这才打开盒子,说明来意。原来这老太太有颗祖传的绿宝石,在她手里已经保管了四十年,现在,为了支援四化建设,决定把它献给国家。所以,请居委会主任朱月珍陪她一起来到珠宝店,为慎重起见,她要把它亲手交给店领导。讲完,老太太郑重其事地从盒子里取出一只黑丝绒的包儿,接着又轻轻地把包儿一层一层地打开。翻到最后一层时,老太太双手托起,颤颤抖抖地捧到陈经理面前。陈经理也慎重地站了起来,伸出双手接过了包儿。

陈经理捧到眼前仔细看过后，人顿时一呆，忙问："老太太，你有没有搞错？"

老太太一听店经理口气不对，要紧问："什么有没有搞错，你……"

老太太哪里知道，这里面包的根本不是什么绿宝石了，而是一块又光又亮的黑色鹅卵石。陈经理见老太太这副神色，心想：这老太太如此慎重地来献绿宝石，情况不会有假，一定是有人欺老太太眼睛看不见，用石子调换了宝石。想到这里，他感到情况严重，便和居委会主任朱月珍商量后，决定立即到公安局报案。于是，三个人急急匆匆地出了珠宝店。

公安局里，这天是刑侦队长孙强同志值班。他听完三人的报告，就问起了老太太的家庭情况。老太太早年丧夫，只有一个独养儿子，名叫张小俊，现在宝宁农机厂工作。这张小俊由于轧了坏道，经常和人赌博，有时连续几个晚上不到家里睡。

老太太讲到这里，伤心地流着泪说："我眼睛看不见，有啥办法呢？"

老孙感到这个情况很重要，便问："老太太，你儿子知道你有这块绿宝石吗？"

老太太说："他知道我有这样一块绿宝石，可我从来没有给他看过，只是前天他好像问起过这件事。"

孙强问完情况，当即判断：老太太家里只有两个人，其他人根本不会知道绿宝石的情况，很有可能张小俊因赌博输了钱，把绿宝石偷去卖了。想到这里，他先打发三人回去，决定立即去找张小俊了解情况。

说来也巧，正当刑侦队长孙强要出门时，机关值班室接到一只报警电话："离海滨公园三百公尺的一条僻静的小路上，发生了一起行凶杀人案。通过被害人身上的工作证，知道他是宝宁农机厂工人，名叫张小俊。"

孙队长一听，也来不及细想其中的原因，便带领侦察员及警犬登上吉普车，朝出事地点急急驶去。

来到现场一看，靠江堤旁边的那棵白杨树下，仰卧着一个昏迷的青年男子，穿着淡灰色的涤卡上装，草黄色的裤子，浑身上下血迹斑斑。

经初步检查，头颅后脑部位，有明显钝器击伤痕迹，从血迹凝固的时间推测，作案时间可能在昨夜八时左右。经过搜索现场，被害人身上除了工作证，没有任何物品，离开白杨树两公尺的松土上，发现不少零乱的脚印，又在草丛里捡到一颗深蓝色的有机玻璃纽扣。从这些现象看来，凶手作案时双方曾有过激烈的搏斗。这时候，警犬嗅了被害人的血迹后，突然向树丛里蹿去，它奔了好久，来到一棵冬青树边，嗅了嗅路边的草根，停了下来，摇头摆尾朝天直叫。

孙队长心里明白了，立即动手拔掉草，挖开土，原来下面埋着一把十四寸活络扳头。扳头上还凝有血迹，不用多说，这肯定是杀人凶器。根据这些迹象判断，作案对象可能身高一米八零以上，穿蓝色上装。当他击伤被害人以后，埋好凶器，越过田埂，蹚河逃走了。

那么，凶手是谁呢？为什么要在这僻静的小路旁下毒手呢？孙队长派人把张小俊送医院抢救后，把所获物品进行了化验。化验结果，纽扣上有半个右食指的指纹，扳头系本市产品。仅这些线索，很难断定谁是凶手。他们经过分析，决定先调查经常和张小俊在一起赌博的那些人。

经过一天一夜的侦查，总算有了点眉目。原来，最近张小俊在赌博时输给一个名叫小黑皮的青年很多钱。最近小黑皮对张小俊讨债逼得很紧，据居委会和瞎子老太太反映，两天前，小黑皮还到过张小俊家里。但自案发后，小黑皮一直躲避在外，没有上班。经过分析，可以断定：小黑皮如不是凶手，至少参与了这件事。为此，孙队长决定先追查小黑皮。

通过小黑皮所在的临江机器厂，刑侦队立即找到了躲藏在外的小黑皮。这天，人事科把他叫进了办公室。孙队长细细一打量：只见他身高一米八零左右，黑黑四方脸蛋，穿着蓝涤卡上装，回力高帮球鞋。鞋印大小与现场留下的差不多。再细细一看，小黑皮上衣的第二个纽扣掉了，其他几颗，与现场拾到的差不多。

孙队长不动声色地问道："你叫小黑皮？"

"是啊，有什么事？"

"什么事,你为什么躲在外面不上班?"

小黑皮笑笑说:"老朋友要结婚了,帮他布置房间。"

老孙见他回答得振振有词,便单刀直入地问:"海滨公园的凶杀案你知道吗?"

小黑皮听了,顿时一惊,但马上一本正经地连连摇头:"我不知道!"

孙队长赶紧追问一句:"绿宝石的事,你也不知道?"

"绿宝石?"小黑皮眨眨眼睛,想了想,点点头说,"这宝石我见过。"接着便作了交代。原来张小俊还不出欠小黑皮的一笔钱,小黑皮就替他出主意说,家中有什么值钱的东西,可以拿出去卖嘛。经小黑皮提醒,张小俊想起娘手里有块绿宝石,但没见过。问过娘后,欺老人家眼瞎,偷偷地拿了出来,并把一块鹅卵石放了进去。然后,张小俊和小黑皮一起去珠宝商店估价。因怕店里有人相识,小黑皮远远站在门口等他,让张小俊一个人进去。

小黑皮讲到这儿,停了停,看看孙队长,继续说:"谁知道,他进去一个人,出来时身边多了两个人。"

"另外那两个是什么人?"孙队长听了这个情况追问了一句。

小黑皮摇摇头说:"这两个人我素不相识,听口音像是福建人,一个高个子,三十多岁年纪,身高一米八零左右,另一个人叫他王守才。还有一个稍胖一些,矮一些。我猜想,这两个人大概是小俊的朋友。在朋友面前向他讨债不大好,我就一个人先走了。想不到出了人命案子。"

孙队长一听,认为小黑皮在编谎话,立即指着他的衣服说:"那你的纽扣是什么时候掉的?"

"纽扣?"小黑皮低头一看,笑笑说,"噢,这是在厂里跟同事打闹着玩的时候扯脱的,我懒得钉,所以好几天了还没缝上去!"说着,从口袋里摸出了一颗一模一样的纽扣。孙队长接过一看,和自己口袋里的那颗十分相像,只是新旧上有些差别,而跟小黑皮身上那几颗倒是一模一样。这下,孙队长感到奇怪了:难道凶手不是眼前这小黑皮?那颗绿宝石是被两个福建人行凶后抢去的？那么，这两个福建人上哪里去了呢？

现在，只有从那些蛛丝马迹中去寻找线索了。这时，医院送来了报告，说张小俊抢救不成已经死了，他在昏迷中曾说过："海……滨，临……江，抓住他……王，王守才……"等话。孙队长一听，心想：在小黑皮的交代里，也提到过王守才这个人的名字，可以肯定，这两个福建人当中有一个叫王守才的。而外地人来上海一般都要住旅馆，要找这个人，就得从各个旅馆中去寻找。为了缩小范围，孙队长首先到以"海滨"、"临江"命名的旅馆中去调查。但是，仍找不到一个叫王守才的人。这下，可把孙队长难住了。转而一想，露出了笑脸：张小俊的话，是凭音记的，是否同音不同字呢，按同音的名字上去找，不就是扩大线索了吗？

孙队长查好了材料，又出发了。兜了一圈后，他来到了海平镇，只见有户人家门口挂着一块小木牌，上面写着"林江饭店"四个字，就抬步走了进去。这是一家私人开设的小店，出来接待的是个小青年，年纪不满二十五岁，名字叫方翔。孙强说明来意，向他要了登记簿翻了起来。这真叫"踏破铁鞋无觅处，得来全不费工夫"，孙队长刚翻了几页，便查到了王守才、王树才两个名字。得着线索，孙强便同店主方翔谈开了。方翔听了孙队长的介绍后，立即表示一定全力支持，帮助公安局及早破案，并对凶犯就是自己店中的宿客，感到很内疚。他抽出两支烟，一支递给了孙强。孙强一看，伸手接过了烟，一边抽着，一边听他介绍情况。方翔说，一个星期前，来了两个福建人，就是王守才和王树才。他们是福建三明市五金公司采购员，在二十五日早上走了。

孙强问："你还记得他们在九月二十四日那天的活动情况吗？"

方翔略加思索后说："那天上午，他们出去了，到下午三四点钟才回来。吃了晚饭，两个人又出去看戏，到十点钟才回来。"

"噢。你陪我去看看他们住过的床位吧！"方翔用手一指，说，"喏，就是隔壁靠门口的两只床。"孙强走到门口一看，这一间屋，有四只床位，两只床头紧靠登记间墙壁，床头上有个小窗口，用纸糊着。登记间里，放着一张办公桌和一把椅子。方翔很热情地介绍说:"喏,他们的包放在这只柜子里,买来的扳头、老虎钳等放在床下。"孙强东看看,西摸摸,然后在包里取出一张纸,写上"自九月十九日起到九月二十五日止,王守才、王树才两人住在我店"一行字,写好,递上自己的钢笔,说:"来,签个字。"方翔接过笔,一挥而就。写好,孙队长小心地收好笔和纸,告辞走了。临别约好,第二天下午再来碰头。

第二天下午,孙队长带了两个刑侦队员,开了吉普车来到了林江饭店。三个人一进门,方翔又让坐,又倒茶,十分热情,并关心地问:"孙队长,案子有线索了吗?"

孙队长笑笑说:"已经差不多了,今天来,是要你去证实一下。"

"要我到公安局去一趟?"

"对。"孙队长点点头。说着,从公文包里拿出一张纸,往台上一放,说,"请你再签个名。"

方翔拿起笔往纸上一看,吓得面色发白,手指哆嗦,笔也掉了下来。原来,这是一张逮捕证。方翔强作镇定地问:"你,你们不要搞错了?"

"请签字吧!你心里比我们更清楚。"

方翔签好字,戴上了手铐,被押上了吉普车。

这究竟是怎么回事呢?原来,昨天孙队长一进林江旅店,在方翔递烟时,发现他的右食指缺少小半截,他就想起了在现场拾到的那颗纽扣上的断指纹。但没化验,还不能下结论,故临走时,借方翔签证明书的机会,拿到了他的指纹。同时,孙队长在询问时也产生了怀疑:九月二十四日晚上,王守才、王树才去看戏。看戏时间一般在七点开始,而作案时间在八点左右,时间上对不起来。而且,方翔怎么知道他们去看戏呢?在孙队长看房间时,发现两个福建人的床头上方有个小窗,正好对准方翔办公桌,是否他们议论绿宝石时被他听到了?根据这些情况,需要进一步证实。于是,孙强离开林江饭店后,马上打长途电话到福建,在当地公安人员配合下,找到了王守才、王树才,摸清了情况。同时,把指纹进行对比,又查看了方翔的档案。

通过对各方面材料的综合分析，弄清了这个案子的真相。

原来，张小俊在小黑皮的唆使下，半夜里拿了娘的钥匙，偷换了绿宝石。第二天，他进了一家珠宝店，在估价时，被两个自称搞采购，而实质上搞走私的福建人发现了。他们知道这块稀有的绿宝石可以赚一大笔钱，于是装成亲戚样子，把张小俊骗到店外，说愿意出一万元钱买下来。张小俊想：店里只估八千，而他们出一万，便一口答应了，并且约定，等他们今晚看完戏后，到小张家敲窗为号，再到外面碰头，一手交货，一手交钱。商量好后，两个福建人非常高兴，回到林江饭店，还偷偷议论这一笔刚接到的好生意。但做梦也没想到，他们议论的话，全被隔壁的方翔偷听去了。

方翔从小好逸恶劳，经常赌博走私。他的食指，就是他父亲生前教训他时给斩断的。这天，他偷听到两个福建人的话后，手痒心动，但他拿不出一万元钱，便产生了杀人夺财的念头。为了嫁祸于人，他便等两个福建人看戏去后，撬开他们采购来的箱子，偷出扳头，又在福建人衣服上扯下一个纽扣，提前去敲了张小俊的窗，说福建人叫他带着东西到旅馆去商量。张小俊怕失去机会，便跟着走了。当他们走到海滨公园附近的小路时，方翔便用扳头击昏了张小俊，夺走了绿宝石。把偷来的纽扣丢在地上伪装现场，又埋好凶器，然后离去。

再说两个福建人看完戏，赶到张小俊家，见人不在，只好扫兴而归。第二天一早，听方翔说张小俊被害，这两人生怕牵连到自己，吓得慌忙逃走了。

方翔万万没想到，自己做得这样天衣无缝，仍旧被押上了审判台。

(陈士用　沈　霞)
(题图：袁银昌)

小屋之谜

刚过而立之年的小杨有两大爱好：一是集邮，二是爱看推理小说。

小杨集邮迷到何种地步，无人说得清，而他着迷推理小说却是众人皆知的事。他特别崇拜英国柯南道尔笔下的福尔摩斯形象，张口闭口总说："看看现在的破案率，真没劲！瞧人家福尔摩斯，遇一个破一个，那才是真本事呢。"

书看多了，小杨遇事也爱搞什么推理，往往一点小事，让他七推理八演绎的，越搞越复杂。为此，闹过不少笑话。

且说这一天，小杨下了班，揣着刚发的季度奖金，骑着自行车又转悠到集邮市场来了。他集邮，其实不过才三、四年，许多邮票都没集全，特别是他最喜爱的生肖票，独缺一张首年发行的猴票。由于猴票发行年代早，现在已成稀有邮品。他这儿转转，那儿问问，转了半天，还是两手空空。

正当他垂头丧气准备打道回府时，一个早就注意他的青年凑过来，低声问："猴票要吗？"

小杨抬眼看看那人："什么条件？"

"现钞。"那青年伸出三个指头。

小杨心头一跳：30元？不贵！比黑市价低十几元呢。他生怕上当，忙说："先看看邮票。"

那人掏出一本袖珍集邮簿展开，里面果然有张猴年生肖票。小杨用镊子取出，就着路边昏黄暗淡的光线仔细验看：有背胶、齿孔整齐、印刷精良，确实不是花纸头（假邮票）。他疑虑顿消，看来对方是个急于出手的人，便抑住心中的狂喜，杀起价来："20块，卖不卖？"

青年人摇摇头："少说得30块！"

"21。"小杨装出不屑的样子。

"25，卖了。"青年人牙一咬，作了最后让步。

小杨赶紧付钞，用白纸小心翼翼地包起那张珍贵的邮票，揣进贴胸口袋里，心中甭提有多高兴。忽然他想起爱集邮的小舅子也缺一张猴票，不由脱口叹道："可惜，只有一张……"

那青年刚想走，闻声转过脸问："怎么，你真的还想要？"

小杨眼睛一亮，看来，这家伙有存货，便道："不错，还要一张。"

"还是这个价？"

"一分不少。"

青年人犹豫了一下，道："那好，你跟我去拿，不远。"

小杨忙推着车跟青年人穿大街，过小巷，来到城墙边。这一带，房屋不多，有点冷落。由于属于拆迁范围，许多房屋墙上用白石灰写着大大的"拆"字。青年人把他领到一座四面不靠的小平房前，敲开了门。里面走出一个留胡子的，从长相看像是青年人的哥哥。青年人向他低声嘀咕了几句，他顿时怀疑地打量了小杨好一会儿，又抬头看看天色，这才用沙哑的声音说了声："进来吧。"

小杨刚进屋，忽觉眼前一亮。别看外面房子陈旧，里面却给人一种干干净净的感觉。仔细一瞧，原来墙壁刚刚用淡蓝色涂料粉刷过。枣红色的水泥地也一尘不染，墙边还放着些个小罐和漆刷。回想刚才在门口看到墙上写着的"拆"字,小杨不觉有点奇怪,随嘴问道:"你们这儿是不是要拆迁?"

青年人点点头:"不错,这里过几天就要拆屋盖大楼了。"

"既然要拆,还粉墙刷地干吗?岂不是白费劲?"

青年人脸微微一变,不出声了。

小胡子从里间取出一张邮票递给小杨,道:"关你屁事!快点,一手交钱,一手交货!"

小杨那个爱推理的习惯又冒了出来,他一边掏钱,一边不管人家爱听不听地笑着说:"说句玩笑话你们别介意,这倒是个杀人灭迹的好法子呢。涂料一盖,痕迹全无,过两天推土机一推,嘿,那时就是神仙也找不着杀人证据了……"

谁知那两人一听此言大惊失色。小胡子一把夺回邮票,恶狠狠道:"不卖了!你快滚吧。"说着,便把他推出屋外,"砰"的一声重重地关上了门。

小杨哪料自己随口一句话,竟会惹得对方勃然大怒,莫名其妙地被撵出门来。不禁一肚子懊恼,只得悻悻地骑车离去。

回家路上,小杨越骑越慢,心中的疑团却越滚越大,想起刚才的事好生蹊跷。房子就要拆迁,还刷墙漆地,这已是很反常的举动;自己不过说了句玩笑话,对方竟吓变了脸,这就更反常了!他们究竟为什么要心虚害怕呢?难道真是心中有鬼?难道刷墙漆地真是为了掩盖痕迹?难道这屋里真的杀了人?难道……

小杨越推理越疑,越推理就越发肯定了:这可是一件了不得的大事。他被自己的推理激动了,车头一拐,想也没想就向派出所骑去。

小杨飞一般来到派出所,架好车子,一头闯进值班室,嘴中气喘吁吁地说:"报、报案,我要报案!"

值班的是一个胖乎乎的大个儿民警,见他慌慌张张地闯进来,便面露笑容说:"同志,别急别急,坐下慢慢说。"接着他打开记事本,写下日期,时间,问清了小杨的姓名和工作单位,又问道,"你报什么案?"

"杀人灭迹案!"

"什么?"胖民警一惊,神态紧张起来,"案子发生在什么地方?"

"城墙边。"

"什么时间?"

"这……不知道。"

"你亲眼看见杀人了?"

"没、没看见……"

"被害人是谁?"

"这,目前不清楚。"

"凶手叫什么?"

"我还没来得及了解……"

"那,你掌握了什么证据吗?"胖民警询问的节奏放慢了。

"证据?现在还没有……"

胖民警眯起眼看着小杨:"那么,你是根据什么说发生了杀人案呢?"

小杨有点犹豫地说:"我,我根据我的推理……"

胖民警放下手中的笔,脸上现出不满的神色,感到自己被戏弄了,神情严肃起来:"根据推理?同志,你这是在派出所,不是在写侦探小说!开什么玩笑?"

"我……"小杨想分辩,可胖民警板着面孔不客气地打断了:"一没看见案件发生过程;二不知凶手、被害人是谁;三无任何证据就跑来报案,你不觉得荒唐吗?我们立案破案,依靠的是事实,是证据,而不是凭什么推理,更不是听谁乱说说就当回事的。另外,没有证据地乱报案,影响公安部门正常工作,或者借报案之机,捕风捉影诬陷他人,是触犯刑律的,懂吗?"胖民警合上记事本,不耐烦地挥挥手,"好了,我还有工作,你可以回去了。希望今后你对报案一事能持慎重态度。"

小杨垂头丧气地离开派出所。他绝没料到兴冲冲地跑来,竟会被胖民警没头没脑地训斥了一顿,他开始有点后悔自己的鲁莽了。证据,是呀,自己毫无证据,谁会相信呢。

小杨闷闷不乐地回到家,把事情原原本本向妻子一说。妻子非但没有安慰他,反而赏了他一句"神经病!"气得他一夜没合眼。

　　然而,训归训,气归气,想不通依旧想不通。只要一眸眼,那城墙边小屋里发生的事就一幕幕地在脑子里放电影,搅得小杨放不下,丢不开,寝食无味。他自个儿明白,不揭开那拆迁小屋的谜,自己怕是这辈子也不得安宁。于是,第二天一下班,他忍不住骑着车又转到城墙根去,远远盯住那古怪的小屋看,希望能发现点什么可疑的蛛丝马迹。然而,什么新名堂也没有看出来。

　　小杨仍不死心,这一次,他大着胆子,就着暮色凑近小屋的窗子朝里张望,发现屋内家具已基本搬空,只剩了点破烂玩意儿。难怪这两天不见人迹,原来这兄弟俩已搬走了。可是推推门,门却紧锁着,再看看窗户,也关得严丝合缝,这又怪了。一般人搬家,既然东西已搬空,就不必再锁门关窗,而这小屋的主人却如此防备,究竟为了什么?能进屋看看就好了。小杨绕着小屋转了几圈,却想不出进屋的办法。看看天色已黑,只好放弃了这个念头,无可奈何地骑车回家。

　　从城墙根回家,必经一条小街。这条小街,住户少,两侧都是工厂围墙,所以一到天黑便很少有人行走,隔很远才有一盏幽暗暗的路灯。小杨蹬车拐进小街后不久,一辆摩托车突然加大油门从后面猛地向他冲来。小杨根本没有提防,只听"哐当"一声,被撞了个人倒车翻。那辆肇事的摩托车却连停也未停,"呼"一下越过他向前面急驰而去。黑暗中小杨连车型也没看清楚。

　　小杨这一跤摔得不轻,半边身子都不像是自己的了。过了好一会儿才忍痛爬起来,心想,准是个不会开摩托的冒失鬼!小杨嘴里骂骂咧咧,揉着屁股一瘸一拐地来到倒在路中央的车子边,打算把车子扶起来看看坏了没有。正在他弯腰去拎车子时,不想前方又传来一阵引擎声,那辆摩托又兜回来了,大开着车灯向他冲来。他被雪亮的车灯刺得睁不开眼,心中不由惊叫一声:不好!小杨再也顾不得自行车,就在摩托快要近身的一刹那,身子像出膛的弹丸一样，就势向前一跃，一个滚翻躲到路边。摩托车从自行车上辗了过去，急驰而去。

小杨惊魂未定地坐起身，惶恐地望着摩托车开去的方向，提防着那车再兜回来。可过了许久，那摩托车也没见影子。此刻，他不再认为开车的是什么冒失鬼，完全是有意的，目的在于轧死自己。他心里涌起一阵恐惧，是谁想杀死自己？但他顾不得多想，忙扛着坏了的车子来到派出所。派出所值班员恰好又是那个胖民警，一见鼻青眼肿的小杨进来，他乐了："你怎么又来报案？"

小杨见是胖民警，没好气地说："不错。这次我可有证据，你自己看看吧，有人要杀我。"说着，手往门外的坏车一指。

胖民警围着坏车仔细验看了一遍，又听小杨讲了出事的经过，点点头说："嗯，看情形不像是一般的偶发性交通事故……你看清了骑车人的模样了吗？"

"他戴头盔，没见着脸。"

"那么，那是辆什么型号的车？颜色、牌号是什么？"

"天黑，也没瞧清。"

"这可就有点复杂了。"胖民警皱了皱眉，换个话题又问，"你最近有没有得罪过什么人？比如，谁跟你闹过什么意见，结下了怨恨？"

小杨摇了摇头。

"仔细想想嘛。"

小杨使劲在脑海中搜索着，"哎！"他忽然心中一动，今天这事会不会是那小屋里的兄弟俩干的？可这念头他没说出来，因为这又仅仅是推测，毫无证据，而这胖警察是最重视证据的。自己曾经被他训斥过，别再自讨没趣吧。于是他不露声色又摇了摇头。

胖警察拍拍他的肩说："小伙子，回去吧。今天的事我已经备了案，有情况会通知你的。以后自己小心点。"

小杨苦着脸哼哼唧唧把坏车扛回家，妻子一见，吓了一跳。一谈起刚才差点送命的险遇，妻子脸都吓白了，责怪道："叫你别成天想什么推理、侦破，你偏不听，专爱疑神疑鬼，惹是生非，不知得罪了多少人。"

"哼，这事十有八九是城墙根兄弟俩干的。"小杨恨恨地说。

妻子惊恐地央求道："那就更不能去惹他们了。你想，他们真能杀别人，就不能杀你吗？再说，明枪好躲，暗箭难防。求求你，看在我的分儿上，以后别再去城墙根了，万一……"妻子说着说着那眼泪就淌了下来，弄得小杨于心不忍，慌忙点头答应，妻子这才止住哭声。

第二天，小杨跌伤的屁股肿了起来，他去医院检查一番，幸好骨头没伤。于是，开了张病假条在家休息，一整天没出门。

傍晚，妻子下班回来，告诉小杨一个惊人消息：今天上午，一对谈恋爱的青年在城门外松林里的小水潭中发现一个塑料布包，打开一看，竟是两段人腿，差点没吓昏过去。公安局闻讯赶去，组织打捞，竟又捞出一段被肢解成六段的无头尸体。据说被害人大约是一个星期前被杀的。妻子说得无意，小杨听得有心，他脑子里顿时又活跃起来：真有这等巧事？自己这边发现了杀人灭迹的可疑现象，那边就发现了碎尸。两者之间是否真有必然联系呢？再一想：那城墙边小屋已人去室空，说不定过两天就会被夷为平地，那时，即使真有联系也找不到证据了。事不宜迟，得赶紧采取措施才对。

小杨再也坐不住了，但他不敢对妻子声张，只是暗暗将一只电筒和一把刮刀藏在身上。吃过晚饭，对妻子谎称到同事家打牌，匆匆出了门。

小杨先来到城门外小松林出事地点，然后顺着城墙，大约花了20分钟，走到了那座要拆迁的小屋前。一路之上，冷僻寂静，竟没遇见一个人。他暗自点头，如果在小屋里杀了人，分肢后，沿这条荒径运到小松林去，真是神不知、鬼不觉。他心中不免又添了几分把握，他抬头望望那座平顶的小屋，神秘而阴森地立在眼前，四周一片黑暗，出奇的静。他想起昨天路上的险遇，忍不住打了个寒噤。可一想到小屋之谜即将揭开，又觉一股热血冲上来，勇气倍增。他悄悄走近小屋的窗边，拿出刮刀，暗运力气一敲，"哗啦"，窗玻璃碎了。他顿了顿，见四周仍旧毫无动静，便伸手拨开窗插销，打开窗户跳了进去。

进得屋后,小杨揿亮电筒,在新漆刷的地面和墙上寻找起来,不停地用刮刀去刮那薄薄的表层涂料。根据他的推理,如果此屋是杀人第一现场,地板和墙上必然会留下溅洒的血迹,因此凶手才会想到重新粉刷加以掩盖,现在,只要刮去浮漆,挖出一块溅留的血迹,便是最有力不过的证据……

小杨起劲地干着,就在他刮去墙上的一块浮粉,露出一片溅洒状暗红色血迹,心中涌起一阵激动时,冷不防窗户"咔嗒"一声,紧接着跃进两个黑影。小杨吓了一跳,慌忙拿电筒一照,不由倒吸一口冷气。原来不是别人,正是那蓄胡子的兄弟俩。只见他们一个手擎着寒光闪闪的匕首,一个手持粗木短棍,一前一后围住小杨,眼中闪出狰狞的凶光。

小杨已无路可退,只好硬着头皮喝喊一声:"你、你们想干什么?"

正面的小胡子一把夺过电筒,熄灭后,沙哑地冷笑一声:"嘿,还问爷们干什么?你小子胆子倒不小,想坏爷们儿的事儿,真是活得不耐烦了。"

"难道,小松林杀人分尸的事,真、真是你们干的?"也不知是激动还是害怕,小杨只觉得自己的声音在发颤。

黑暗中小胡子恶狠狠、硬梆梆地甩过来一句吓人的话,"是又怎样……"

原来,事情正如小杨推理的那样,小屋正是小胡子他们杀人的现场。被害人是个外地的邮票贩子,他利用内线盗窃了大量的紧俏邮票,偷偷跑到此地来脱手赃物,正巧遇见小胡子兄弟俩。小胡子他们欺他是外地人,便见财起心,把他诱到这僻静小屋里,抢去几千元现金和剩余的邮票,然后杀人灭口,赶黑夜把尸体卸开运到城外松林里,丢进小水潭中。而后,他们一边刷墙漆地,覆盖住血迹,一边又迫不及待地在市场上高价出手抢来的邮票,再赚一笔黑心钱。他们只等着拆迁的推土机早日到来,只要屋倒墙塌,这杀人现场的一切痕迹便会消失殆尽,两人便可高枕无忧了。他们自以为此事做得神鬼不知,不料一张猴年邮票引来了小杨,竟一语道破了天机,弄得他们惴惴不安起来。接着,又见小杨连着两天跑到这里来观察,他们慌了神,知道他起了疑心,于是小胡子想出毒计,利用天黑骑摩托撞死小杨，纵然撞不死他，也要把他弄成重伤躺下，只要他不能再来小屋，过几天小屋一推倒就什么也不怕了。哪知这一着竟让小杨机敏地躲了过去。见他有了准备，小胡子不敢再骑车回头，怕他认出真面目来。但是小屋一天不倒，他们的心病就一天不除，加之今天松林案发，这两个人更成了惊弓之鸟。他们担心小杨再来小屋，便日夜守候在附近不敢离去。今晚果然堵住了只身前来的小杨。两人杀心顿起，决心不留活口了。

小杨也意识到了自己目前处境险恶，但还抱着一丝侥幸劝道："你们还是老老实实去自首吧，争取宽大处理。否则，法网难逃……"

小胡子一阵狞笑："小子，还是烦烦你自己吧。"说着，他挺着雪亮的匕首，一步步逼过来。

事到如今已无可挽回，只有硬拼了。小杨攥紧了手中的刮刀，一咬牙，突然大吼一声向小胡子扑去。谁知，他快，身后的青年人更快，挥起就是一棒。他还未挨近小胡子，只觉头部"嗡"的一声，便失去了知觉……

也不知过了多少时间，小杨终于悠悠地醒来，发现自己躺在雪白的病床上，床边还站着垂泪的妻子、胖民警和厂领导。大家见他醒来，不约而同松了口气。小杨摸摸头上缠着的厚绷带，一时犯了迷糊："我这是怎么啦？"

妻子指着胖民警，泛着高兴的泪花嗔怪道："还怎么啦，要不是这位同志救了你，你早就去见阎王爷了。"

原来小杨第二次报案时，已引起胖民警的警觉，意识到小杨处境十分危险。他向领导汇报之后，决定带一个侦查小组对他实行监护，以期抓获凶手。那天晚上，小杨只身潜入小屋都被胖民警等人盯着。因此，当两名罪犯正要向小杨下毒手时，胖民警带人及时赶到了……

小杨得知这一切后，握住胖民警的手连声说："同志，谢谢你了。"

胖民警笑着说："要说谢，我们应该谢你才对。你帮我们及时破获了一起特大凶杀案，公安局和厂里都准备为你记功呢。不过，今后跟犯罪分子打交道，一定要依靠公安部门，千万别单枪匹马蛮干了。这次，多玄哪。"

小杨脸一红,说:"知道了。不过,我对你说过我的推理,你却非要证据,我不这样干又怎么办呢?"

胖民警滑稽地一拍脑门:"对对,我也该吸取教训,今后一定要重视群众反映。"

两人对视,不约而同抚掌大笑起来。

(阿　子)
(题图:张恩卫)

塑像谜案

故事发生在法国S市。这天,S市警署的西蒙探长接到一个叫弗里茨的市民打来的报警电话说,他的邻居菲利普夫妇,好几个月都不曾露面了,请警署调查一下。西蒙放下电话,立即通知助手送来菲利普夫妇的档案材料。

菲利普是位75岁的老人,他的太太露易丝也已70岁了。老两口有一儿一女,均在国外经商,西蒙忙拨通了菲利普儿女和亲友的电话,结果都没有菲利普夫妇的踪影。西蒙感到问题严重了,就带上两个助手,急匆匆地驱车来到了菲利普的家。

进入菲利普家院门,是一座漂亮的花园。花园中心是一个椭圆形水池,池中立着一尊小天使的雕塑,小天使背部喷出一股水柱,射向空中后向水池四周散开,在水面上溅起了浅浅的水花。花坛里长着名贵的花草,但看得出由于缺乏管理，已经显现出枝残叶败的景象。草坪上种植的绒草，也因几个月没进行修剪，显得荒芜杂乱。面对草坪中心，有座绿色花岗岩台基，上面竖立着两尊汉白玉雕像，这雕像正是菲利普和他的老伴。西蒙穿过花园，下意识地望了塑像一眼，就和两位助手摁响了菲利普家的门铃。

门铃响了好久，没人应声，他们就设法开了门，走了进去。

老人的客厅和卧室，整整齐齐，室内的日用品，也显得有条不紊，只是蒙上了一层厚厚的灰尘。家中不曾发生过什么事件，难道是两位老人外出时遭到了不幸？

西蒙见菲利普家中没什么线索，就拜访了菲利普的邻居弗里茨。

弗里茨告诉西蒙，两个老人生活挺有规律，除每天下午驾车到附近的森林公园里溜达一圈外，几乎是闭门不出，也很少与外人接触。弗里茨细细想了想，又说，在两个老人失踪前曾有个叫皮埃罗的雕塑家来过他家。

西蒙想了想又问："你去过菲利普家吗？"

"去过，他家的花园还是我帮着收拾的。"

"你知道他家花园里的塑像是几时竖立的？"

弗里茨惊奇地说："花园里的塑像？没有呀！三个月前我帮他家修剪草坪，只见到一个绿色的基座呀！"

西蒙似乎悟出了什么，从沙发上站起来握住了弗里茨的手："谢谢你的合作！"

西蒙和助手重新来到了菲利普家的庭院里，径直走到了两尊塑像前。西蒙问助手："你们看，这两尊塑像是否有问题？"

助手说："与照片对照，这塑像塑得挺像的，看不出有什么问题。"

西蒙闪动着眼睛说："问题就出在这太像上。你们知道,我们法国的艺术，也主张写实，不管是绘画、雕塑，首先要求的就是酷似原物。可写实也绝不是自然主义的呀，更不能着意表现出人物的消极面。皮埃罗这个雕塑家我认识，他的作品往往表现出一种理想，一种精神，有一种超脱于原事原物的精神力量。但他塑的这菲利普夫妇俩，就体现不了他的这种风格。你们看,这两尊塑像,像则像矣,但表现出来的人物形象,屈背弓腰,四肢无力,精神不振,似乎忍受着什么巨大的痛苦。这就奇怪了,难道这不是他的作品?或者是他在精神极度颓废时创作的?"

西蒙说罢,走近了塑像,用手去触摸菲利普塑像的衣褶,觉得质地粗糙,略带软性,不禁皱起了眉头:"呀,不对,这是用什么材料塑成的?"他顺势用一下力,竟从塑像上扳折下一块衣片,断面上露出了薄薄的衣料。他惊叫道:"快,你们看,这不是什么艺术品,很可能是人的尸体!"于是,三个人一齐动手,剥开塑像外面的塑壳,两具僵硬了的尸体赫然出现在眼前,一辨认,原来就是失踪了几个月的菲利普和他的妻子露易丝。

案情有了重大的突破,他们再度进入死者的屋子进行取证,在一个较隐蔽的暗室里找到了主人的保险箱,箱子已被撬开,报警系统已被破坏,里面的贵重物品被洗劫一空,很明显这是一桩十分奇特并且残忍阴险的谋财害命案。

凶手是谁?回到警署,他们进行了紧张的论证分析。法医验尸证实死者是因窒息而死,身上无其他伤痕和被勒的痕迹,死亡时间是三个月前。把茶几的一个玻璃杯上取得的指纹输入电脑后证实,是雕塑家皮埃罗留下的。西蒙当即下令,传讯皮埃罗。

皮埃罗矢口否认菲利普夫妇的死与他有关系,并说那个草坪上的塑像不是他所作,而他塑的雕塑还陈列在他画室里。西蒙到了皮埃罗家,见到了菲利普夫妇的塑像。只见菲利普昂首挺胸,坚毅、沉着,他一生叱咤风云的企业家风度和饱经沧桑的丰富阅历都从眉宇间以及有力度的面部雕塑中显现出来了。菲利普太太则慈祥端庄、雍容大度,俨然一副贤内助的形象。西蒙暗暗叫道:"对,这才是皮埃罗的雕塑艺术,既是写实,又揭示了人物的内心世界。"

于是,在皮埃罗的律师的一再保释下,西蒙也认为皮埃罗杀人的证据不充分,就批准假释了。

警署里,西蒙和他的助手被这塑像谜案弄得一筹莫展。这天夜里,西蒙突然接到一个不愿披露姓名的人的报警电话，说西区某寓所居住的康斯坦丝太太，好几个月不曾露面了，他一直对此事心存疑问，但又弄不准究竟发生了什么事。刚才有几个人鬼鬼祟祟地进了她家的大门，肯定是去干见不得人的勾当，请求警方速去截获。

西蒙赶紧叫来了五名警察，风驰电掣般地赶到了康斯坦丝太太门前。这是一幢有着庭院花园的私人豪华住宅，坐落在靠近郊区的两条小街的交汇处。西蒙察看了地形后，命令三名警察分守在住宅围墙外的三面，一人留下看住大门，然后和助手持着枪警惕地从大门搜索进去。

刚进大门，就听见左侧草坪上传来"嚓嚓嚓"的声音，两人屏住声气定睛一看，透过迷蒙的月色，只见一个人影弓着身在用铁锹铲土，一旁还有个人直挺挺地站着。西蒙和助手猫着腰悄悄走过去，一前一后突然揿亮了电筒："先生，你被拘捕了！"不容持铲者分辩，一副锃亮的手铐铐上了他的手腕。他们回头欲擒拿那站着的人，一看，原来是女主人康斯坦丝太太的塑像。西蒙当即用手枪柄敲下了塑像的一块衣角，仔细一看：呀，又是一桩谋财害命案！作案手段与上次菲利普夫妇被害时一模一样，基座的水泥还是湿漉漉的，有刚被抹过的痕迹，很明显，尸体塑像是凶犯们刚刚安放上去的。

西蒙和助手们在院内搜索起来，可是整个宅院都搜索遍了，不见其余罪犯的踪影，只在草坪一角，发现了一把铁锹和一把小灰铲。

西蒙等又进入康斯坦丝太太的住宅，经仔细搜查，康斯坦丝太太保险柜里的贵重物品已被洗劫一空。

西蒙等将罪犯带回了警署，连夜进行审讯。

此人叫戴维，是个二十七八岁的年轻人，他睁着一双迷惘的眼睛，缩着脖子，一副衣冠不整、霉气鬼的样子。

西蒙问他："你们是什么时间杀害康斯坦丝太太的？"

戴维像踩着一条响尾蛇似的惊叫了起来："杀死康斯坦丝太太？什么呀？哪会有的事？"

当西蒙让他交代他的同伙时，他更是苦着脸，一副莫名其妙的神色说：

"我、我、我哪来什么同伙呀？我真的什么都不知道，什么谋财害命，把我也弄糊涂了！"

在西蒙连珠炮式地追问下，戴维哆哆嗦嗦地说出了事情的真相。

原来，戴维是一个失业的工科大学生，这次他是随着度假的人流驱车到了海边。可是没玩几天，囊中便空空如也，只得驱车往回赶，再图挣钱糊口的生计。

当他进入 S 市市区，已是深夜，大街上见不到一个人影。戴维见一家豪华的住宅院门大开，就突然萌生了一个顺手牵羊发笔小财的罪恶念头。于是，他把车往路边一靠，就贸然闯进了大门。哪知他的行动惊动了另外几个更为隐蔽的人，待他一走进大门，就听见不远处草坪上"嚓嚓"的声音突然停止了，紧接着从墙角处嗖嗖地蹿出了几条黑影。他在吃惊之余，立即明白了这也是一群像他一样的人，但他觉得奇怪，这些人为什么不去室内发财，在这草坪上干什么呢？借着朦胧的月色，他看见了草坪上的铁锹以及塑像前翻开不多的泥土，他当即断定：这伙人一定是摸准了这家主人在此塑像下埋有珍宝，乘主人不在家时，来挖取这笔财宝的。现在自己进来，把他们吓跑了！戴维这么一想，不禁暗自高兴：他们能发横财，我为什么就不能？于是，他也拿起了铁锹在塑像底下挖了起来。哪知才挖了几锹，发财梦没有实现，却成了"谋财害命"的罪犯。戴维说到这儿，痛苦地摇着头，"呜呜"哭了起来。

戴维的交代，西蒙是似信非信。因为在勘察犯罪现场时，他们的确发现了另一辆中型卡车在康斯坦丝太太门前停留和仓促逃走时留下的痕迹，而戴维留下的那辆小轿车是装不下这许多人和死者塑像的。

第二天，西蒙探长就向新闻界透露：市民们关心的尸体塑像一案已见分晓。杀人凶手已被抓获，雕塑家皮埃罗先生无罪开释。这个消息随着电视和报纸很快就传遍了全市。

皮埃罗先生接到无罪释放的通知后如释重负，心情和精神一下子又好起来了，他要重新投入他所热爱的雕塑工作。这天夜里，皮埃罗在工作室里全神贯注地修改一尊塑像，几乎忘记了周围的一切。突然，他的嘴和鼻子被一团软织物严严捂住，手臂也被紧紧挟持，他意识到是遇上了入室行凶的歹徒。怎么办？他已感到呼吸困难，心中憋闷得难受。一急之下，他用尽全身力气来反抗。也许是雕塑家长期工作练就的手上功夫吧，他挣脱了歹徒的束缚，顺势扯下了罩在口鼻上的堵塞物，扭过头一看，见是两个面目狰狞的家伙。两个歹徒见捕获的财神从手中滑脱，煮熟的鸭子要飞了，哪肯罢休，气势汹汹地重又向雕塑家扑了上去。皮埃罗操起身边的一把雕塑刀挥舞着，巧妙地利用屋子里的地势且战且退，但他毕竟是个六十多岁的老人，终究不是两个年轻力壮的歹徒的对手。两个歹徒一拥而上，夺过了雕塑家手中的雕塑刀，把他摁在地上，一团堵塞物重又紧紧地封严了雕塑家的口鼻。此时，皮埃罗先生已无力反抗，眼看着呼吸越来越困难，渐渐不行了。

就在这危急之时，突然响起了一阵急促的门铃声，两个歹徒惊得赶紧松开了手，翻墙逃走了。

摁响门铃的是雕塑家的助手沙邦，是来取忘记在这里的他家的房门钥匙，沙邦按了好一会儿门铃见没人开门，再看看皮埃罗的工作室里灯光仍然亮着，他不放心，担心皮埃罗先生发生了什么意外，就翻过围墙，进入皮埃罗的屋里。见满室杂物横陈，狼藉不堪，皮埃罗先生瘫倒在工作室的一角，脸色蜡黄，口和鼻被一块特制的堵塞物罩得严严的。沙邦赶紧上前揭开了堵塞物，立即拨通了市急救中心的电话，接着报了警，回过头来抓紧时间给皮埃罗先生做人工呼吸。

待急救车赶到时，皮埃罗先生已经缓过气来，救护人员看看没事，给他注射了两针辅助治疗的针药走了。紧接着西蒙探长和助手也赶到了，他们详细地察看了作案现场后问道："皮埃罗先生，你能回忆出两个歹徒的相貌特征吗？"

皮埃罗十分有把握地说："能。"边说边叫助手沙邦取来了一团塑泥，放在雕塑板上，只半个小时的工夫，就塑成了两个歹徒的像。西蒙忙拍了照，带了塑像，告别了皮埃罗先生走了。

西蒙回到警署，根据皮埃罗先生的塑像提供的特征，从档案上很快就查到了两名凶手的情况，并立即发出了逮捕令。

凶手很快就抓住了，一个叫舍奈，另一个叫奥托，但他们只承认进入皮埃罗先生的家里是为了盗财，并不想杀人，而且就这么一次，矢口否认其他犯罪事实。

西蒙威严地逼视着两名凶手，用不容置辩的口气说："别再装蒜了吧，舍奈先生，奥托先生，你们的杀人惨剧演到这里该结束了。不要忘了，你们对菲利普夫妇、康斯坦丝太太和皮埃罗先生的谋害手段是一模一样的。是的，你们的计划很周密，行动又十分谨慎，谋财害命后几乎没有留下痕迹。可是再狡猾的狐狸也会露出尾巴，你们在现场却留下了一种特殊的气味，一种虽然事发后人的嗅觉器官察觉不了，而先进的电子仪器却能分辨出气味，在皮埃罗先生的家里出现的这种气味与前两个现场出现的气味完全一样，这种特殊气味就来自于你们秘密制造的可以使人窒息而死的口鼻堵塞物。你们应该清楚，你们制造了多少个这样的堵塞物，是不是每次行凶后都销毁了？"接着助手们出示了两件一模一样的浸泡了特殊药液的尼龙织品堵塞物，舍奈和奥托见状顿时脸色煞白，豆大的汗珠从脸颊上滚落了下来。

舍奈和奥托在无可辩驳的证据面前，终于低下了头，交代了他们的犯罪事实。

原来，舍奈和奥托是两名未能进入高等学校的无业青年。他们自小失去家庭的温暖，出学校后，常和一群流氓混在一起，酗酒、赌博、打斗，滋生各种事端。他们见别人大把大把地花钱，出入高级娱乐场所，参加各种豪华典礼，顿生羡慕之心。后来又染上了毒瘾，更感到手中无钱日子不好混，于是就千方百计地弄钱。他们先是合伙拦截一些路人，所获财物不多。于是，经过精心策划，他们把抢劫的目标对准了那些年老富裕而又与子女分开居住的老人家庭。

菲利普夫妇是他们下手的第一对受害者，这两个年迈体弱的老人，几乎没有力气反抗，就窒息丧生。

舍奈和奥托抢劫了保险柜的贵重物品后,将菲利普家的现场整理得一丝不乱,给人留下这里什么也不曾发生过的假象,然后乘着夜色,将两个老人的尸体偷运出城,抛向了群山僻静处的一个人迹罕至的深水潭里。

两个月后,他们重又来到那里,为的是看看两具尸体是否已经腐烂,谁知两具尸体不仅没有腐烂,还被裹上了一层约一公分厚的石灰质,宛若两尊汉白玉塑像。

原来这里是喀斯特地貌,潭中的水含过量的石灰质,石灰质一层层地附在尸体上就形成了尸体防腐的保护层。

他们灵机一动,干脆将两具尸体捞起,运回菲利普家的草坪上,竖起了两尊惟妙惟肖的塑像。他们认为这样神不知鬼不觉天衣无缝的作案手段,叫任何高明的警探也无法查明。

事情过了好几个月,他们见确实无事,不禁暗自高兴,于是又利令智昏地如法炮制,谋杀了康斯坦丝太太。虽然在竖立康斯坦丝尸体塑像时被人吓跑了,但事后听说杀害康斯坦丝太太和菲利普夫妇的凶手已经抓到,知道有了替罪羊,因祸得福,反倒感到高兴。他们暗自嘲笑警署的无能,谁知却陷进了西蒙探长欲擒故纵的计谋之中。两次得手,使他们更加肆无忌惮,得意忘形,于是又寻到了第三个作案目标。

轰动一时的塑像谜案终于真相大白,盗窃未遂犯戴维交候法院审理,杀人凶手舍奈和奥托默默地在铁窗内数着痛苦的日子,等候着法庭的最后判决。

(张道余)

(题图:李 加)

匿名信风波

王八、匿名信和绝命书

新城市城北婚姻登记处的干事郑诚,是个对人热情、办事认真负责的好青年。这天,他刚下班,就进来一男一女,要办理结婚登记。他一看双方的介绍信,知道男的叫谷维苏,是《翠屏日报》的记者,而那女的则是市体操队颇有名气的体操运动员姚莉。

郑诚微笑着和他俩打了招呼后,就从抽屉里取出空白结婚登记证,正当他饱蘸墨汁的毛笔尖快要落到纸面上时,只听办公室前的空地上响起一阵摩托车的"突突"声,接着一辆摩托车飞快地向门口冲来。

那骑车人猛地跳下车,"叭"一声将手中一个纸包丢在桌上,然后转身跑出门,跨上摩托车,"呜"的一声,飞驰而去。

事情来得突然,等三个人从惊愕中回过神来,那个骑摩托车的人早已跑得没了影子。郑诚咕哝了一句:"莫名其妙!"就拿起桌上的纸包。与此同时,谷维苏和姚莉的目光也落在纸包上。

这纸包有砖头厚，大三十二开本的书那么大，用白色塑料绳捆扎着。塑料绳的十字结处的下面，放着一张四指宽的纸条。

郑诚用旅行剪刀将塑料绳剪断，把包打开，里面便露出一个塑料袋，袋里还装着一个纸包。郑诚取出纸包，一打开，三个人同时"啊"一声惊叫，只见一只王八从包里爬了出来。王八显然看到了周围的人，更加快速地在桌上爬着，爬着……先是撞倒了胶水瓶，眼看那瓶墨汁也要被它撞翻时，郑诚眼疾手快，一下把它按住。三个人同时看到王八背上用绿漆写着三个字；王八的左脚上还系着一张纸条。

郑诚看着王八背上的三个字和那张纸条上写的几句话，眉头不禁皱了起来。

谷维苏看到王八背上的字和纸条上的话，顿时脸色铁青，"嘭"一拳砸在桌子上，冲着姚莉怒吼一声："我算瞎了眼了！"吼完，夺门而去。

姚莉看了字和纸条，犹如遭雷击一般呆住了，随即喊叫一声："我的天呀！"便发疯般地冲出门去。

办公室只剩下郑诚一个人了。

原来，王八背上写的是"谷维苏"的名字；系在王八脚下的纸条上写的是这样的话：

谷维苏：
　　你如果与姚莉结婚，你将成为王八。因为姚莉与我已多次上过床，打胎两次。因此在你们结婚之际，赠送王八一只。
　　　　　　　　　　　　　　　　　　　　与姚莉上过床的人

一桩眼看就要成的婚姻，被这个简直是飞来的王八搅成这样，其结果如何，更难预料。因此，郑诚对那只王八非常恼火。他狠狠扯下王八脚下系的纸条，放进抽屉，然后，抓起王八，"咚"的一声丢进一只塑料桶里，又用盖子盖住。他正想干点什么时，忽然，发觉姚莉因为激动，冲出门去时，把一个小巧的拎包忘记在椅子上没有拿走，他决定给她把拎包送去，趁机了解一下刚才发生的事到底是怎么个来头。他想，如果只是某个人出于某种目的的一种恶作剧，他要好好劝劝双方。作为结婚登记处的干事，他多么希望看到一个又一个幸福的家庭建立呀！他很快打听到了姚莉家的住址，便找上门去。当他快走近姚家门边时，只见一个老太太哭着从门里走了出来。

郑诚紧走几步，问道："老人家，出什么事了？"

老太太抓着郑诚的手，语无伦次地说："同志，救我孙女！救我孙女！家里的人都……都……不在……"

郑诚扶着颤颤巍巍的老太太说："老人家，莫急！莫急！慢慢说，出了什么事？"

老太太一边依然急兮兮地说："同志！救我孙女！救我孙女……"一边把手里捏得皱巴巴的一张纸递给郑诚。

郑诚把皱巴巴的纸展开一看，顿时又惊又急，只见纸上这么写着：

亲爱的祖母、爸爸、妈妈：

姚莉我对不起你们了！我要走了！永远走了！我实在舍不得你们，实在不想离开这个世界。然而，在我眼看就要与谷维苏结婚的时候，不知什么人给我送来个王八，说我是坏女人。谷维苏若与我结婚，他就当王八了。

这真是天大冤枉！我从没得罪任何人，不知哪个要如此害我。可恼的是，谷维苏竟然还相信，还骂我。我一个姑娘家的清白，一旦被人泼了污水，往后还有什么脸见人。我决定离开这个世界。

我走了！你们不必去寻找我。我是一个清白纯真的姑娘，我去死的地方，也要选个清洁的地方。双清公园鹰嘴崖下河湾的水特别清洁，我决心把我清白的身子葬身那里。

亲爱的祖母、爸爸、妈妈，永诀了！切莫为我悲伤。

姚莉即日

郑诚匆匆看完姚莉的绝笔信，忙问："姚莉离家多久了？"

"我也不知道。"老人家哭着说，"我刚才去她房里，才发现这封绝命书……"

"老人家，莫急，我想法救你孙女去。"郑诚说着，飞步离开了姚家。

姚家屋前不远处是公路。郑诚奔到公路上拦了一辆小车，急切地催促司机："同志，快！越快越好！"

小车箭一般向前驶去。谁知小车才驶出二百米，突然有个人骑着单车飞也似的过来。眼看就要车毁人亡，小车司机拼命一踩紧急刹车，顿时车子发出"吱——"一声让人惊心的声音。

站在悬崖上的姑娘

小车停了。单车连人带车倒在汽车旁边。因为救姚莉要紧，郑诚见骑车人没伤着，刚要催司机开车，忽然看清了那骑单车的人竟是谷维苏。此刻，谷维苏从地上爬起，也认出是郑诚，忙招呼道："郑干事……"

"谷记者，姚莉可能出事了，我这就是去找她……"郑诚说了一句话，就催司机开车。

"慢！"谷维苏一听姚莉出事，也焦急地说，"郑干事，我和你一起去。"说罢连倒在地上的单车也不顾，就要上车。可是，当他脚刚踏上车门踏脚处时，又停下喊道，"等一下，我的袖珍录音机掉了。"说着，急急奔到摔倒的地方找到了袖珍录音机，飞快地跨上小车。

郑诚嘴里喊着："快——"汽车飞一样向前冲去。

一坐到车上，谷维苏就急切地问："郑干事，姚莉出什么事了？"

郑诚把姚莉那封绝命书递给谷维苏。

谷维苏看完绝命书，用手直捶自己的脑壳，自责道："我真浑，都怪我。郑干事，我看到那王八上的字和纸条上写的话，太不冷静，刺激了姚莉。回家后，我冷静一想……觉得是自己太冲动。我就借还她的袖珍录音机，想去她那里，问清情况。没想……"

这时其快如飞的小车已来到了双清公园门口。

郑诚和谷维苏下了车，就向公园东南角那鹰嘴崖上飞跑过去。

鹰嘴崖有几百米高，崖顶有座凉亭，下面是流经这里的一处河湾。河水清澈，水流急得直打着漩涡，险峻而好看，这是公园的一处景点。

郑诚和谷维苏沿着弯曲的石板小径，来到凉亭一看，惊得心都要跳出来。只见姚莉站在悬崖半腰一块向外斜突出去的石块——鹰嘴上，身子微微向外倾斜着，眼看就要往下跳的样子。

郑诚急得冷汗直冒，高喊一声："姚莉！"

姚莉听到了喊声，她那倾斜的身子站直了。她缓缓回过头来，见是郑诚和谷维苏。她双眼透出复杂的神色，嘴唇微微牵动了一下，随后，她将头又转了回去，身子又向外倾斜。

眼看可怕的事就要发生，郑诚再次高喊："姚莉，你等等！等等！"

谷维苏也高声说："姚莉，我们谈一谈！谈一谈！你要我做什么都可以。"

然而，姚莉只当没听见，闭上了眼睛，身子更加向外倾斜……

郑诚低声对谷维苏说："谷记者，你想办法稳住他，我去救她。"

谷维苏紧蹙着眉毛，在寻找稳住姚莉的办法。突然，他从口袋里掏出了那个袖珍录音机，飞快按下键钮。立即，优美动听的音乐响了起来……

这音乐真是神了！眼看就要往崖下跳的姚莉，一下将整个身子转了过来，忧郁的眼睛亮了，脸上泛起了笑容。她一下子忘记了自己此时是站在险峻的鹰嘴崖上。

郑诚无法理解这音乐为什么会有如此大的神奇力量，但眼下，最要紧的是救姚莉脱离险境，也不容他去思索这个问题。他在音乐声中弓腰走出凉亭，顺左边通向鹰嘴石的一条石梯小径，向姚莉接近。

就在郑诚快接近鹰嘴崖时，不料谷维苏那袖珍录音机的磁带放完了，音乐戛然而止。

音乐一停，姚莉的思绪又回到了现实中，她又一次回过身去。这次，她没有半点犹豫,双手向上一举,向河里跳去……

请给我时间

然而,悲剧并没有发生。就在姚莉双脚离开地面,向崖下河湾跳去的那一瞬间,郑诚已来到了距鹰嘴石半米远的石径上。他见情势严重,便纵身一跳,跃到鹰嘴崖上,一扑,将双脚已离开地面的姚莉扑了回去,因为这一扑的力量巨大。姚莉被扑得离开了鹰嘴石,仰面向后倒去,后脑壳"咚"一声碰在石壁上,鲜血立即喷涌而出……

谷维苏飞跑着来到姚莉跟前,急忙要扶她上医院,但被姚莉拒绝了。

郑诚向谷维苏使个眼色,让他退到一旁。他再去扶她,她就顺从了。到了医院,因伤势不重,只上了点药,用纱布包扎一下就回家了。

回家后,姚莉躺在自己房里的床上,她的祖母在劝她,安慰她,要她想开点。

客厅里,郑诚与谷维苏一面在小声交谈,一面静听里面祖孙俩谈话。

过了一会儿,姚莉的祖母从房里出来,脸色很难看。

郑诚上前问道:"老人家,姚莉情绪好点了吗?"

老太太长长地叹了口气,说:"这孩子,从小自尊心强,现在人家泼她污水……连谷维苏你也信。她一时咋想得通?她口口声声说没脸见人……哎,只怕还要出事……"

谷维苏不知所措地从沙发上站起来直转悠。

郑诚紧皱着眉头,好像在思索什么。过了一会儿,他突然扬起脸,说:"我去劝劝她。"说着,向姚莉房间走去。

郑诚来到姚莉的床边,坐到床沿上,轻声问了一句:"姚小姐,后脑壳的伤还痛不痛?"

姚莉淡淡地说:"一个人不想活了,还管什么伤痛不伤痛。"

郑诚停了停,说:"姚小姐,你要冷静一点,生命属于人只有一次。难道你真舍得这个世界？舍得谷维苏？"

姚莉一下从床上坐起，愤愤地说："郑干事，你是个好人，我知道你在劝我。郑干事，你说我怎么舍得谷维苏，我怎么舍不得他！人家送个王八来冤枉我，想破坏我与他的婚姻，可他倒好，竟相信人家对我的污蔑，相信与我结婚会当王八，戴绿帽子！在结婚登记处的事你都看到了，他说他瞎了眼。其实，他是在骂我。他怒气冲冲地走了，那是宣布与我拉倒。谷维苏太不理解我了！"

待姚莉的话停下来后，郑诚才语气平静，然而十分严肃地说："姚小姐，让我讲句不中听的话，我看你也不见得就那么理解谷维苏！"

姚莉激动地说："我有什么不理解他的？"

郑诚没正面回答她的话，说："我也是个男人，而且正在和一位叫时梅梅的姑娘谈恋爱，不久准备结婚。我希望自己拥有的是一个完美无缺的爱人，如果一旦发觉她不是那么回事，我心里会波翻浪涌的。我也会冲动，这是人之常情。如果没有这些反响，那一定是个没用的傻瓜，不是男子汉。我相信，姚小姐绝不会喜欢这样的男人……"

姚莉没有说话，只是静静地听着。

郑诚见她不出声，知道自己的话可能有了作用，便又继续说："姚小姐说谷维苏不理解你。其实，我觉得他很理解你。"

姚莉好生奇怪地问："他怎么理解我？"

这回，郑诚又没正面回答姚莉，而是反问了一句："姚小姐，你知不知道，我叫一辆车去双清公园找你时，正碰上谷维苏骑单车迎面而来。因为车子骑得太快，一下撞在我们的汽车上……"

姚莉惊问："他为什么把车骑得那么快？"

郑诚看姚莉一眼，说："在结婚登记处他一时激动，骂了你气冲冲走了。可他回到家里冷静一想，觉得自己太鲁莽了。于是，他急着去找你，因为想快点见着你，就把单车踩得飞快，差点出了事。姚小姐，对这不知你有何感触？"

姚莉没作声,神态似有几分激动。

郑诚继续说:"还有,在公园鹰嘴崖上的事,你应该更清楚了?"

姚莉奇怪地望郑诚一眼:"鹰嘴崖上什么事我应该清楚?"

"就在你要往下跳的时刻,是什么把你唤回的?"郑诚神态有点激动地说,"是音乐!音乐。当时,我也不知那是什么音乐,竟有那么大的神奇力量!刚才在客厅里,谷维苏告诉我,我才知道。你是个体操运动员,那音乐磁带里录的曲子叫《白天鹅之歌》,是你做体操表演时的伴奏乐。那音乐伴你流过汗,甚至流过血,那音乐也伴你夺过金牌、银牌,取得过好成绩。你对那音乐有着非同寻常的感情。只要音乐一起,你就会沉醉,把人生世界一切忘掉。因此,在你要往河湾跳的那一瞬间,谷维苏想起了口袋里装着准备还你的那只袖珍录音机和那盒《白天鹅之歌》的磁带。他放起了音乐,沉醉了你,拖住了你!为我争取了救你的宝贵时间。要不,此刻你不是在这里与我讲话,而是葬身鹰嘴崖下的河湾了。姚小姐,这些难道不说明谷维苏了解你吗?知己莫如心上人哟!"

姚莉眼里泪花在闪动了,显然,她被强烈地打动了。

郑诚看在眼里,趁机再继续进言:"姚小姐,谷维苏刚才还对我说过,即使你与他恋爱前,有过那事……他也原谅你……他打算与你讲清,请你原谅他在结婚登记处时的冲动……"

姚莉"哇"的一声哭了。过了一会儿,她扬起脸,说:"郑干事,谷维苏越对我这样,我越不想活!我要以自己的死证明自己是清白的。我对得住他谷维苏!我不愿意他心里带着一个疑点与我结婚,痛苦一辈子……"

面对眼前这个自尊心极强,很有个性,又近于固执的女子,郑诚一时沉默了。看来,光劝说,是不能完全消除她心上的阴影的。他突然站起,盯视着姚莉,说:"姚小姐,难道你就只能以那种愚蠢的做法证明自己的清白吗?不能用别的方法证明吗?"

姚莉摇了摇头:"这种事,从来就是道不清,说不明白。"

"不!"郑诚果断地说,"我看不见得,姚小姐,请给我时间,让我为你弄清那王八的事！不过，你得答应我个条件，在事情没有结果之前，你千万别再做蠢事……"

姚莉终于点了下头。

挑在刀尖上的信

郑诚决心寻找那骑摩托车送王八的人。

但是，在这人海茫茫的城市里，何处去寻觅那人的踪影呢？郑诚想呀想，突然，他眼睛一亮：那天，那个家伙将那包王八的纸包丢到桌上时，他发觉那人右手是六个手指。对！寻找长着六个指头的骑摩托车的人。

主意刚定，他又犯难了：上哪去找呢？整整一个上午，他苦思苦想，都没理出一个头绪来，中午下班时，他经过人民路路口，看到那里停放着许多摩托车在兜生意。郑诚知道，他们大多都是下班后，用自己的摩托车来这里揽客坐车，捞额外收入的。那个六指头的人，说不定也会加入他们这伙人之中。对！就从停摩托车集中的各个街口着手，寻找要寻找的目标。

一连三天，郑诚都在停放摩托车集中的街道岔口转悠，但是，一无所获。

第四天下班后，他又到了人民路口，装着无事的样子在停放的摩托车处转悠，察看那些倚车而立的摩托车主，寻找六个指头的人，但是，他又失望了。他正准备离开这里，身后响起了一个甜甜的、喊叫他的声音："郑诚。"

郑诚回过头去，只见自己的女朋友时梅梅，如一朵艳丽的云朵飘到他的面前，娇滴滴地说："郑诚，你在这里做什么？"

"没做什么，看看，看看。"

时梅梅嘴娇嗔地一撇，装着生气的样子，说："你哄我！我看到你好久了，老是在那些摩托车主前转来转去，一定有事。"

对自己眼看就要结婚的未婚妻有什么可隐瞒的呢，郑诚便把王八的事前前后后讲了一番，他告诉她，这几天自己都在寻找那个生着六个指头的送王八的人。

时梅梅听着郑诚的话,先是眉头微微地皱起,随后不满地瞟他一眼,说:"诚,你听我句话,莫去管这种闲事好不好!我们结婚的日子快到了,你不抓紧准备,却去管人家的事!"

郑诚见时梅梅生气,便憨笑着说:"梅梅,结婚的事我当然会准备,不过,那个送王八的人我发誓要找到他。不找到那个人,谷维苏与姚莉的婚姻就完了。如果姚莉真做了对不住谷维苏的事,倒还罢了,万一没有,不冤枉了姚莉?虽然以前我不认识姚莉,但从这回接触中,我感觉得出,她是个纯真的姑娘。她要背了冤枉,想不通,还会发生鹰嘴崖上那种可怕的事⋯⋯"

时梅梅听得有点不耐烦了,嘲讽一句:"我的郑干事,你真伟大!好,不谈这些无盐无油没味的话,走,我们玩玩去⋯⋯"

既然是未婚妻相邀,郑诚不好推脱,只得与她肩并肩向通往公园方向的路走去⋯⋯

到了第二天黄昏时,郑诚又在停放摩托车较多的街口转悠了,但和往日一样,还是一无所获,他只得怏怏地往回走。当他经过一条叫羊角巷的深巷时,刚走到一半,只见两辆摩托车"突突"开过来。车速飞快,其势很猛,简直来不及眨巴一下眼皮,车子就开到了郑诚的跟前,并且不减速直向他逼近。郑诚慌忙向巷子右边靠,不料那摩托车车头也向右边歪,直把他逼到背贴墙壁。

郑诚正要呵斥那开车人时,摩托车擦着他的手肘开了过去。虽然,车子并没把他挂倒,但那骑车人却在闪过郑诚身旁时,伸出手抓住郑诚的手腕,用力向前一拽,把他拉了个仰面朝天,后脑壳"咚"地碰到地上。

郑诚正欲呼喊抓坏人时,只见那骑车人已回转头来,一扬手,"当"一声,把一件东西丢到他跟前。也就在那人扬手的一瞬间,借着昏黄的路灯光,郑诚看清了那人右手好像有六个手指头。

他爬起来,就向那骑摩托车的人追去。然而,摩托车开得飞快,早已冲出巷子,融进了大街上的车流里面去了。

郑诚只得转回身来,去捡刚才那人丢下的东西。

在昏黄路灯映照下，郑诚看得清楚。那丢在地上的东西熠熠闪着银光，他弯腰将那东西捡起一看，顿时惊呆了！原来那是一把约八寸长的弹簧跳刀，刀尖上还挑着一张纸。郑诚取下纸，在路灯下一看，只见纸上写着：

郑诚小子：

　　老子告诉你，老子敢给谷维苏与姚莉送王八，就不怕你他妈的调查。今天，我本可以让你做梦一样做我的摩托车下的鬼，但是，我先放你一马。劝你立即停止你的狗屁调查，不要去充他娘的什么正直人。如不听，刀饮你的鲜血！

送王八的大爷

看着这封信，郑诚的心一抖。

这时，他发觉后脑壳痛得厉害，用手一抹，一手掌血，这是刚才被那坏蛋拉倒，在地上碰破了头，流出的血。

屋里的争吵声

郑诚碰破头，虽伤不重，但还是痛。他只得在家里休息。

这天，时梅梅风一样地进来，一见郑诚就嚷开了："郑诚，你摔破了脑壳，怎么不告诉我？"

"你怎么知道的？"

"我打电话去你单位找你，你们单位的人在电话里告诉我的。"时梅梅说着，就看郑诚那缠着绷带的脑壳，说，"郑诚，伤重不重？"

"不重。"

时梅梅长长叹了口气，说："这我就放心了。"她在一只椅子上坐了下来，又说，"诚，你怎么把脑壳摔成了这个样子？"

郑诚沉默了一会儿，就把那晚在羊角巷发生的事向她讲了一遍。

时梅梅听着，情绪激动，怒火冲天地吼着，骂道："那个混蛋！那个混蛋！

我要找他算账！算账！"

郑诚一笑，说："梅梅，我感谢你关心我，但你要冷静一点。你到哪儿去找那人算账？我找他好几天，一直找不到他，你怎么找得到他？找不到他，又怎么算账？"

"那就这么便宜了那坏蛋？"

郑诚淡淡地说："有什么办法。再说，经过这一回，我也不想再去过问此事了，免得发生不测……"

时梅梅附和道："诚，是应该这样。那天你要是听我劝，哪会发生摔破脑壳的事。诚，我们还是赶快准备结婚吧！"

郑诚重重地点了下头。

这天黄昏时，郑诚正准备出门去，谷维苏走了进来，急切地问："郑干事，听说你摔破了脑壳，咋样了？"

"没事了，请，进屋坐。"

两人进了屋，在沙发上坐了下来。

谷维苏问道："郑干事，怎么摔伤的？"

郑诚如实把那天巷子里发生的事说了一遍。

谷维苏没料到郑诚是为自己和姚莉的事把脑壳摔破的。他十分激动地说："郑干事，那事以后你不用过问了。我会去找姚莉，向她道歉，讲清楚。我准备马上和她打结婚证。"

"可是，"郑诚摇了下头，"你愿这样，可姚莉不愿这样。她说她不愿让你带上疑点与她结婚。所以，我答应她，一定把那送王八的事弄清楚。我刚才出门就是想去……"

谷维苏说："想去停放摩托车的地方，找那个六指头？"

郑诚点了下头，但又摇了下头，说："是找那个六指头，但我不再去放摩托车多的街口找了，我已选择另一个地方找他。虽然找了几次，没找到，但我相信在那地方能最终找到他的。"

谷维苏问："什么地方？"

"你有时间没有?"郑诚没正面回答谷维苏的话,却说,"今晚和我一起去,你就知道是什么地方了。"

谷维苏说声"要得",两人就出门而去。

没多久,他们来到一家小商店门前。郑诚正要上前敲门,忽然听到从里面传来剧烈的争吵声。

只听一个女的在吼:"丁大键,你明知郑诚是我的未婚夫,你为什么要搞伤他,弄破他的后脑壳?!"

又听那个叫丁大键的人在冷冷地回答:"时梅梅,你他妈的忘了,是你要我用刀挑信去警告那个小子的,吓住他莫再去调查那送王八的事。"

"你混账!"时梅梅恼恨地说,"我只叫你警告他,没叫你弄破他的脑壳!你不知道,我们都快结婚了!"

丁大键阴阳怪气地"哼"一声,说:"还没上床就疼起你那个丈夫来了。那我这个与你上了床的人,不知你疼不疼?"

这话传到屋外两个人耳里,他们如遭了雷击一样惊呆了,特别是郑诚,直感到天在旋,地在转。眼看就要和自己结婚的时梅梅,竟与他人上过床!郑诚真想破门进去,揍时梅梅和那狗男人一顿,但他强行克制自己,他要继续听下去。

这时,屋里传来"啪"的一声打耳光的响声。

"骂是痛,打是爱。"屋里传来丁大键的流氓腔,"时小姐,难道我们就只有那么一次,今夜就不能再乐一乐?把我找来,就只为了责备我不该弄伤你那未来的小王八的后脑壳?"

接着屋里传出两人的扭打声,显然丁大键在耍流氓。

郑诚觉得不能迟疑了,他猛地上前"嘭嘭"几脚,门被踢得裂开,随之轰然倒下。

那个叫丁大键的男子,一见有人破门而入,慌忙一路拳脚开路,冲出门去,跨上停在门口的摩托车,逃走了。

惊慌失措的时梅梅,一见进来的是郑诚和谷维苏,惊叫一声:"是你们!"

身子向前一栽,昏了过去。

都是情场冤家

郑诚忙上前把昏过去的时梅梅抱到床上。没多一会儿,她醒过来了,但她却冲着谷维苏咬牙切齿地吼着:"谷维苏,我恨你,恨你!"

谷维苏尴尬地笑笑,说:"梅梅,你可以恨我!但是,我们之间的事你却怪不得我!"

时梅梅和谷维苏的对话,把郑诚听懵了,他忙问:"梅梅,到底是怎么一回事?"

时梅梅一下抓住郑诚的手,说:"诚,我对不起你,对不起你!我把一切全告诉你,全告诉你……"

原来,时梅梅原是一家服装厂的技工。后来停薪留职,去开了个小店,经营服装,同时,搞服装设计。她人聪明,设计的时装特别受欢迎,几次获得时装设计奖。市报记者谷维苏多次采访她,为她写报道,一来二往,两人谈起恋爱来。但是,没多久,谷维苏发觉时梅梅心胸狭窄、嫉妒多疑,便决定与她分手。可时梅梅太爱谷维苏了,她想:只有采取非常措施,才能抓住谷维苏。

一天晚上,时梅梅趁家里人不在,请谷维苏到她家里。她亲自动手,弄了一桌极丰盛的酒菜,说朋友一场,两人好合好散。

几杯酒下肚,时梅梅的脸红艳得犹如桃花,她含情脉脉地望着谷维苏,谷维苏也有点酒后冲动,直用眼看她。见此情景,梅梅的胆更大了,她装着漫不经心的样子开始解开衣扣,说是太热,并说:"维苏,我有点醉,不舒服,你过来,扶我一把,我想上床躺一下。"

谷维苏扶她上了床。

一到床上,时梅梅竟脱去外衣,微闭着眼睛,躺在床上,看似醉了,其实她是装的。她想,任何男人看到女人这个样子,能不动心?能不……她想,只要她与他有了那事,自己就可以做他的妻子了。

于是,她轻轻合上了眼,在等待着。可是,她等了好久好久,却听不到谷维苏走向床边的脚步声。她耐不住了,睁开眼一看,屋里哪里还有谷维苏的踪影,只见桌子上留着一纸字条。

她一下从床上起来,走到桌边,拿起纸条一看,纸条这样写着:

梅梅:
我理解你今晚行动的用心。可是,梅梅,我们的性格太不适合。即使勉强结合,将来也不会幸福,所以。尽管你今晚摆出这阵势,也不能吸引我。谢谢你了。我们还是朋友。

谷维苏匆留

时梅梅看了谷维苏留下的纸条,转身一头扑在床上,痛哭失声……
他们终于分手了。

就在时梅梅处于失恋痛苦之时,她那下岗前服装厂同车间的丁大键盯上了她。丁大键曾经追求过她,遭到她严厉的拒绝。现在,她和谷维苏分手,感情已空虚,她需要充实,因此,勉强答应与丁大键谈谈。没想,这丁大键在谈恋爱没几天的晚上,在饮料中加了迷幻药,把时梅梅占有了。

时梅梅恨丁大键这个流氓!同时也恨谷维苏。要不是他与自己吹掉,她哪会答应与丁大键谈,哪会被药倒失身!她认为谷维苏是祸根!她发狠一定要报复他!

当时梅梅听到谷维苏与姚莉要结婚的消息后,她觉得如同老鼠在咬她的心。就在她情绪如此不平静时,她碰上了丁大键。自从那次被丁大键强行占有后,她恨他,再也不理他了。可这次两人一碰上,丁大键又嬉皮笑脸打招呼,并说时小姐你脸色好难看,出什么事了?要我效劳吗?

也是鬼摸了脑壳!时梅梅竟把谷维苏与姚莉要结婚的事告诉了丁大键,

并说:"你不是问我有什么事要你帮助吗?那好,你能想法去把谷维苏与姚莉拆开,为我报谷维苏那份仇吗?"

"小菜一碟!"丁大键满口答应。

于是,就有了送王八的事。

这事发生后,时梅梅暗中高兴。因为,她暗里观察,知道姚莉与谷维苏闹翻了。她获得了报复的快感!

然而让她震惊的是,她发觉郑诚在调查送王八的事。她怕事情暴露,就找到丁大键,要他刀挑恐吓信,制止郑诚继续往下调查。她没想到心狠手辣的丁大键竟把郑诚弄伤了。

听了时梅梅的述说,郑诚半天没说话。他没想到调查来调查去,竟将自己卷了进去!

时梅梅见郑诚不说话,一把抓起他的手说:"诚,你没想到我这么坏吧?你没想到这一切都是我做的吗?你还能原谅我吗?"

郑诚铁青着脸,说:"那天,你为那个混蛋弄破我的后脑壳而愤怒,口口声声讲要去找他'算账'。你的话使我生疑,我猜想,你一定认识那人,一定与他有某种关系。因此,从那天起我就暗中盯住你。我想,盯住了你就可以发现那个六指头骑摩托车送王八的人……今天晚上果然……"

时梅梅淌着眼泪,又一次抓起郑诚的手,可怜兮兮地说:"诚,你还没回答我,你能原谅我吗?"

郑诚把她的手轻轻拨开,说:"那以后再说。明天,我想请你先去一个地方。"

时梅梅看着郑诚严峻、痛苦的脸,问:"什么地方?"

"明天我会告诉你。"郑诚说着,出门头也不回地走了。

谷维苏也跟了出去。

时梅梅望着他们远去的身影,一转身又伏到床上,痛哭起来……

谷维苏从时梅梅店子里回来后的第二天,就去找了姚莉,把一切全向她讲了。

姚莉听完后，狠狠盯了谷维苏一眼，说："这下清白了吧，你总不会再怀疑我有那事了……"

谷维苏点下头，说："只是，郑诚为了弄清我们的事情，查来查去，结果把他未婚妻的事挑出来了。他没结婚，倒真当了……"

姚莉立刻打住他的话，提出去看看郑诚，安慰安慰他去。半小时后，他俩来到了郑家。

正在堂屋里擦桌椅的郑母，一见他们，便向厨房高声喊道："诚儿，有人找。"

"好，我就来。"郑诚应声从厨房提个饭盒子走了出来。见是谷维苏和姚莉，便高兴地给他们让座，口里喃喃地说："看来你们烟消云散了。事情弄清了就好，我等你们哪天去打结婚证。"姚莉听郑诚这么说，羞涩地笑笑。

他们聊了一阵后，郑诚站了起来，说："本来要留二位喝一杯的，只是，我还要去给人送饭。"说完，他拿起刚才搁到桌子上的那个饭盒子。谷维苏和姚莉也跟着一起走出了家门。

才走几步，郑诚的母亲从后面追了上来，叫住儿子，说："诚儿，你去给梅梅送饭，还要多劝劝她，想开点……"

听郑母这么一说，谷维苏和姚莉全愣了，忙问："郑干事，你是去给梅梅送饭？她在哪里？"

郑诚说："她唆使人家送王八，损害姚莉的名誉，又要丁大键刀挑恐吓信……她犯了法。我报告了派出所，她被处以十天拘留。"

谷维苏忙问："那个丁大键呢？"

郑诚说："当然更逃不出法网！他还有故意伤害罪，已经拘押，要负刑事责任。"

作为一位女性，姚莉更关心另一件事，她问："郑干事，你还打算与时梅梅结婚吗？"

郑诚点点头，说："是的。"

谷维苏有点不平地说："郑干事，这事你要考虑。"

郑诚毫不犹豫地说:"我考虑过的,戴绿帽子当然不好受,但是梅梅走了那么一段弯路,也是在受到刺激、情绪波动时发生的。她与丁大键那事,也不是她自己情愿的。她的心灵已经受伤,如果这时我又抛弃她,她会更加……所以,我还是决定与她结婚……"郑诚说着,叹了口气,然后提了那个饭盒,一晃一晃地向前走去……

望着郑诚渐渐远去的身影,姚莉像在对谷维苏说,又像在自语:"他是一个男人,一个真正的男人……"

(杨纪美)

(题图:张恩卫)

铁证·悬案
tiezheng xuanan

有件事比找到凶手更重要,那就是还无辜者以清白。

三审刀案

宋朝开宝九年冬季的一天,汴京城有名的泼皮尤五在大街上闲逛,他见一位少妇长得标致,便一路尾随,最后跟到泰和绸缎庄内进行调戏。绸缎庄掌柜孙风上前规劝,不料反被尤五一拳打倒。眼看尤五撕开了少妇的衣服、淫笑着要动手动脚,围观的人群中突然冲出一个人,拔出佩刀,一刀把尤五杀了。等地方官闻讯赶来时,只见尤五尸体旁的血泊里丢着一把短刀,杀人者早已不知去向。

京城中大白天杀了人,这可是了不得的大事,消息很快传到朝廷,太宗皇帝亲自过问此事,命开封府尹李符尽快查到凶手,并把结案情况如实奏报。皇上亲自交办的案子,李符自然不敢怠慢,只三天的工夫就上奏案情:杀人者是少妇的丈夫刘义,在绸缎庄当记账先生,他见尤五调戏妻子,气愤不过才将尤五杀死。现刘义押在狱中,他对杀人一事供认不讳。

李符讲完案情,没想到太宗的眉头却紧皱起来,他问李符:"爱卿可曾查实刘义杀人用的什么刀?刺在尤五身上什么部位?"

李符见皇上问得仔细，不觉支支吾吾回答不清了："什么刀？大概就是普通的佩刀吧？"

皇上眉头又是一皱："爱卿可再想想，那刘义乃是一个账房先生，自然是文质彬彬手无缚鸡之力，岂会一刀就能夺人性命？"

太宗一边说着，一边摇头，他要李符把案情勘问明白后重新上奏。李符没想到皇上会如此用心地深究一桩民间案子，回衙后便传来办案的推官顾川，详细询问案情。第二天，他带了刘义的供词和杀人的短刀呈给太宗，说刘义杀人一案断得清楚，问得明白，证据确凿，无可非议了。太宗看了供词，轻轻地"哼"了一声，让侍者端来一盆清水，将那把沾满血迹的刀洗干净，他拿着刀仔细端详：这把刀一尺余长，柄上七宝镶嵌，其刃可吹毛断发。

太宗说："此乃宝刀，刘义说是他的，能拿得出刀鞘？他受雇于人，家必贫寒，何来如此宝刀？给人做账房先生，身带短刀何用？难道他早有杀人之心？"

这几句话又问住了李符，李符急得头上直冒冷汗。太宗见他一副窘状，轻轻笑了笑，要李符回衙重新勘问此案。

皇上没有怪罪的意思，对此李符心中十分感激，他急急回衙，找到推官顾川，把短刀给他看了，又把皇上指出的疑点讲了。顾川沉思了一会儿，点点头说："前日绸缎庄掌柜孙风来衙为刘义开脱，说尽了尤五的劣迹，对刘义十分袒护，形迹似有可疑。如今看来必是他提供了凶器，他是富户，此刀定出于他家。"

李符听罢觉得有点道理，他叮嘱顾川，一定要细查深勘，务必短期内结案。

三日后，顾川把案情查清了。李符详细地问了情况，急急忙忙去奏明皇上。令他意想不到的是，太宗听说杀人的短刀是绸缎庄掌柜孙风家的，又皱紧了眉头。李符拿出了孙风的供词，说是孙风已经供认短刀是他家的，一直没配刀鞘。李符还要说下去，却见太宗拂袖站起，让李符在前头带路，说要去开封府牢狱看看刘义和孙风这两个犯人。

皇上要看犯人，慌得府衙内大小官员都一窝蜂似的围着，侍候在皇上左右。太宗走进关押犯人的大牢，看到锁在牢房角落里浑身血迹斑斑的刘义和孙风，他重重地叹了口气，让人赶快给两人去了枷锁，令府衙派轿子将他们送回家，又赠给银两让他们治伤。皇上问清此案是推官顾川审理的，龙颜大怒，严厉地斥责顾川审案草率，妄加臆断，滥用酷刑，酿成冤狱。

　　处罚了顾川后，太宗慢慢踱到李符面前，轻声说："朕知你公务繁忙，但对一些重大事情，可不能只听禀报下结论啊！"

　　李符连声称是，但对皇上放走人犯却甚感疑惑。

　　太宗看出了李符和众人的心思，便让身边的太监拿出一把刀鞘，又取过那杀人的短刀，"嚓"轻轻一声，刀子入鞘。众人见刀柄和刀鞘上所嵌的宝珠组成了一个"王"字，一个个惊得目瞪口呆：此刀竟是皇上的？

　　太宗神色肃然，说："朕登基有日，急欲了解民心，连续几天微服出宫。早听说尤五是京城一害，没想到那天正巧碰上他欺辱良家妇女，是朕一怒之下把他杀了。至于这几天一直未说破，朕是想看看地方官是如何办案的。"

　　皇上短刀试吏情的事，一时传为美谈……

（尹洪林）
（题图：俞耀庭）

"神鹰"巧遇"鬼见愁"

跟踪瘦老头

一九八四年八月的一个上午,在熙来攘往、万头攒动的宁县北大街上,有位老头从人群中挤来。这老头骨瘦如柴,脸上有道伤疤,露出吓人的紫光。他身穿一件圆领汗衫,背了一只旅行包,胸前挂了一只圆鼓鼓的帆布军用挎包,两只胳膊紧紧护卫着胸前的挎包。

瘦老头好不容易挤到南街,突然,对面人流骚动起来,一个头戴巴拿马草帽,身穿花衬衣,脚穿白球鞋的青年站立不稳,跌跌撞撞地倒向瘦老头,张开的右手眼看就要触到瘦老头的挎包了,瘦老头一抬左手,挡住挎包,右手一伸,五根指头就像五根柴棒似的叉在青年腋下。那青年赶忙收回手,借势站稳了脚跟,头也不回,嘴里轻轻骂了一句什么,挤进了人群。

瘦老头挤到南门汽车站,买了一张去冰市的汽车票。上车后,老头仍小心翼翼地护着挎包。客车开到中午,停下吃午饭。瘦老头把挎包吊在颈上,下车匆匆吃了饭,然后上厕所,接着上车后又小心翼翼捧着包。

下午四时,客车到达冰市。瘦老头没等车进站,在东大街提前下了车。没等司机关好门,一个穿白球鞋的青年人一闪身,也跟着下了车。

瘦老头匆匆跑到酒乡旅馆包下了203室一个双人房间。并特别关照服务员说:"不是我叫你,请不要进我房间。"说着,"砰"一声,把门关得严严实实。

就在这当口,那个穿白球鞋的青年一闪身,进了旅馆的门。

到了夜深人静时,旅馆内所有的灯都熄灭了,昏暗的走廊内,突然有一个黑影闪到203号房间门口,接着只听"嗒"的一声,锁开了,但门却怎么也推不动。那黑影立了片刻,便一转身下了楼,来到底楼103号房间窗台前,双手抓住了二楼遮阳板,一个收腹动作,翻身上了遮阳板。黑影伸手一摸窗户,窗户被关得严严的。黑影低声咕哝了一句:"这老贼娃子。"黑影从怀中摸出一个小瓶子,把瓶中的液体泼到窗玻璃上。这时,屋中突然传出翻身、打腿的响动,似乎还听见"嘿嘿"一声笑。黑影猛吃一惊,急忙一缩身子,"唰"地从遮阳板上跳了下去。

第二天一早,瘦老头乘上了去成都的火车,在火车上,瘦老头还是紧紧护住那只挎包,不管吃饭还是上厕所,军挎包总是不离颈项。

华灯初上,火车到达成都。瘦老头步出车站,在饭馆里要了二两酒、两个菜,自酌自饮,酒足饭饱,就近找了家旅馆,还是包租了一间房,打了一个电话,关门睡觉了。

瘦老头一直睡到第二天上午九点钟,服务员敲门叫他听电话,老头儿像才睡醒似的连连道谢,慌慌忙忙跑向服务台。

就在瘦老头跟着服务员刚转身,从斜对门的房间内闪出个穿白球鞋的青年人,他掏出钥匙迅速打开老头的房门,用一只也装得圆鼓鼓的军挎包,调换了瘦老头放在床上的军挎包,然后闪进了自己的房间,顺手锁好房门后,他的脸上露出了一丝得意的微笑。

青年人立即换了衣装,又对着镜子贴好八字胡。当他提起床上的挎包时,好奇心促使他要马上看看包中装的宝物。青年人小心翼翼地将挎包中的东西取出来放在被子上,一看是个用红绸子包起来的圆形罐状物。他解开红绸子,里面还有白绸子包裹着;解开白绸子,又是一块油布包裹着。待青年一层层解开布,突然神经质地一声惊叫,吓得面如土色。

当青年人哆嗦着转过身来,又是"啊——"的一声惊叫,惊得声音变了调,脸孔变了形。

原来站在他身后的,竟是那个瘦老头。

瘦老头那军挎包中装的是何物?原来是颗女人头。那女人头,瞪着一双恐怖的大眼睛,瞪着青年人,瞪着人世间!

美男子下水

青年人和瘦老头面对面站了几分钟,青年人眉头扬了扬,但马上扯下八字胡,淡淡一笑,腮边露出了一对小酒窝。

瘦老头细细打量着青年人,只见他剑眉大眼,鼻直口方,一米七的个头,敞开着的胸肌圆鼓鼓的,宽皮带扎着的腰部又那样纤细。整个看去,真像电影里的美男子。瘦老头暗暗叫一声:多俊的小伙子呀!

瘦老头没有吹胡子瞪眼,而是脸露爱惜神情,口吻友好地问道:"吓着你了吗?"

青年人说:"不,准确地说,是惊奇,是意外。我'神鹰'出手,还从未栽倒过,更未栽得这么惨过。"

"神鹰?"瘦老头听到"神鹰"两个字,脸上的刀疤微微颤动了一下,"你就是作案要留记号的神鹰?"

"前辈见笑了。今天既然栽在前辈手里,我也就无所顾忌了。"接着,他便滔滔不绝诉说起他的身世来。

这青年人，姓邵名勇，冰市人。"神鹰"是他自封的名号。他十五岁起在一位武林隐士手里学了三年功夫，以后十多年坚持练习，从未间断。他严遵师训，从不把拳头对准弱者，也从不轻易出手伤人。他初中毕业后，下乡当了知青。因父母老实，没有靠山，虽然回了城，却一直找不到工作。父母给厂长磕头作揖，招工还是没有他的份。邵勇毛了，潜入父母所在的那家小厂，撬开财务室保险柜，盗走现金九千元，并在白粉墙上用刀刻下一个"Y"字。他用盗来的九千元作为资本，申请了个体执照，摆起了成衣摊，赚了很多钱。赚到钱之后，他拿出一万多元现金悄悄送到厂长家里，同样在墙上刻了个"Y"。谁知这个厂长居心不良，明知是那次被盗的本钱和利息款，他竟一口独吞了。这样一来，小伙子气坏了，他不仅再次偷出了那一万多元，还将厂长家的五千元现金一扫而光。

这次他在宁县摆摊，发现瘦老头胸前的军挎包有诈，以为是盗的文物，便跟上了。当他发现包里的女人头时，先是一惊，接着，他觉得这事比盗文物还严重，他想动手，但忽然想到在南街已领教过老头的功夫，就立即改变了主意。

邵勇说到这里，又淡淡一笑，看着瘦老头："我已向前辈亮了底，不敢动问前辈是哪一路好汉？"

瘦老头哈哈一笑说："你能跟我说实话，我也跟你说实话。其实，在宁县南街，我已看出你在打军挎包的主意了，我试了一下，你能承住我两根指头而不叫喊，自是武功不弱，所以我也就处处小心了。你晓得五十年代重庆市的'鬼见愁'吗？我就是'鬼见愁'里最小的兄弟。"

邵勇曾经听人们说过，这鬼见愁并非飞檐走壁的盗窃集团，而是重庆市公安局侦破队的核心力量。他顿时惊得瞪大眼睛说："你是公安？"

瘦老头态度和蔼地说："年轻人，莫惊慌，坐下，坐下。"邵勇明白，在这老头面前想逃跑，那是白搭。于是，便老老实实坐下了。

老头见邵勇坐下来，就说："鬼见愁当然是特务、盗贼、坏蛋这些'鬼'见了我们发愁喽。当时的重庆，可以说没有一个犯罪分子能逃脱我们这支刑警铁拳的打击。可惜,这些英雄没有'坏'在特务和罪犯的手里,却倒在了自己同志的脚下,倒在自己建造的大墙下面……我在牢中蹲了五年,又在劳改农场干了五年。在那里面,倒使我把气功练成了,还学到了不少外面学不到的东西,也了解到了不少冤情。十几年来,我是怀着一种仇恨心理刻苦练功的,也正是这种心理使我活下来了……"瘦老头说到这里,眼中露出了一股冷峻的光焰。

邵勇似乎恍然大悟地说:"哦,明白了:你想把仇人斩尽杀绝。这人头就是仇人的女儿,对不对?"

瘦老头摇摇头,微微叹口气,便说起这人头的秘密。

弱女遭惨死

瘦老头姓黄名钟,是宁县公安局局长。一月前的一个早上,他接到报案,一个村民上山砍柴,在凤尾溪旁发现了一具女尸。

黄钟立即亲自带领刑侦人员赶往现场。围观的村民告诉黄钟,死者是骆家村村民骆才根的大女儿,名叫骆素贞,十九岁,她家就在离这里约一公里的山坡上。

但是,使黄钟怀疑的是,死者的父母对女儿的被害,显得惊慌失常。母亲陈玉翠不仅姗姗来迟,而且见到公安人员竟会两腿颤抖,神色慌张,扑在女儿身上只是干号,毫无死去亲人的悲痛。死者父亲甚至没有露面。

黄钟把这些细微末节看在眼里,他走过去问陈玉翠:"大嫂,你丈夫干啥去了?"

陈玉翠睁着惶恐的眼睛连连说:"他没有干啥,他没有干啥!"

"我们要找他了解你女儿被害的情况……"

"他不在家……他……不知道……"陈玉翠语无伦次地说了之后,她哭了,伤心地哭了。

黄钟和两个刑警交换了一下眼色,命人抬走了尸体。到了第二天清晨,他们趁着漫天大雾，悄悄来到骆才根屋前，只听屋里隐隐传来一阵争吵声之后，门轻轻打开了。骆才根刚跨出门口，黄钟和两个青年刑警已站在他的面前。骆才根一见，骇得两腿一软，跪倒在地，叫着："我……有罪，我坦白。"

原来二十多年前，十八岁的陈玉翠，嫁给了身强力壮的骆才根。谁知结婚三年，陈玉翠总不生娃儿。骆才根担心"绝后"，便和妻子离婚了。

不料离了婚的陈玉翠经人撮合，嫁给了邻村一个姓蒲的穷苦山民之后，就像优良蛋鸡似的，一年一个，一连给蒲家生下一女二子三个娃儿。要不是姓蒲的因操劳过度，在婚后第五年伸腿闭眼，还不知陈玉翠会生下多少个儿女来。

当骆才根知道陈玉翠到蒲家生下娃儿后，才晓得是自己无生，错怪了陈玉翠。等到姓蒲的山民死后，骆才根便把生活无法熬下去的母子接回来，请来左邻右舍和生产队领导，坐一坐，吃一台，便算复婚了。骆才根和陈玉翠复婚后，一晃过去了十多年。大女儿素贞女大十八变，已经出落得很有几分姿色了。

一九八三年夏，陈玉翠得急病住院治疗。一天晚上，骆才根掌灯到女儿房间找衣服，谁知他撩开女儿的蚊帐，一看素贞赤裸着冰雕玉琢般的身子侧躺在床上，顿时心狂跳不已，慌忙脱去衣裤，吹灭油灯，向女儿身上扑去……

素贞惊醒了，她感觉到有个胡子拉碴的男人压在身上……她一边挣扎，一边喊叫。当她知道是骆才根时，挣扎得更凶了，终于未能使骆才根达到目的。

骆才根奸污女儿的目的未达到，不但不羞不愧，反而恨死了素贞。为了报复女儿，他要给素贞找一个武大郎式的男人。

经过几个月的挑选，骆才根看上了柳林村的卢歪嘴。骆才根软的硬的说服了陈玉翠，夫妻俩就来做女儿的工作。

素贞一看到卢歪嘴，心里就想发呕。她晓得父亲逼她嫁给歪嘴的用意，可内中原因又不便与母亲明说，只好孤军奋战，一个劲地不从，一个劲地反对!

这天晚上,陈玉翠到女儿房中规劝。准备睡觉了的素贞,见妈又来说教,便一口咬定不同意。陈玉翠见女儿不听她的话,气得举起手,一巴掌打过去,素贞抬手一挡,玉翠一个趔趄跌倒在地,顿时痛得她"爹呀、妈呀"地叫起来。

早就窝了一肚皮火的骆才根,听到女儿敢出手打妈,这还了得,他顺手操起一根青桐棒,冲进女儿房中,照着素贞头上就是一棒。素贞头一歪,哼也未哼一声,就瘫软在床上。

陈玉翠见女儿被打,她爬起来一看,见女儿头上全是血,再一摸鼻孔,一点儿气都没有!她又惊又吓,又哭又喊,跌跌撞撞冲向骆才根。

骆才根听说女儿死了,一下吓掉了魂。他叮嘱妻子莫声张,赶紧洗去素贞脸上的血迹,把她抱到门外,倒拖着两条腿,好不容易拖到凤尾溪边。他刚想抱起素贞往河里丢,突然听到"哇"的一声怪叫,一只猫头鹰"扑啦啦"从他头上飞过,吓得他丢下素贞的尸体,撒开腿一口气奔回家。

经过审讯,素贞被害经过清楚了,重要罪证——青桐棒也取到了,经县检察院批准,骆才根被正式逮捕。罪名是:强奸女儿未遂,又逼女嫁丑夫,报复杀人,罪行严重,须判重刑。因此,案卷上报冰市检察院。

千里送人头

刚到县公安局任职不久的黄钟,出马侦破一起重大杀人案,从出现场到审讯完毕,仅用了两天一夜的时间。如此神速,一时在县公安局上下传为佳话,干警们对局长的本领佩服得五体投地,特别是跟着到现场的凤尾山区派出所民警伍波,更把局长说得神乎其神,简直就是能掐会算的神仙下凡。

谁知,案子上报到市检察院审阅,却拖了足足一个月,不但未向市中级人民法院起诉,反将案卷原物退回。理由是:

一、死者后脑勺伤口来路不明,在地上碰撞的论证不能成立;

二、法医尸检报告证实死者曾被奸污，而罪犯在这点上并未承认。

市检察院要求：补充侦查，提供确切证据。

案卷退回，无疑对黄局长的威望是个沉重打击。原先赞扬局长的干警们也感到脸面无光，纷纷指责市检察院有意刁难，特别是凤尾山区派出所的干警们更是破口大骂。伍波还给黄钟打电话，不仅大骂检察官，还提出要控告市检察院包庇罪犯……

黄钟当着下属的面虽说没任何表示，但回到家里，窝在心中的火气才爆发出来。发了一顿火后，他又冷静下来，在他妻子的规劝下，他终于开始反省了。他想到重新工作后，自己主动要求复查过去和"文革"中的案件，为几十个冤者平了反。他害怕不能理智对待"文革"中打骂过自己和妻子的群众，坚持要求回老家宁县。后来经冰市公安局领导三顾茅庐，他只得答应出任宁县公安局局长，以带出一名青年局长为退休条件。谁知接班人未选好，办第一个大案就栽了跟头！怎么办？承认有错，重新开始，还是给市检察院顶回去？

反省的滋味是痛苦的，承认错误的决心也是很不好下的。黄钟沉重地在全局干警会上作了自我检查，并对案子重新进行了侦查部署。通过对死者破内裤上精斑的检验，验明血型为 AB 型，而骆才根的血型为 A 型，果然证实奸尸并非骆才根所为。那么，奸尸者是谁？

为了准确无误地弄清死者头上伤痕真相，县公安局决定把素贞的头经防腐处理后，送省公安厅，请专家用现代化设备检验。黄钟否定了派车护送的建议，提出案子是他弄错了，他坚持亲自送人头。县公安局知道黄钟是个既古怪又固执的老头，他认定的事，谁也无法改变，只得任他行动了。

黄钟的叙述简直使邵勇听入了神，但他又不解地问："你到了成都，为啥不直接到公安厅去，还有闲心住旅馆。"

黄钟说："我既然发现了你，就想弄清你的真面目。我们曾接到冰市公安局协查令，要我们寻找你这个'神偷'。现在看来你也是个有血有肉有感情的人。我想拉你一把，怎么样？把赃款退出来，跟我一起干，立功补过，好吗?"

邵勇说:"跟前辈干,我心甘情愿,誓死不二。不过,我有个条件,你不要在任何场合公开我的身份和秘密,我只服从你的领导,你不干时,我也就'退休'了。"

黄钟毫不犹豫地说:"好!十天之后,在凤尾镇茶馆碰头。"

省公安厅做的伤情检验结果出来后,让所有人大吃一惊:1.骆素贞死于七月十一日晚上十时左右,致命伤不在前额,而在后脑;2.后脑洞系用尖锐物体击打所致;3.前额有头发被扯断。还有更重要的一点:骆素贞内裤上不但粘有精斑,还有卵细胞,这点证明素贞被奸污时是活着!骆才根杀死女儿的"罪证"被全部否定!

黄钟回到冰市时,市公安局交给他一封由市检察院转过来的匿名信,信中恶毒攻击检察院为罪犯收买,有意为骆才根解脱。

黄钟很奇怪,逮捕骆才根有误,群众并不知道真情,哪来"群众"呼声?从信中的语言词汇来看,写信人还具有相当程度的侦破专业知识,写信人又是谁?

接着,黄钟调查了七月十一日晚上十时左右外出的人,又重新勘查现场,把方圆一公里内的山坡、草丛、树林、河沟查了个遍,也未找到一点有关第三者的线索。侦破工作陷入停滞状态。

色狼下毒手

一转眼,黄钟和邵勇约定在凤尾镇茶馆碰头的日子到了。

八月二十九日上午十点,黄钟身穿一件对襟小褂,手摇一柄大蒲扇,打扮得像当地老农似的,准时来到茶馆。他抬眼一扫,见到处坐满了人,唯有黄桷树下一张小方桌前,只有一个人躺在两把竹椅上,桌上泡了四碗茶。躺着的那人脸上盖了一顶他十分熟悉的巴拿马草帽。

黄钟走过去,邵勇翻身坐起,说:"前辈,当晚九至十一时在外的还有一人,你们为何不调查?"

"谁?"

"伍波。"

这伍波,正是区派出所年轻民警! 黄钟听到从邵勇口中说出此人,心头不禁一阵惊喜。这两天,黄钟头脑里一直在回旋着一个奇怪的问题:伍波把自己吹成"神仙",又打电话为自己鸣不平,他的真正目的是什么? 还有,他与那封"匿名信"有无联系? 虽然黄钟已巧妙地安排了技术人员查对伍波的笔迹与"匿名信"的笔迹是否一致,但他还很难将伍波与"第三者"联系起来。

因此,他问道:"你怀疑伍波,有何证据?"

"黄局长,"邵勇第一次称呼黄钟的官衔,并做出一副玩世不恭的样子说,"我晓得你们是手电筒的光,只照别人,不照自己! 自己的人在外面闹翻了天,也不会怀疑到他的头上……"

"需要证据!"

"其实,伍波十一日晚在外的情况,我也是偶然得知的。从成都回来后,我便到了这里。第二天遇见一个朋友,吃茶中他无意聊到了上月十一日晚上,他在黄土村赌博时,被民警伍波'端了窝'。我左套右问,弄清了伍波是晚上九时左右从黄土村回区的。我又走了一趟,刚好一个小时左右经过凤尾溪杀人现场。如果这只是巧合的话,这两天我还找了些'朋友'了解,还在这茶馆里听到一些伍波的'闲言碎语':伍波警察学校毕业分到宁县公安局,不久提为副股长。此人工作能力较强,就是好色! 因奸污女犯人被告发,作了'内部处理',被'发配'到这山区派出所当了民警。到这里一年多时间,又小施妙计玩弄了三个姑娘。这些事你可能听不到,故谈出来供前辈参考。"

黄土村查赌一事,黄钟听过汇报,这是伍波的一大功劳。伍波奸污犯人,作'内部处理'的事,他不知道。他为公安局出现伍波这样的败类,感到脸红心跳。

黄钟回到局里,技术科已检验证实匿名信是伍波所写。他估计伍波可能逃跑，便发了第一道指令，叫伍波来县局接受表彰。接着留下了第二道和第三道指令，要求区派出所全体民警来县体检，要他们检查枪支。随后便带着两个侦查员骑摩托直奔凤尾山区。

当黄钟快到镇上时，迎面与派出所汽车相遇，得知车刚出镇东，伍波借故溜走了。

黄钟命令："立即回去，带上武器，乘车绕道山北，一定要截住伍波，如他顽抗，可开枪还击，最好不要打死，但绝不能让他溜掉。"

黄钟乘着摩托来到茶馆黄桷树下，一抬头，见树上用草帽圈钉有一个指向凤尾山的箭头。他下令加速，摩托车飞一般地向凤尾溪冲去。

骆素贞确实是被伍波先奸后杀的。那天晚上，伍波从黄土村抓了赌，走到凤尾溪边，发现了只穿着汗衫内裤的骆素贞。月光下，她真像一具睡美人，撩得他心猿意马。他走上前用手一摸，仔细一看，发现她头上有血，昏迷不醒。他轻轻咕哝一声："真是天赐良机！"于是，他便奸污了她。当他刚准备爬起身时，骆素贞开了口："伍公安……"这一声，使他大惊失色，赶紧拿了一块尖岩石把骆素贞砸了个后脑开花……

他原以为这件事是神不知、鬼不觉，骆才根招供后，定了罪，成了替罪羊。可是，自从市检察院退回案卷，黄钟决定将骆素贞的人头送省检验后，就感到末日将临，惶恐中又糊里糊涂地写了匿名信，事后深悔走了一着错棋。今天，县局通知体检，又提出表彰他捉赌，他嗅出了味道，感到黄钟是个可怕的人物。于是他趁所长通知人时，溜进办公室盗了一支手枪，又溜回宿舍拿出全部钱粮，车开出镇东时，他借故下车，往凤尾山大山逃去。

神鹰擒恶狐

伍波惶惶如丧家之犬，当他来到杀死骆素贞的凤尾溪旁时，突然从他身后传来了凄凄惨惨的女人叫声："伍波，你——来——啦——"

伍波大惊失色，拔出手枪，回头一看，周围是莽莽山林，耳旁是潺潺溪水。

难道是鬼魂？但他绝不信青天白日，红日当空，会有鬼魂出现。他喊一声："你——是谁？快——点——出来，装神弄鬼吓——吓不倒警官——"可是，除了山的回声，啥也没有。他又仔细地搜索了一遍，也没发现什么。他转身继续向深山跑去。

伍波跑呀，跑呀，跑到太阳靠近西山，天空出现了一抹晚霞，树林中越来越黑了。这时，从树林上空飘来一曲洪亮的山歌声："咳罗里咳，情哥翻山岭嘛，咳罗里咳，幺妹紧紧跟嘞。今生今世不成双，来世也要配成对哟。咳罗里咳——"

伍波听这歌声，跑得越急了，可是，那歌声似乎总在尾随着自己移动，跑得他气喘吁吁，臭汗直流。他刚想停下来擦擦汗，忽然在他面前出现了一个年轻人。只见他头戴一顶破草帽，身穿一件旧衬衣，外加牛仔裤、白球鞋。年轻人冲着伍波笑嘻嘻地说："警官先生，你在追逃犯吗？看你累得上气不接下气的，坐下歇歇吧。"

年轻人的突然出现，伍波感到吃惊，但他并不害怕。他在警察学校学过擒拿术，而且身上还有一支枪。伍波喝问道："你是谁？怎么到深山老林来了？"

年轻人又露齿一笑："人为财死，鸟为食亡。还不是为了找钱。"

这时，树林中传来一阵声音，那青年惊叫一声："有野兽，快跑！"说着一闪身，便消失在树林里。

伍波赶紧回转身来，面对响声传来的地方后退了几步，右手伸向裤袋中。

伍波惊恐地看到，从树林中钻出来的不是野兽，而是黄钟。

伍波"唰"地抽出手枪："黄局长，我今天不想杀人，快把手举起来！"

黄钟举起空手，站在原地，冷冷地说："伍波，放下武器，你被包围了。"

伍波发现黄钟背后又传来一阵声响，他用枪点着黄钟，一边往后退，一边恶狠狠地说："少啰唆，快叫你的人站住，不然我就打死你……"

没等伍波话落音，冷不防被身后一双大手扳住了右手腕。枪"啪！"响了，子弹却射入了泥土里。伍波来不及弄清是怎么回事，已习惯性地施展开了**擒拿术**：他抬腿一脚踩向背后之人站立的方位，跟着向右一个拐肘，以为抓住他的人必然丢手，不然肋骨就会被撞断。谁知一脚踩空不说，腿关节反挨了一脚，身子不由自主地往下一跪，他的右手腕像被铁钳子钳得像要断裂似的疼痛，手枪掉在地上。他迅速侧身扬起左拳，可是拳头还没来得及打出去，左手腕已被手铐咬住了。伍波不甘心，想看清身后的人是谁，等他扭过头去，只见一双白球鞋在一棵大树下边闪了一下，就无影无踪了。

黄钟慢慢走过来，捡起伍波的枪："小伙子，想不到有今天吧！"这时已钻出了几个干警，可是，伍波瞅来瞅去，却未发现有穿白球鞋的。

奸污、杀害骆素贞的凶犯落网了；伍波理所当然地受到了法律的制裁。

到了这年年底，黄钟向上级递交了辞呈，并推荐了公安局长的接班人。推荐书上没有被推荐人的姓名，只用"Y"字来代替，书中详细介绍了被推荐者的年龄、性别、文化程度、学识水平、专业能力、个人简历及家庭情况，特别详细介绍了侦破骆素贞强奸凶案的过程，首功是记在"Y"头上的。黄钟的推荐书最后列举了大量有关人才学的理论，来论证他的正确。他要求上级批准他的推荐，并将此作为改革中的一个创举，使被推荐者有实践的机会，有证实此举正确的时间和空间，等等。推荐书后面，还有两张定期存款单，它是"Y"两次作案的赃款和利息。

这封推荐书，好比一颗原子弹爆炸了，在政法部门及有关机关引起了极大的轰动，引起了一场持久的、激烈的争论……

（钟　涤）
（题图：袁银昌）

无形的凶手

正月十五一过,农村过年的热闹劲儿也就慢慢地冷了下来。这天一大早,汤河屯的齐恒玉老汉就起来了,背着筐头,提着小铲,要去公路上、大道上溜达,倒不是为了锻炼身体,农村人起早是为了拾点儿粪。当他来到自家大门前,无意中扭头朝猪圈一看,啊,不禁大吃一惊。南墙被人挖了一个洞,一尺多高,还挺圆,这一看就是进贼了,想偷他的猪。齐恒玉一看,手里的铲、肩上的筐全掉了,舌头伸出一截来,愣缩不回去,让风一吹都木了,浑身上下就跟踩了电门一样,哆嗦个没完。

足足有三分钟,齐恒玉才缓过气来,用手摸了摸胸口,说了声:"谢天谢地呀!"他为啥这么说?原来,年前他把肥猪宰了,如今百十斤肉除了吃在肚里的,全腌在缸里,亏了没听老伴的,再养大点儿,那不给贼羔子养了吗?可家里出了事,也得去报告,他想到这儿,定定神,咳嗽一声壮壮胆,出了大门,朝西一溜小跑,他要去村治保主任家报案。哪知刚跑了十几步,脚下被什么东西绊了一下,摔了他一个大马趴,疼得他喊爹叫娘。他伸手一摸，马上又是怪叫一声，当下蹦起来三尺高。原来横在地上，绊了他一个大跟斗的竟是一具冻僵了的尸体。

这一回真把齐恒玉吓了个魂飞魄散，再想跑，两条腿却说什么也不听使唤了，只得扯着脖子喊了起来。农村人大多数都有起早的习惯，所以马上围过来十七八个人，一看事态严重，马上有人给治保主任报信去了。

工夫不大，治保主任宁海林带着一帮人赶来了。宁海林今年二十七八，在部队呆过六年，当的是侦察兵，让人一看就带着一股机灵劲儿。他一边喊着保护现场，一边分开众人走了过来。齐恒玉和那个死尸，一个坐着，一个趴着。宁海林弯下身子问："恒玉叔，这是咋回事呀？"

"洞……告……摔……"齐恒玉这会儿虽说缓过点劲儿来了，可光会一个字一个字往外蹦。宁海林把他扶起来，他这才结结巴巴地把事情的经过说了一遍。等他说完，大伙"唰"地一起扭头往他家院墙上一看，果然有个洞，然后又一起扭过头来看着宁海林，听他说出个道道儿来。

宁海林看看死尸，是个男人，顶多三十四五岁，身上一身军便服，留着分头，后脑勺上有一个大窟窿，看样子血流了不少，不过早已凝成痂痂了。宁海林又来到墙根，蹲下来看那个洞，用手一抠，土打的墙，一股土面落了下来。他拍拍手站了起来，看了看齐恒玉，又看了看大伙儿，咳嗽了一声说："事情很明白了，这是一个自取灭亡的小偷。"

"主任，说清楚点儿。"几个小伙子一听来了兴头儿，催着宁海林往下说。宁海林脸上露出了一丝微笑，接着说道："这个小偷，在昨天深夜，来到恒玉叔家门前，听听没有动静，便动手在墙上挖洞，他打算从这儿钻进去，然后把猪弄出来，卖几个钱花。"

"俺家没养猪。"齐恒玉的老伴一直没开口，这会儿才插上一句。

"对，你家没猪，"宁海林故意压低了嗓门，大伙儿都屏住呼吸，伸长脖子，静听下文，"他白来一趟，正要退出去，偏巧恒玉叔半夜起来上茅房，正好把他堵在猪圈里，顺手抄起一把铁镐，一下打在他的头上，他忍痛钻出墙来，爬到这里便死了。而恒玉叔呢，没想到会打死他，打跑了贼也就回去睡觉了。

今天早晨出来拾粪,他们又在这里见面了。"

"对、对!"

"有理,有理。"

"咱们主任简直成了福尔摩斯了。"大伙一听无不点头称是,都朝着宁海林跷起了大拇指。齐恒玉可不干了,他跳着脚说:"没么回事,我平时打个耗子还发毛呢,能下得了这个手吗?"

"是啊,老头子一夜也没离开我那个被窝呀!"齐恒玉老伴这句话说得大家都笑了起来。

宁海林拍着齐恒玉的肩膀说:"恒玉叔,你也别担心了,你是正当防卫,是英雄,我得向上边汇报汇报。说不定可以上电视、上广播,好好出出名呢。"

"不,不是那么回事。"齐恒玉急得脖子都紫了。

宁海林找几个人看守现场,说着转身要去给县公安局打电话。

正在这时,只听人群中有人喊了一声:"等等。"接着走出一个瘦巴老头来。

宁海林一看,不敢怠慢,赶紧过去打个招呼:"五叔,您老也来了?"这老头儿不是别人,正是宁海林的本家叔叔,临县公安局的侦察科长,破过不少案子,远近几县小有名气,前年退休回了家。宁海林大事小事没短了向他求教,可今儿一忙乎,没顾上请他,想不到老叔不请自来。宁海林带着几分得意地问:"五叔,您看这案子……"他的意思是让五叔夸他几句。

万万没想到五叔把头摇了几下说:"你分析的案情,有些是对的,可有些也不对。"

"这……"宁海林听了直朝五叔挤眼,意思是让他别说,免得自己栽面儿。

五叔是老虎拉车——不管那一套,朝众人说道:"据我看,作案偷猪的是两个人,而不是一个。"

"哦……"大伙一听,一下围住了五叔。

五叔接着说道:"这两个人,合伙来恒玉家偷猪,在墙上挖了一个洞,一个进去赶猪,一个张开口袋堵住洞口捉猪。结果钻进去那个一见没猪,大失所望,只好钻出来,不想正钻进张开的口袋里;外边的一个以为口袋里是猪，连忙举起挖洞的小镐朝口袋猛打，这样做是怕猪叫出声来。然后扛起口袋就走，走了几步觉得不对劲儿，放下口袋打开一看，见打死了自己的同伙，连忙拿着口袋、小镐逃走了。"

齐恒玉听到这儿，连连点头说："对，这回差不多了。"

宁海林脸上挂不住了，"哼"了一声说："五叔，您准是在县里买了一张小报看了几遍，照样背出来的吧！"他这么一说，大伙看看他，又看看五叔，不知信谁好了。

五叔笑了笑，用手指着地上的尸首说："海林，你去看看，他的头上不光有墙上的土，还有一种白色的粉末，那是什么，是红薯面，说明他钻进去的那个口袋，是装红薯面的，我说的一切都是有根据的，而不是凭空想象。"

宁海林不服气，还想再说什么，五叔微微一笑说："这样吧，你还按你的意思办，报告县里立案，弄清死者是谁。我呢，暗地里查访，等真相大白了，也就分出谁对谁错了。"

"行，"宁海林见五叔给了这么宽的一个台阶，还能不下，当下点头同意。

五叔又叮咛了一句说："到了关键时刻，咱爷儿俩可得互相通气啊！"

"您放心，我还会拆您的台？"宁海林这话倒是出自真心。

当天上午十点，县公安局来了人，给尸体照了相，搬走了，然后把照片张贴四乡，让大伙帮助查认，结果没到中午就弄清死者身份了。他是离汤河屯五里靠山屯的人，叫尤大水，是个庄稼户，平时也没什么劣迹，至于他的死因，虽然宁海林和五叔各有说法，可在大伙心里始终是一个问号。

宁海林为了让自己的推理成立，一连找了齐恒玉几回，希望他真的是打死歹徒的英雄，可齐恒玉两口子最后竟让他逼得双双跪在地上哀求道："大侄子，你行行好吧，千万别这么说了，要是让人家老尤家知道了，非找上门来拼命不行呀！"弄得宁海林哭笑不得，只得作罢。

大伙儿都以为五叔用不了半天准能破案，谁知他老人家却没事人似的，天天背着手溜达，见了人头也不抬。

这天一大早，五叔吃了饭一抹嘴又要出去，五婶背后叫住了他："死老头子,又出去找坟地呀,不看看家里没大米了,也不去集上买点儿。"五叔哼了一声,头也不回地走了,气得五婶子背后直骂他死老头子。五叔从一个麦秸垛上抽出一根麦楚儿,一边剔着牙一边朝大李庄走去。大李庄的位置正好在汤河屯和靠山屯中间,是个集市,两个村的人都赶这个集。五叔好像没有忘记老伴儿的话,一直来到粮食市,看看这口袋米,又捧起一把麦子轻轻用嘴吹吹。附近几个村没有不认识五叔的,见他来了都一齐打招呼:"五叔,买米呀?来,看看我的。"五叔是挣票子的,破案是行家里手,买东西可是个大外行。只要他看中的,你漫天要价,他也不知道还一还,过秤也不大看秤星,更不管高低,所以他买回去的东西,五婶总骂他是"冤大头"。

五叔一连走了两个来回,才看中一口袋大米。他朝卖主努了努嘴问道:"多少钱一斤?"

"六毛。"那个卖主顶多四十出头,身材高大,两眼倒是不小,可惜离得远了一点儿,看着有那么点儿不带劲,他一见是五叔,眨了眨眼睛,价钱马上抬高了一毛。

五叔自然不计较这些,又问:"这有多少斤?"

"刚刚过的秤,五十二斤零半两,您老人家要,那半两就算了。"卖主装作挺大方的样子说。其实他的米只有四十二斤。

五叔掏出一张50块的票子递给他,说:"今天我没带口袋,你也别找钱了。你是哪个村的?明天我送还口袋,咱再算细账。"

"行、行,"那卖主连连点头,"我叫汪大亮,是靠山屯的。您明日个要没空儿,哪天送去都行。"

"靠山屯?"五叔的眉毛跳了一下说,"认识尤大水吗?"

"认……识,我们俩就住一条街,从小光着屁股在一条河里洗澡,没想到……"

五叔没再说什么,一猫腰一鼓劲儿,那口袋大米就上了肩头,迈开大步"咚咚"地走了。

汪大亮没想到这么快就做成这么一桩好买卖,心里挺痛快,当众把那张票子用指头弹了弹,对身边的人说:"运气,这就叫运气,喝二两去。"摇晃着身子走了。

再说五叔回到家里,把大米往缸里一倒,又要出门。正好一个人走了进来,差点儿和他撞个满怀,定睛一看,原来是宁海林。

五叔一把拉住他说:"你来得正好,我正要去找你。"

宁海林红着脸说:"五叔,我算是服了您老人家了,那恒玉叔都跟我发了绝誓,他说他要是打死尤大水,他八辈子全变狗。看来,还是您老人家有眼光,所以我来找您。没说的,您吩咐吧!"

五叔把口袋往他面前一举,问道:"这口袋是装什么的?"

宁海林也不是等闲之辈,把口袋翻过来一截,用手摸了摸,又伸着鼻子闻了闻说:"好像装过大米。"

"还有呢?"

"还有红薯面。"

"对,你再仔细看看,上边还有什么特殊的地方?"

宁海林把口袋翻看了几回说:"啊,好像还有血迹。"

"对,"五叔点点头说,"你马上把口袋拿到县里化验一下,看这上边的血迹和尤大水的是否一致,如果……"

"如果一样,"宁海林接过话头说,"那么这就是尤大水钻进去,被同伙误伤致死的那条口袋。"

"对。"

"您老人家怎么得来的?"

"别多问了,快去县里吧!"

"好!"宁海林答应一声,当下骑车直奔县城而去。

等宁海林从县城赶回来,已是月上中天了。见到五叔还没待开口,五叔就问他:"口袋里的血是尤大水的,对吧?"

宁海林点点头,来到水缸前端起水舀子猛喝了一气,一抹嘴说:"五叔,走,抓凶手去吧。"

"不，"五叔摇摇头讲述了买米的经过后说，"我想那个汪大亮没有那么大胆子，打死了人，还用这口袋来卖大米，而且还卖给我。"

"那，该怎么办呢？"宁海林又抓瞎了。

"我再琢磨琢磨。再说你去了县公安局，这事就不能光咱们管了，他们明天准得来找我。你先睡觉去吧，有话明日再说。"

宁海林答应一声，有点儿闷闷不乐地走了。

五叔的话说得一点儿不错，天一亮县公安局就来了两个人，正巧宁海林也来了，四个人商议了一阵，定了个方案。吃过早饭，公安局的同志回去汇报了，五叔带着宁海林，也不骑车，径直朝靠山屯走去。进了村，问了几个人，找到汪大亮门口，也不敲门，一推门便走了进去。

汪大亮家院子不大，只有三间正房，一棵大槐树遮住了大半个院子。五叔咳嗽一声，汪大亮闻声跑了出来，满脸带笑地说："五叔，您老人家真来了，一个破口袋……"他的话说了半截儿便打住了，因为他看见五叔两手空空，脸紧绷着，后边跟着一位，也是满脸冰霜。他知道来者不善，心里犯开了嘀咕：难道是五叔发现大米分量不够？价钱太高？

汪大亮正在猜疑，五叔却抬腿进了屋子，先到了东边一间，一股酸臭味扑鼻而来，炕上躺着一个蓬头垢面的女人，见了五叔牙一龇，算是打了招呼。汪大亮赶紧说道："我女人，瘫了两年了。那屋坐吧，这儿味太大。"说着把五叔和宁海林让到了西边一间里，五叔一看，这屋可大不一样，躺箱立柜，明光锃亮，炕上一张小桌，上边摆着两碟凉菜，一个酒盅，一个酒瓶，看样子汪大亮刚才正自斟自饮地乐呵呢。

汪大亮满脸赔笑地说："我再拿两双筷子，两个酒盅，咱爷儿仨喝二两。"

"不用了，"五叔四下看看说，"我今儿来是告诉你，钱也别找了，口袋我也不还了，因为……"

"您老用得着，就用吧。"汪大亮一听不是为斤量和价钱来找他的麻烦，心里踏实了许多，又要去拿筷子，酒盅。

五叔又拦住他说："甭麻烦了，那口袋我也没用，县公安局拿走了。"

"啊,什么?"汪大亮一听眼都直了,结结巴巴地说,"那口袋不是……我的……"

"我可没有非说是你的!"五叔冷笑一声说道,然后招呼着宁海林迈开大步出去了。

五叔又把宁海林领到自己一个老战友家里,老朋友相见分外亲热,当下杀鸡淘米,催着老伴去打酒,好好热闹了一回。等酒足饭饱,五叔往炕上一躺,不到一分钟就扯开了呼噜,把宁海林急得不轻,他几次想推醒五叔问问他,咱们干什么来啦,可一想五叔一辈子没有过闪失,只得耐着性子忍着。

五叔直睡到下午四点多,才伸着懒腰坐了起来,接着又和老战友扯了起来,从两人入伍当兵,行军打仗,一直到成家立业,养儿育女,凡是想得起来的事全说了一遍。可把宁海林给烦坏了,心想,这老头儿怎么今儿个这么多话,有点儿反常呀!但又没法问,只好赔着笑脸听着。这老哥俩吃了晚饭又接着聊,一直聊到十点来钟才住了嘴,躺下睡觉。五叔和宁海林睡在一块儿,宁海林心想,得,呆会儿呼噜一打,有什么事明儿说吧。哪知躺了一会儿,五叔一个鲤鱼打挺蹦了起来,轻声招呼宁海林:"走,小子,一会儿你就知道谁是凶手了!"

由于农村没有路灯,月亮显得特别的亮,不但房屋、树木,就连偶尔穿街而过的猫都看得清清楚楚。五叔领着宁海林来到汪大亮家对面一棵大树下,在树影里悄悄蹲下,又咬着他的耳朵说:"小子,这叫守株待兔。"宁海林一声没吭,心说,等吧,兔子来不来不知道,反正,冻是挨上了。

天冷风凉,真把这爷儿俩冻得够呛。足足等了一个钟头,汪大亮家的大门才"吱呀"一声开了,蹑手蹑脚地走出一个人来,随手把门带上,朝西走去。宁海林在月光下看得清清楚楚,正是汪大亮,这小子准有问题,要不深更半夜的这么鬼鬼祟祟的?他见汪大亮走了有十几步远,就要站起来跟踪,没想到五叔一把拉住了他,又说道:"别动。"

汪大亮走了三四十步远,突然来了一个向后转,又向东走来。宁海林心里暗暗佩服五叔,刚才要是跟上去,这下准得暴露了。等汪大亮从他们跟前走过二十来步,五叔才拉了拉他的衣角说:"跟上。"两人像猫一样,脚下一点儿声响也没有,紧紧跟着汪大亮。这小子好像一点儿戒心也没有了,头也不回地推开一家的门进去了,连门也没给关上。

宁海林这回有经验了,扭头看了看五叔,五叔拉着他又找了个黑暗处躲了起来。也就是夏天喝一杯啤酒的工夫,门里出来一个人,不是汪大亮,五叔和宁海林都不认识,只见他穿过一条小胡同,直奔村北山根去了。宁海林看看大门,又看看那人钻的胡同,不知该怎么办了。五叔却压低嗓门招呼宁海林:"走!"说着大步流星进了那家院子,好像故意用力,发出"噔噔、噔噔"的声音。宁海林这会儿全糊涂了,可他认准了一条:反正跟着五叔没错儿,所以什么也没问,紧跟着五叔。

这家也是三间正房,一明两暗。五叔进了堂屋,"咔"来了一个立正,只听西屋里有个男人骂骂咧咧地说:"尤二水,你他妈的也太没交情了,出去这么一会儿就回来了,老子又不是大公鸡,完得了事吗?"五叔就跟没听见一样,照旧站在那儿。宁海林可听出来了,屋里是汪大亮的声音。

汪大亮又骂道:"你小子不服气是怎么着,你打死亲哥哥的事,明日个我跟五叔一抖搂,你非吃枪子不可。"五叔一听这话,一个箭步蹿进屋里,猛地一拉电灯绳。老头子可能是有几分激动,"咔"一下把灯绳给拉下来了。灯一亮,只见炕上有一男一女,赤身露体,男的正是汪大亮,女的是尤二水的媳妇田小翠。他俩赶紧拉过一条被子蒙在身上,连头都蒙住了,露着四条腿一个劲儿地抖着。

五叔把汪大亮的头从被子里拉出来说:"说实话吧,怎么回事?"汪大亮本来还想抵赖,可一看五叔那炯炯有神的大眼,一下软了下来,只得把事情的原委说了一遍——

原来村里不知怎么刮起一阵赌博风,尤大水、尤二水哥俩就是其中的两个,不到一个月,他们把手头的积蓄输了个一干二净,怎么办呢,这哥俩穷途末路想了一个办法,去偷。这天,他们转来转去,来到齐恒玉家准备偷猪,往下的事，就像五叔的推断一样，尤二水误伤了尤大水，丧了魂似的往回跑，一路上也不知摔了多少跟斗。

尤二水跑回家一头扎在炕上，把刚才的事跟媳妇田小翠说了一遍，让她帮着想个办法。谁知刚把话说完，忽然从黑影里跳出一个人来，抓着他的脖领说："好小子，胆子不小！走，上公安局去！"这一声可把尤二水吓了个心胆俱裂，定睛一看，原来是同村的汪大亮。这是怎么回事呢？原来另有一段故事——

尤二水和田小翠的关系本来就不大好，自从他迷上赌博以后，更是整夜不着家，弄得田小翠常常一人独守空房。汪大亮呢，老婆在炕上瘫了两年，一直不能过夫妻生活，他便想起歪门邪道来，他看中了田小翠，便趁尤二水迷上赌博之际，用小恩小惠和她偷偷地搞上了。尤二水误伤尤大水这天晚上，他正和田小翠在一起胡搞，一听见尤二水回来，吓得赶紧躲了起来。尤二水正在丧魂落魄之际，没看出媳妇的神色，竟把秘密说了出来。躲在暗处的汪大亮，于是就跳了出来。尤二水一看这阵势，知道他和自己媳妇有事，可自己犯下人命案，也不敢惹他，只有低头任人家摆布。当时汪大亮就理直气壮地向尤二水提出，今后只要他汪大亮一进门，尤二水就得出去，把地方腾出来。否则的话，就去公安局告他。要说这事，平时尤二水是打死也不会同意的，可如今自己的短让人家抓在手里，只有点头了。

汪大亮临走时，尤二水央求他把那个口袋和小镐找个没人知道的地方扔了。结果汪大亮扔了小镐，觉得扔了口袋有点可惜，就带回家去。他昨天用它装大米去集上卖给了五叔，开始他还挺满意，后来一琢磨多少有点不安。五叔找上门来，更使他感到来者不善，就想给尤二水送个信，让他小心点儿。白天不敢去，晚上才偷偷地溜了去。他本想说了话就走，可一见田小翠，那两条腿就不听话了，于是把二水打发了出去，就上炕和田小翠亲热起来。听见脚步声，他以为是尤二水回来了，于是就骂了起来，哪知让五叔给抓住了把柄。

五叔听到这儿，叫声不好，拉着宁海林就往外走。迎面又进来几个人，正是县公安局的人,五叔让他们先把汪大亮扣起来,然后带着宁海林直奔村北。他越走越快,最后干脆跑了起来,宁海林都快追不上了。他们跑出村子,来到山根的小树林里,那儿是尤家的坟地,五叔和宁海林分开四下寻找,宁海林忽然撞在什么东西上,吓得喊了一声,五叔闻声奔了过来,借着月光看得明白,正是尤二水吊在树上。他们连忙动手把尤二水解了下来,五叔伸手摸摸他的鼻子,已经气息全无。

"他杀死了亲哥哥,"五叔叹了口气说,"媳妇也被霸占了,自然想不开,走上绝路了呀!"

这时几个公安人员也赶来了,他们看看躺在地上的尤二水说:"五叔,你辛苦了,案子总算结了。"

"唉,我来晚了一步,没有拦住他。"五叔声音有些发颤地说,"杀害尤大水的凶手找到了,就是他的亲兄弟,可他们背后还有一个凶手,那是一个无形的凶手……"

"您是说赌博?"宁海林沉吟了片刻问道。

"是啊,这个凶手害了多少人,什么时候它才能真正彻底归案呀!"五叔点上了一支烟,闷头抽了起来。

宁海林他们也都低下头,默默地看着尤二水的尸首,老半天谁也不开口说话。

(崔 陟)

(题图:黄世坚)

遗忘的雨伞

永岛是个单身汉，今年34岁，在一家公司当小职员，工作辛苦，收入也不高，所以他时时想找机会改变自己的生活。

最近，机会终于来了，永岛的上司古矢给他介绍了自己一个亲戚的女儿。那个姑娘叫娟代，药科大学毕业，现在独自经营着一家药店，按说条件也不错，可她因为小时候被烫伤过，脸上留下了一大块伤疤，所以直到三十好几，还没有结婚。

永岛对姑娘脸上的伤疤倒不是太在意，他心里的如意算盘是，如果和娟代姑娘结婚，那他自然成了那家药店的老板，以后的生活也就有了保障，说不定还能挤进上流社会呢。于是，两人见面以后一拍即合，没过多久就谈婚论嫁了。

可是说到结婚，永岛还有块心病需要先解决掉。原来两年前他去同事家打麻将，认识了同一栋大楼里住的一个单身女人，名叫伸子。一来二去，两个人的关系就非同寻常了，可是他俩都不打算结婚，说好了只是玩玩，谁都不必负责任。

现在既然准备和娟代结婚，和伸子的关系就只好一刀两断了。这天下了班以后，永岛冒着蒙蒙细雨，打着伞，心神不宁地来到一家小酒馆，打算吃了东西，然后去和伸子把话说明白。

刚在酒馆里坐下，老板娘就过来热情地和他打招呼："永岛君，好久不见啦！你今天脸色不太好，是不是有什么心事呀？"

永岛一愣，随即含糊地回答："呃，没有，没有，哪有什么心事呀……"

话是这么说，可他心里还是很佩服老板娘的眼力的。他怕言多必失，所以匆忙吃了点东西后，就出门叫了一辆出租车，直奔伸子的公寓。见到伸子，永岛开门见山："我要结婚了，咱们的关系就到此为止吧。"

伸子听了，好像也不吃惊，笑嘻嘻地说："好啊，恭喜你呀！你们是怎么认识的呀？"

永岛见伸子神态很自然，心里也松了一口气，于是就把他和娟代的事一五一十都说了。谁知道，他刚说完，伸子的脸色就变了，她冷冷地说："分手可以，可是我现在需要一笔钱，那个娟代不是开药店的吗？她一定有钱。要是你不帮我去要，我可以自己去找她，或者找你的上司古矢……"

永岛万没想到伸子会来这么一手，不由恼羞成怒地说："你想要挟我么？我们不是说好了只是玩玩，谁都不必负责任的么？"

伸子"哼"了一声："你这样的男人我见得多了，天下哪有这么便宜的事？做梦！"

永岛摇着头站起身："没想到……没想到你是这样一个女人！你爱找谁就找谁去吧！反正你别想从我这里拿到一分钱！"说着，他拿起外套，转身往门口走去。

伸子自然不肯罢休，她嘴里骂骂咧咧，气急败坏地抓起桌上一只瓷花瓶，对准永岛的后脑砸去，永岛一闪，花瓶打在他的背上。这下真把永岛给激怒了，他像发了疯一样冲上去，用拳猛击伸子，一下、两下……伸子惨叫着倒在地上，永岛又扑上去，拼命用双手卡住她的脖子……终于，伸子瘫软下来，再也不动了。

　　这时，永岛才突然清醒过来，暗叫不好，但是立即提醒自己要保持冷静。他先趴在伸子的胸前听了听，确认她真的死了，然后迅速清理现场，把花瓶、茶杯和其他可能留下指纹的地方都用毛巾擦了一遍，最后洗干净手，这才从容不迫地离开。到了公寓外面，他故意走过一条街，才叫了一辆出租车。坐在车上，永岛咬牙切齿地想：伸子的死是她自找的，活该。接下来，他又开始回想刚才的一切是否会留下什么证据。突然，一个闪念在他头脑中划过，他只觉得"轰"的一下，两眼发黑：雨伞！把那顶要命的雨伞忘在伸子家了。如果是普通的雨伞倒也算了，偏偏永岛是个粗心的人，经常丢三落四，已经掉了好几把伞，所以他想出个笨法子，在伞里面贴了一张写着自己名字的纸条。这把伞要是落到警察手里，岂非不打自招么！但是永岛表面上还是很镇静，他怕坐同一辆车回去，会留下线索，就找个借口下了车，然后到街对面，重新叫了一辆车往回开。为了避免引起怀疑，他对司机说："我去横滨，在前面先要办点事。"车子接近伸子的公寓时，永岛的心也跟着"怦怦怦"越跳越厉害。谁知就在这时，车前斜刺里猛蹿出一个人，好像是受了惊，正慌忙逃命，那人躲闪不及，被出租车一下撞出去几米远，打了几个滚，就躺在地上一动也不动了。司机吓傻了，坐在那里直哆嗦，好半天才对永岛说："先生，你、你都看见了……不是我的错，请你无论如何留下来给我作个证啊……"永岛心里暗暗叫苦，真是屋漏偏遭连夜雨，但他还是答应了司机，先帮他打了一个报警电话，然后对他说："你等一下，我去办点事就回来。"说完，就急忙向伸子的公寓跑去。

　　永岛跑上楼，推开房门，一眼就看见伞架上果然有一把伞，顿时长呼一口气，可是他跑过去一看，马上就发现不对劲，那把伞上没有他的名字，而且颜色也不对，那不是他的伞！永岛糊涂了，他不敢久留，重新把伞放回原处，出了屋子。刚走下楼梯，他又想起来，赶忙回身，掏出手帕把门把手上的指纹擦干净。永岛回到事故现场,向警察说明了当时的情况,然后就回了家。这起事故是那个行人的责任,司机没有错,和乘客永岛自然更没有什么关系了。

第二天,永岛照常去上班,表面上好像什么事也没有发生过一样,心里却整天忐忑不安,时刻惦记自己的那把伞,到底是忘在出租车上了呢,还是留在伸子的公寓里被别人拿走,要是被人拿走,后果可就严重了……

傍晚下班以后,他忧心忡忡地来到昨天去过的小酒馆。刚一进门,老板娘就大声招呼他:"永岛君,我就猜你会来,你昨天又把雨伞忘在我的店里喽!"

永岛抬头一看,千真万确,墙角果然放着自己的那把伞!"谢天谢地!"他情不自禁地捂住胸口欢呼了一声。酒馆里的顾客都奇怪地回过头来看他:一把伞有什么稀奇,值得这么大惊小怪?永岛意识到自己的失态,连忙拿着伞离开了酒馆。

晚上,永岛家来了个客人,客人自我介绍:"我叫桑泽,是刑警,来向你调查一些事情。"永岛点点头,热情地把桑泽请进门,他现在确信自己没有把柄落在警察手里,所以底气十足。桑泽刑警微笑着说:"昨天你遇到的那场车祸的被害人叫水沼清,有趣的是,就在出事地点不远的一个公寓里,同时发生了一起凶杀案,死者叫大野伸子,是水沼清以前的情人。"

"哦!"永岛吃了一惊,嘴巴张得老大。

桑泽刑警继续说:"案情很清楚,水沼清昨天去找伸子,两个人发生了争执,水沼清失手打死了伸子,然后慌慌张张地跑出来,不留神撞上了你们的出租车……"

听到这里,永岛顿时恍然大悟:那把雨伞是水沼清的,他一定是比我后到伸子的公寓,看到伸子死了,惊慌失措,跑出来的时候撞上了出租车。呵呵,真是天助我也,来了这么个替罪羊。他试探着问桑泽:"那个……水沼清,现在怎么样了?"

"他今天早上死在医院里了。"桑泽干脆地说。永岛顿时觉得从未有过的轻松,禁不住在心里大叫:"好哇!"可是,桑泽刑警在这当口冷不丁地问道:"听说你和那个伸子也很熟?"

永岛好像被猛地抽了一鞭子,浑身一颤,下意识地回答:"啊,是的,我们认识。"

"那你昨天本来也是想去伸子那里么?"桑泽紧追不放。永岛稳了稳心绪,提醒自己不能慌乱,他喝了口水,说:"不,我是去找一个同事,他也住在那栋公寓楼。我们打麻将,他欠了我的钱,我最近手头正好紧,就想问他要,然后去横滨喝酒。可是路上发生了车祸,我觉得再去讨钱不合适,就回来了。"

桑泽点点头,从怀里拿出一张照片递给永岛,问:"你认识这个人吗?"

永岛接过照片,看了看,上面是一个陌生的青年男子。他把照片还给桑泽:"不认识,从来没见过。"

桑泽谢过他,把照片放回口袋,就告辞走了。永岛坐在沙发上,细细回想自己和桑泽的对话,确信没有露出任何破绽,他不由佩服自己临危不乱的本领,得意地笑了起来。这个晚上,永岛美美地睡了一觉。

第二天早上,永岛还没出门,门铃响了。他打开门,外面站着两个人,一个是昨天晚上来过的桑泽刑警,旁边还有一个年轻人,永岛觉得他的脸很熟,却想不起在哪里见过。这次,桑泽刑警的神情十分严肃,他用手指着身边的年轻人,对永岛说:"你还记得他吗?他就是昨天那张照片里的人,我的同事,森警官。"

永岛摸着脑袋,不明白桑泽的用意。

桑泽继续说:"我当然知道你不认识森警官,昨天给你看照片的目的,只是为了得到你的指纹。"

"指纹?"永岛的心开始往下沉。

"永岛,你涉嫌杀害大野伸子,被逮捕了。"说着,桑泽从怀里掏出了一张逮捕证。

桑泽感觉自己掉进了冰窟窿,但他还想最后挣扎一下,于是不甘心地问:"你们怎么肯定是我?水沼清不是死了吗?"

一旁的森警官开口道:"水沼清是死了,是伸子家中的那把伞让我们怀疑你的。"

"伸子?伞?"永岛像见到鬼一样失声尖叫,"怎么可能?这怎么可能?"

森警官微笑着说:"我们在解剖水沼清尸体的时候发现他的左手拇指骨折过,根本不能弯曲,他的妻子也证实了这一点。可是伸子是被掐死的,她脖子上有拇指的掐痕,所以凶手显然不是水沼清。"

"那这和雨伞有什么关系?"永岛还不死心。

"我们在伸子的家里发现了水沼清的雨伞,可是在伞把上,除了他自己的指纹,还有另一个人的指纹。我们想到了你,听说你前天把自己的伞忘在了酒馆,所以很可能把伸子家的那把伞当成是你的了。昨天桑泽刑警特地来用我的照片得到了你的指纹,经过确认,那个凶手,就是你!"

永岛这时像被抽去了骨架,浑身瘫软在沙发上,喃喃自语:"是啊,我小心地把门把擦干净,里外都擦了,可是唯独忘了那把伞,为什么呢,为什么呢……"

(改编:谢　遇)
(题图:箭　中)

谁将在门口出现

上个世纪60年代，美国俄克拉荷马州地方高等法院，受理了一桩颇为棘手的刑事案件。被告被指控犯有谋杀罪，法院已掌握重要证据，足以证明他杀人的事实成立，但是他的辩护律师却持反对意见，因为被害人的尸体没有找到，法院无法认定所谓的被害人已经死亡。被告的辩护律师说："再过一分钟，那个你们认为已经被杀死的人，将从这里走进来。"说着，他的目光转向了法庭的入口处。

所有人都大吃一惊，向法庭的入口望去，可是一分钟过去了，什么也没有发生。

这时，辩护律师说："请原谅我开了一个小玩笑，这只是我的一个假设，那个人并没有走进来，但是你们刚才的反应证明了一点，那就是：你们都不能完全肯定那个人已经死亡。因此，基于这一点，之前所有的指控都无法成立。"

顿时,法官和陪审团成员陷入了尴尬的境地。是啊,既然确认被害人已经死亡,为什么还要朝门口看呢?

但是,主控方的首席律师凯勒却反驳说:"没错,刚才大家都在注视着入口,这说明大家对被害人是否死亡还心存疑虑,因为大家并不是当事人,也不直接知道被害人是否死亡。可是有一个人知道,那就是被告。我注意到了,当大家望向门口的时候,他却没有。这说明:他根本就不相信被害人会从那扇门里走进来。"

最终,被告杀人罪名成立,得到了应有的惩罚。

(佚 名)
(题图:安玉民)

机敏的三兄弟

从前有一个穷老头,他有三个儿子。他常对儿子们说:"我的孩子,我们没有牲口,没有金子,但这些都没有关系。可另一种财富你们不能没有,那就是要有清晰的头脑。有了这种财富,无论到哪里,你们都不会走投无路,一贫如洗。"

几年以后,老头死了。弟兄们聚在一起商量,决定到异乡去当雇工。

兄弟三人上路了。他们翻山越岭,一直走了四十天。

离城不远了,老大突然停下来说:"刚才这儿走过一头大骆驼。"

走了不一会儿,老二看着路的两边,说:"这头骆驼瞎了一只眼。"

他们又走了一会儿,老三说:"骆驼上骑着一位抱孩子的妇女。"

兄弟三人又往前走。一个人骑着马赶了上来。老大看了他一眼,问道:"你在寻找失物吗?"

那个人勒住马,说:"是的,我是在找我丢失的东西。"

"你丢失了骆驼?"

"是丢失了骆驼。"

"骆驼特别高大?"

"对!"

"你的骆驼瞎了左眼?"

"是的,它左眼瞎了。"

"驼骆上坐着一个抱小孩的妇女?"

"是呀!"骑马人怀疑地看了看兄弟三人,说:"哦,原来我的骆驼在你们手里!你们把它藏哪儿啦?"

兄弟三人一听,连忙说:"你的骆驼我们连看也没看见!"

可是骑马人不相信:"要是你们没看见,怎么会知道得这么详细?"

老大给他解释说:"我们是善于观察的人,这一切只不过是我们的推测。"

骑马人哪里相信他们的话?气得抽出腰间的马刀在他们头上挥舞着,硬把他们押到王宫去说理。

骑马人来到国王面前,把事情一五一十地说了一遍。国王想了想,对三兄弟说:"喂,骗子们,回答我,你们把这个人的骆驼藏到哪儿去啦?"

三兄弟平心静气地解释说:"尊敬的国王陛下,我们不是骗子,也从没见过他的骆驼。我们从小就习惯仔细观察,还学会了认真思考,所以我们虽然没有亲眼见到那头骆驼,却知道它的全部特征。"

国王不相信地问道:"那么,没见到过的任何东西,你们都能详细地说出它们的特征来吗?"

"能!"弟兄三个显得十分自信。

国王决定试试他们,于是便叫来一个大臣,轻轻地在他耳边吩咐了几句。

大臣立即走出宫去,又很快地带了两个仆人抬着一口箱子进来。仆人小心地把箱子放在门前国王看得见的地方,随后退到一旁。国王对兄弟三个说:"喂,骗子们,你们猜猜这箱子里是什么?"

老大说:"哦,国王陛下,我们已经说过我们不是骗子。这箱子里放着一个很小的圆东西。"

老二补充说:"是石榴。"

老三又补充说:"还不很熟。"

国王命令道:"把箱子搬过来!"仆人把箱子抬到国王跟前,国王吩咐打开箱盖。啊,箱子里果真放着一个还未成熟的石榴。大家对兄弟三人观察的精细和机敏感到惊讶。最感到惊异的还是国王本人,他吩咐拿来各种美味的食物款待他们,说:"你们先得给我说说,你们怎么知道这个人丢了骆驼?又是怎么知道这头骆驼的特征的?"

老大说:"根据地面上粗大的脚印,我知道在我们前面走过一头大骆驼,所以我断定这个赶上我们并四处张望的人是在找骆驼。"

老二说:"路右边的青草被吃光了,而左边的草没动过,所以我断定它的左眼是瞎的。"

老三说:"我发现骆驼在一个地方跪下过,一侧的沙地上留有女人的脚印,还发现小脚印,可见女人带有孩子。"

国王听得惊叹不已,又问:"有你们怎么知道箱子里有一个没熟的石榴?"

老大笑了:"木箱虽然是两个人抬进来的,可是看得出箱子并不沉。当仆人把它放下的时候,我听见有个圆东西从一头滚到了另一头。"

老二也很得意:"木箱是从花园里抬进来的,那就是说,这圆东西很有可能就是石榴。要知道,王宫附近就有很多的石榴树!"

老三手指窗外说:"看吧,眼下石榴正是绿色的季节,这您是知道的!"

国王向窗外望去,看见自己花园里的石榴树上结满了尚未成熟的石榴。

国王赞叹地说:"是呀,你们没有金钱和财富,可你们有聪颖和智慧!"接着,又转向骑马人说,"他们不是骗子,你还是赶快到别的地方去找自己的骆驼吧!"

(编译:杨德治)

(题图:陈 川)

蛛丝马迹

小高省吾和松江俊吉是同人杂志《潮流》的创办人,两人平时关系不错,又都喜欢写小说,但相比之下,松江写出来的小说要技高一筹,只不过从不在外面发表。

这天,松江拿出刚写好的一部长篇小说给小高看,小高只用了半天的工夫,就把它一口气读完了,心里又是羡慕又是妒忌,心想:自己如果有这样一部小说就好了。就在这时,他的眼光落在一张报纸的标题上,上面写着某杂志社将举办一次文学大赛,特向社会广泛征稿。小高看了灵机一动,就拿着报纸怂恿松江应征。

松江一听连连摆手,瞪着个近视眼说:"不行,不行,我只在《潮流》上胡乱写写,投到外面我一点也没有兴趣!"

小高建议道:"那么以我的名义去投稿,得了稿费一人一半,怎么样?"

松江想了想,答应了。

没料到这部小说参选后被评委们一致看好,获得了一等奖,小高还获得本次大赛的"新人奖"。从此，各种约稿信纷至沓来。小高便三天两头跑到松江家求他写稿，写好后抄上一份，署上自己的姓名发表。

本来是太平无事的，可不知从什么时候起，聪明的松江竟学会了赌博，什么赛马、赛车、麻将、纸牌，样样都来，而且十赌九输。这样，稿费刚开始是对半分，发展到后来是三七开，再到后来是全都要，就这样松江还是三天两头要钱，说不给钱的话就把真相说出来。

小高这下懊悔不已，心想，再这样下去的话，自己不被逼死，也要被逼疯啊，于是他心里动了杀机。经过仔细勘察，他选定鲛浦作为下手的地点。这是个秀丽多姿的半岛尖端，有高达几十米的断崖可以观海，有"自杀胜地"的称号。等万事俱备，小高便主动给松江打电话，说自己住在鲛浦的旅馆里，让他带稿子来这儿取钱。松江果真上钩，两人在断崖上会面了。

寂静的深夜，海面上漂起点点渔火，波涛撞击着脚下的岩石，夜里看去也泛起片片白光。松江接过小高的钱后，从口袋里掏出一篇小说稿，说："真是对不起，我好久没写小说了，这两天我赶写了这一篇，你看看怎么样？"

"不急，等会儿再看吧，"小高接过小说稿，动情地说，"这儿的风景真美啊！"说着，他为松江点上一支烟，两人悠然地眺望海景。

过了一会儿，小高趁松江不备，用手使劲一推，松江"哎呀"一声就从崖上坠落下去……

小高很兴奋，一回到旅馆房间，便迫不及待地打开松江的小说稿。这篇小说题为《湮灭的溪谷》，写的是追捕的警官和被追捕的逃犯跑进山中的溪谷，正遇上暴风雨，大水把入谷的木桥冲走后，两人被困在谷中的传奇经历。小说生动地刻画了敌对双方身陷绝境的心理状态，令人心弦震颤，此外对自然情景的描述也异常生动。回东京后，小高便将小说抄了一遍，投寄给一家著名的杂志社。小说发表后在社会上引起很大反响，被评论界认为是小高新的代表作。

松江的尸体是事发第二天早晨被发现的。由于不远处找到了一些钓具，当地警方以钓鱼失足而亡，草率地下了结论。小高心中暗喜，他已神不知鬼不觉地除掉了心腹之患。

三年过去了，小高刻意模仿死者的风格和笔调创作小说，虽不及松江写得精彩，但总体水平还过得去，小高渐渐地成了一个有影响的名作家。一次，一家著名杂志社特聘小高担任短篇小说创作新人奖的评委。在应征的几百个短篇小说中，小高对一个叫家永的作品评价极高，他努力说服其他评委，最后家永获得了本次大赛的"新人奖"。

过了几天，当选人按照惯例前来拜会小高。一见面，小高大吃一惊，没料到家永居然还是个警官。家永寒暄了几句，便起身告辞，临走前忽然想起了什么，问道："对了，老师，有件小事想请问您：您三年前的大作《湮灭的溪谷》，里面讲到的'仙醉溪谷'，老师是亲自去过的吧？"

"是啊，我去过，那怎么样呢？"小高听了一愣。

"不，没什么，我不过是偶然想起而已。"家永从容地含笑道，"听说老师从前是《潮流》杂志社的，是吗？"

"那又怎么样呢？"小高皱皱眉，他不想别人提及《潮流》，那是他的一块心病。

"唔，那儿的编辑中有我一个朋友，叫松江俊吉，极有才气，写作的风格有点像老师您的初期作品。可惜呀，三年前他在鲛浦坠崖死了，不知老师认不认识这个人？"

小高心里一颤，含糊地说："噢，好像是有这个人，不过我不太熟。"他把刚点燃的烟掐在烟缸里，做出送客的姿势。

家永仿佛没有看到，还在絮絮叨叨的，说着说着索性坐下了："在表现手法上，老师您同松江的确很相似。比方说，松江形容隐身于暗处的女人，就爱说'好像夜空的远星，明明在眼前闪亮，细看就无影无踪了'，而老师您的初期作品，特别是得奖的那部长篇小说，也有类似的描写……"

"你……你究竟要说什么？"听他这么一讲，小高差点儿失控了。

家永的面容还是那么坦然："请别生气，我在画刊上瞻仰过老师的风采，似乎老师的视力特别好,有些杂志的专栏文章还特意介绍过,"说到这,他突然话锋一转,"这样的话,老师对远星的形容就有矛盾了。那种现象,只能出现在近视者的眼里,在视力正常的人看来,星星是不会消失的。"

小高暗吃了一惊,他想起松江的确是个严重的近视眼。他想以"这是文学描写,岂能就事论事"的理由来反驳,可话还没出口,家永又开口了:"松江是三年前的夏天死的。在他死之前,准确地说,就是7月9日到他身亡的12日这四天中,老师见过他吗?"

"怎么会呢?"小高矢口否认,"我迁居东京后,就再也没有见过他。"

"是吗?那可就奇怪了!"家永的眼中闪出一道光芒,"告诉您吧,那年出事前,我同他一起到'仙醉溪谷'去钓鳟鱼,我打算通过他了解赌博集团的情况。可我俩刚支起帐篷,暴风雨就袭来了,冲垮了小木桥,我俩只好冒险涉水,那是7月9日的事。刚出谷,崩塌的泥石就堵塞了溪谷,再也进不去了,好险哇!就像老师作品的标题那样,成了'湮灭的溪谷'。可是,老师作品里那种细致的描写,未亲临现场的人是绝对写不出的,也不是用想象就能填补的。当时在现场的,只有我和松江,老师又断言那阶段没见过松江,那么这只能证明:《湮灭的溪谷》不是您的作品,而是出自松江之手。"

小高感到眼前一阵发黑。家永憨厚的表情消失了,代之以警官特有的严肃的面孔:"实际上,我是最近读到《湮灭的溪谷》才产生疑问的。之后,我把老师的初期作品同松江发表在《潮流》上的作品作了对照分析,结果断定完全是同一个人的作品。在松江知情的情况下,老师窃取了他的作品,这一劣行,就为松江的死埋下了伏笔。现在,请您不要认为我是前来拜会您的当选人,我是作为一名警官而来的。"

小高已经听不到家永最后的话了,绝望的阴影遮住了他的视野……

(改编:陈秋生)
(题图:箭　中)

千万别心软

他想溜号

这天傍晚,县医院住院部推进来一位病人,刚做完手术,挂着盐水瓶被安置在六号病房。六号病房是双人间,另一床位是个姓王的老大爷,王大爷半个月前开刀取结石,现在好得差不多了,整天乐呵呵地找人聊天。

新病号是个二十五六岁的小伙子,看来伤得不轻,麻药醒后,他就一直疼得哼来哼去,奇怪的是,病人的父母都没来,陪护他的只是个毛手毛脚的年轻人,不仅不上心,还明显地露出几分不耐烦。

王大爷好打听事,他凑过去向陪护的年轻人打听,原来新病号是个小偷,呆在看守所里还不老实,跟人打架斗狠,结果让人捅成这副样子。

王大爷听完后,惊讶地问:"不是说看守所里要搜身的吗,怎么还能藏着凶器?"

年轻人姓张,是看守所聘请的治安员,所里安排他看守这个特殊病人。小张哼了一声,用手比画着腰间说:"用牙刷捅的,前头磨尖了,比刀还厉害呢!算这家伙命大,医生说离肝脏只差了一厘米。"王大爷听了直摇头。

约摸晚上七点的样子,小张的手机响了,一看来电,他马上就兴奋地冲到门外说话去了。回来后,小张二话没说,从包里拿出手铐,上前抓起新病号的手,"咔嚓"一声铐在铁床上。

王大爷睁眼看着,疑惑地问:"怎么,要出去?"小张随口道:"没什么,去趟厕所。"说完转身就要走。

"慢着!"王大爷叫住他,不满地说:"去趟厕所用得着这样?你看他这样子,床都下不了,难道还会跑?"小张急着要走,不耐烦地说:"管这么多干吗,这是所里的规矩,懂吗?出了事谁负责?"

王大爷一听来气了:"你小子,别拿规矩吓唬人!大爷我活了一大把年纪,懂得比你多!上厕所?以为我看不出来是吧,你小子是想溜号,这叫擅离职守,懂不懂?"

临时替班

小张被说了个正着,想走又不敢走了,一肚子气没处撒,只得上前开了手铐,气呼呼地蹲在门外。时间一分一秒地过去,最终小张还是忍不住了,把王大爷拉到门外,赔着笑说,刚才确实是女朋友打来的电话,两人刚认识,这可是人家姑娘头一次主动约会,他无论如何也要去照个面呀!

王大爷心肠好,见小张说得在理,便答应替他暂时看着小偷。小张千恩万谢,临走时不放心,拿出手铐交给王大爷,一再叮嘱他,千万不能心软,出门离开一定要铐上小偷。

小张走后,王大爷将手铐压在枕头下面,一抬头,见新病号的嘴唇干裂得厉害,问他是不是口渴,新病号赶紧点点头,王大爷便倒了小半杯水,拿根棉签沾湿,一遍一遍地涂在对方嘴唇上,边涂边唠叨,说当初医生就是这样交代自己的，手术后六个小时不能喝水，只能这样对付对付，新病号感激地看着王大爷，嗫嚅着道了声谢。

王大爷嘴闲不住，问对方哪里人、姓什么，对方好像不太愿意说，好一会儿，才让王大爷叫他二虎。王大爷顺着这话唠开了，问对方结婚没有，有没有小孩，这时，小偷的眼睛里倏地闪出一丝亮光，但马上却又摇了摇头。

说话间，王大爷见对方的药水吊完了，便按铃叫来了护士，换了新药之后，二虎好像没那么疼了。

没多久，二虎发现王大爷开始坐立不安，不停地看表，嘴里还小声嘀咕着，于是试探着问："大爷你是不是有事？"王大爷呵呵一笑，揉着肚子说："嗨，这两天吃得太油腻，闹点小肚子，没事没事，小张也该回来了，再等等看吧！"

两人都没心思再聊，过了十来分钟，二虎突然说："大爷，你去上厕所吧，我不会逃的。"王大爷"嗯"了一声，却不动身，心神不宁地瞅瞅房门，随后，又瞟了眼枕头下露出的半截手铐。这个眼神自然被二虎看到了，二虎的嘴角抽搐了一下，神情渐渐冷漠起来，说："大爷你去吧，把我铐上就行了。"

"那，要不，就先铐上？反正也就十几分钟。"王大爷不自然地说。

二虎没说什么，伸出细瘦的胳膊搭在铁床上。王大爷从枕头下拿出手铐，一头铐住二虎的手腕，一头铐着铁床，完了又仔细地将铐子收紧，这才匆匆忙忙出了门。

早有安排

在厕所里蹲了足足二十分钟，王大爷洗手出来，走到楼梯口时，正好碰到匆匆赶回来的小张。王大爷乐呵呵地问："小伙子，跟女朋友约会完了？"小张懊恼地摆摆手："嗨，别提了，倒霉透了！医院这边怎么样，没事吧？"王大爷晃了晃手里的钥匙："放心吧，在里头铐着呢！"

两人来到六号病房，推门一看，不由目瞪口呆，房里空无一人，手铐已被打开，二虎早已不见了踪影！

"哎呀，跑了！"小张朝王大爷大吼一声，转身出门，正要拔腿朝楼下奔时，只听对面病房里一声低喝："站住！"小张收住脚，定睛一看便愣住了，喝住他的不是别人，正是看守所所长。

完了完了！连所长都赶来了，看来小偷一定是早就逃了！小张垂头丧气地走进来，正要解释时，所长手里的对讲机忽然响了起来："报告所长，报告所长，犯人乘坐的出租车，开进了世纪花园小区，报告完毕。"

所长想了想，立刻发出下一个指令："注意，不要打草惊蛇，请小区保安配合，查明犯人同伙的藏身之处，务必一网打尽！"

听到这里，小张一下明白过来，兴奋地说："所长，原来你早有安排呀，吓死我了！"

所长鼻子一哼，点着小张的脑袋说："你小子，无组织无纪律，一个电话就把你勾走了，回头再找你算账！"

小张恍然大悟："啊！原来那电话也是你安排的呀，难怪了，我在街上白等了两个小时呢！"

这时候，前方又报告说，这个叫二虎的盗贼也真是了得，刚刚缝完针，居然能忍着剧痛，独自从医院来到世纪花园小区，现在走进了其中一栋楼的403室，据保安介绍，403室是出租房，房客是个年轻孕妇。

欲擒故纵

孕妇！小张吃惊地说："原来这家伙蓄意跟人打架，差点被人捅死，就是想被送到医院，然后找机会逃出来见她呀！所长，这人到底什么来头，不是一般人吧？"

"当然不是。"刘所长说，"一般毛贼我用得着费这么大劲吗？这家伙，从见他的第一面起，我就觉得应该是条大鱼，后来跟市局一联系，果然不出所料，此人和他的女友号称雌雄大盗，作案无数屡屡逃脱，这次市局明令指示,说他的女友已有身孕,估计他会想方设法逃走,必要的时候让我们一网打尽。他这次故意跟人斗殴,不惜以死来寻找逃跑机会,我们也就正好将计就计。"

所长的话,说得小张一愣一愣的,难怪所长要瞒着自己呢,如果事先知道了计划,就凭自己这两下子,能瞒住这个江洋大盗吗?想到这里,小张脑子里忽然跳出个问题来:"对了所长,这家伙不是被铐住了吗,他是怎么开的手铐呢?"

所长转身,指着床头"一级护理"的牌子说:"看到没有,牌钩是用细铁丝做的,这家伙是开锁高手,有了这根铁丝,开手铐还不容易?"原来,一切都在掌握之中!小张伸出大拇指,佩服得五体投地。所长哈哈一笑,指着门口说:"这局棋是下得漂亮,不过下棋的人可不是我,是他!"

小张回头一看,只见王大爷笑眯眯地走了进来。

"王大爷,是你?"小张简直不敢相信自己的眼睛。

"你小子,知道他是谁吗?"所长指着王大爷说,"他可是当年响当当的老侦查员,这次赶巧了,正好也在这里住院,市局领导特别指示,由王老亲自出马,彻底打消犯人的疑虑,欲擒故纵,务必将雌雄大盗一网打尽!"

王大爷还是那副乐呵呵的样子,谦虚地摆摆手,从怀里掏出一个钱包说:"刘所长,犯人逃走的时候穿走了我的衣服,却将兜里的钱包留下了,我看这小子还有点良知。这样吧,我还是继续隐瞒身份,必要的时候再跟他聊聊,让他多替自己孩子想想,主动坦白争取宽大处理,你看行吗?"

所长连声说道:"行啊,行!"

(刘洪林)
(题图:魏忠善)

失踪的人

水上公安分局的王科长,正坐在一艘由广州开往福州的货船上。这时船正行驶在厦门的海面上,突然,王科长听见急促的敲门声,接着一个公安战士冲了进来。王科长一看,是他老战友的儿子小张,他刚从公安学校毕业,现分配在船上搞保安工作。

小张一见王科长,急切地说:"船上有一个人失踪了。"

王科长听了,马上看了一下表,说:"谁发现的?"

"他的同事,吴会计。这不,他在门外等着呢。"王科长放下手中的文件走出来。

吴会计是个体格健壮的中年人,他见了王科长,勉强笑着点了个头。

他们来到了现场,吴会计指着栏杆说:"就在这儿。起初我以为他回房间里去了,但是我到房间里看了一下,却不见他影子,可能是一个浪头把他打下了水。"

王科长问道:"你有什么根据吗?"

"因为他有时喜欢坐在栏杆上看书。"

这时海面风浪确实很大,有几个浪头几乎上了甲板;天空乌云密布,沉甸甸地笼罩着海面,使人产生一种压抑感。王科长用望远镜向海面看了好久,也没发现什么。

根据吴会计叙述,失踪者名叫钱昌盛,男,三十二岁,是沿海运输公司的出纳员,和吴会计是同事。他们同乘此船上福州回家探亲。今天早上五点一刻,他俩到甲板上学英语,约一分钟后,吴会计就去上厕所了,他回来时,钱昌盛已不见了,只见甲板上有一摊积水。

王科长问:"你们是偶然同船还是早约好了的?"

吴会计说:"早约好的。我们坐的是本单位的船,很方便。"他停了一下,又补充说,"我们去年也是一起回家探亲的。"

"今天是你先起床,还是他先起床?"

"是他先起床。"

"你们常在一起学英语吗?"

"是的,我们在单位里也常学。"

"你是每天起床后就去解大便的吗?"

王科长突然提出这个话题,使吴会计有点窘。他涨红了脸,有些生气地说:"难道你怀疑我没有去大便吗?"

王科长温和而又严肃地说:"会计同志,我们只是例行公事。"

"好吧,"吴会计显得无可奈何的样子,"我解大便没有规律,刚才我是拉肚子,因为我们昨天晚上喝了一些酒,吃的东西可能杂了点,什么花生米、点心之类的。"

"你酒量大吗?"

"不大,最多喝二两。"

"你昨晚喝了多少?"

"大约二两吧,说不准。"

问到这儿,王科长又换了个话题,问道:"钱昌盛会游泳吗?"

"不清楚,我没见过他游泳。"

"刚才钱昌盛对你说了些什么吗?"

"没说什么,只是说吃花生米老爱放屁。"

"你解手用了多长时间?"

"我想不超过一刻钟,不少于十分钟。"

"你常拉肚子吗?"

"不,今年这是第一次。唉呀,又来了。"吴会计不舒服地弯着腰,说,"对不起,我得暂时告退一下。"

"请便。"科长说着蹲了下去,从口袋里拿出一个装眼药水用的塑料瓶子,把甲板上的水吸了进去。吸水时,他发现有一根牛毛般的小细麻粘在水里。他拾起这根细麻,刚要走,一个浪头打上了甲板,把他的皮鞋也弄湿了。化验结果,证实甲板上的水确是海水。

王科长和小张交换了一下意见,便来到了吴会计和钱昌盛的房间。王科长开门见山地问吴会计:"你有什么东西丢失了吗?"

吴会计一听,立即从床铺上站起来,口气很冷地问:"你们要检查吗?我没有什么东西丢失!"他说着打开了旅行包,然后双手交叉在胸前,眼睛瞅着王科长。

王科长只向他的旅行包瞥了一眼,就去检查钱昌盛的东西了。钱昌盛的旅行包上着锁,王科长拨弄了一下锁,又问吴会计:"他带了什么东西你知道吗?"

"不知道,他的旅行包总是锁着的。"吴会计慢吞吞地说。突然他站了起来,提高嗓门说,"难道这与他失踪有关系?我真不明白,你们简直把我当人质审问!"

这时,站在一旁的小张听了吴会计的话,可耐不住了,他说:"会计同志,你的会计工作我是一窍不通的,可是公安人员的工作恐怕你也不很了解吧?"

他们的对话王科长好像没听见,他弄开旅行包,全神贯注地察看着里面的每一件东西。忽然他盯上旅行包的一个角落,用照相机把它拍了下来。

他还取出了两根好像是从新麻绳上掉下来的小细麻。他那种小心翼翼认真搜索的样子,使吴会计有点尴尬,他只得呆呆地站在那儿。

王科长细细查了好一会儿,似乎有点失望,他沉默了一下,突然问吴会计:"你的工作证放在身上吗?"

吴会计迟疑了一下,从衬衣口袋里拿出了工作证。王科长接过工作证随便翻开,就在这一瞬间,王科长的脸陡然变色,小张和吴会计都很惊讶。王科长把工作证递到吴会计手里,问:"这不是钱昌盛的工作证吗?怎么会到你的口袋里去了呢?"

"这……"吴会计的鼻子上渗出了汗珠。

王科长问:"你是在什么地方拾到的?"

"不,不是拾到的。让我想一想——对了,可能是我昨天夜里喝醉了酒,从桌上拿了他的工作证。"吴会计拿出手帕擦去脸上的汗珠,努力地回忆着。

王科长朝着吴会计微微笑了一下,说:"这么说你还是清醒的。"说着便细看起钱昌盛的工作证来,他一页一页地翻看着,当翻到最后一页时,发现有一张三角纸片夹在工作证的塑料套中。他把三角纸片取了出来,啊,这是一张拾元钱纸币的一角,好像是拿钱时撕破了的。

从王科长的脸色和眼前出现的这些情况来看,吴会计感到了事情的严重性。他好像忽然记起了自己工作证所放的地方,便拿出来递给王科长。王科长接过来随便看了看,就还给了他,说:"你休息吧,打搅你多时了,小张,咱们走。"

"谢谢。"吴会计点了个头,忽然又说,"不过民警同志,我能照常回家探亲吗?"

"可以,照常回家探亲,探亲结束后,照常按时上班。"

王科长回到自己的房间,小张满腹疑团,迫不及待地问道:"王叔叔,你怎么能让吴会计回家度假呢?他是重大嫌疑犯呀!钱昌盛很可能就是他推下水的。"

王科长说:"我的判断是:这是一件有意识的失踪行动。你说吴会计是凶手，这是没有证据的。"

小张说："他的证据还少吗？你看他在慌乱中错拿出钱昌盛的工作证时那神色。我看那工作证大有文章。"

王科长听了小张的话，没有立即回答，而是慢条斯理地脱下警帽，把桌上的茶杯往旁边移了一下，放下帽子，说："让我们来摊几张牌吧。首先可以肯定钱昌盛是失踪了。是不是失足落水，正如吴会计所说的，他有时爱坐在栏杆上看书。但是从我们刚才了解的情况判断，失足落水的可能性极小。除此之外，就是吴会计谋财害命，把钱昌盛推下水，再把早已准备好了的海水泼在甲板上，然后去解大便，造成一个不在现场的证据。因为一到现场，我就注意观察他的言行。后来我又有意提到了几句对他有利的问话，可他全都否认了。如果他是作案者，是不可能放过有利于他的机会的。"王科长喝了口茶，接着说，"你一定要问钱昌盛的工作证怎么会到吴会计的口袋里去的，下面我就要谈这件事。现在我们且不谈吴会计，而来谈最后一种可能性，那就是钱昌盛是有意失踪。"

"有意失踪？"小张提出疑问，"他能在汪洋大海里游上岸吗？而且那么大的风浪。"

"这是重要的问题，但是如果钱昌盛事先作了准备呢？你想一想，在五点一刻的时候，你看见海上有什么动静吗？"

"哎呀！"小张叫了起来，"你不说我真忘了，在五点一刻之后，有一条小货船从海面经过，钱昌盛会不会爬上了那条船？"

"关键就在这里。"王科长从靠背椅上站了起来，他反剪着双手，在房里踱着步子说，"像吴会计说的那样，他们是事先约好了一起回家的，这便给钱昌盛提供了作准备的条件。昨天晚上他把吴会计灌醉，给他吃了些不干净的东西，然后把自己的工作证放在桌上。至于那个拾元纸币的一角，那是他蓄意巧设的，目的是移祸栽赃，陷害无辜。

"当时吴会计要上床睡觉，钱昌盛便有意说，'你的工作证还在桌上呢'，吴会计听后就糊里糊涂地拿起工作证放进了衬衣口袋。当我问吴会计工作证时,他不是迟疑了一下吗?他自己认为工作证是不在身上的,可他只穿着衬衣,所以马上就感到工作证在身上。

"今天早上他们五点起床,五点一刻上甲板学英语。吴会计说钱昌盛当时只是说吃花生米老爱放屁。他说这话的用意是为了刺激吴会计,让他去大便。"

王科长说到这里,拿出了在钱昌盛的旅行包里拍的那张照片:"你看,这是个水壶印子。早上他先起床,偷偷地把水壶挂在背心下面的皮带上,把一根细麻绳放进裤子口袋里。吴会计在甲板上呆了一分钟后就去上厕所了。于是,钱昌盛就把麻绳系在水壶口上掷进海面取了水,泼在甲板上,制造假象。弄完之后,他就把水壶和麻绳抛到海里,然后跳下海,游到那条接应他的船上去。

"在甲板上那滩积水里,我拾到一根牛毛似的小细麻,和在旅行包里发现的那两根细麻完全一样。这证明他是用过麻绳的。

"吴会计在厕所里至少呆了十分钟,他又回到房间里找了钱昌盛;在我们这里,也呆了几分钟,这样,从钱昌盛跳下海到我们来到现场足有二十分钟的时间。我们的船也是在前进的。而且,在五点三十分之前,海上并没有起风浪,这便说明钱昌盛是在起风浪之前就上了那条船。等我们来到现场时,海面已经起了风浪,这便碰巧和钱昌盛制造失足落水的假象吻合。"

小张听到这里信服地笑了。于是,他们商量后决定马上登陆追查钱昌盛这个奇怪的失踪者。吃罢早餐,他们和海上水上公安局的巡逻艇取得了联系,就迅速返回广州。

他们来到广州后马上就到钱昌盛的单位里,了解了钱昌盛的一些基本情况和表现;检查了他的房间和衣物;然后拿着钱昌盛的相片来到一家土产商店,核实了钱昌盛确实买过麻绳和水壶。

在此之前,钱昌盛的单位里已对他发生怀疑,经多方调查,发现钱昌盛涂改发票,贪污现金一万元!市公安局决定马上逮捕钱昌盛,追捕海上走私犯。

市公安局委派刘干事和王科长、小张去办此案。他们和水上分局的同志一起,经多方搜索终于扣住一条货船,抓住了船上的走私犯。经提审,一名走私犯供认了他们的头目叫李黑头。并说前几天在他们船上来了一个陌生人,一对照片,果然是钱昌盛。

追捕钱昌盛和李黑头的工作开始了。王科长等三人穿着便衣来到了市场。经过半小时的搜索,在市场边沿的一棵大树下,他们发现了李黑头和钱昌盛。小张悄悄地走到他们后面,王科长和刘干事装着北方人出差的模样走到他们跟前。

钱昌盛戴一副墨镜,上穿一件红格子衬衣,下着一条白色喇叭裤,一见他们,便昂首高叫了一声:"OK!"俨然以海派哥们儿自居。他的旁边站着一个长得黑黝黝的汉子,他就是李黑头。

王科长走到钱昌盛面前说:"你的眼镜卖吗?"

"不卖。"

"我拿一个东西和你换行吗?"

"什么东西?"

王科长从提包里拿出了那只系着麻绳的水壶。钱昌盛一见水壶,脸色突变,眼镜落到地上,他迅速向王科长瞥了一眼,转身就跑。早在后面候着的小张一伸脚,钱昌盛便绊了个嘴啃泥。李黑头一见不妙,正想溜,被刘干事铐住了双手。

失踪者终于落入法网。吴会计一直牢记着这一失踪案,他还没度完假就回广州了。当他知道钱昌盛贪污巨款潜逃时,就对别人说:"难怪他有时坐在栏杆上看书呢,原来是有意做给我看的,好让我认为他是失足落水。"

深受其害的人是最有体会的。吴会计很感激王科长,他后悔没当面问他的大名。后来他还是设法弄清了他的名字,叫王杰飞。

(殷光华)

(题图:钱逸敏)